完全攻略 英檢中級 單字2500

Good Words English

General English Proficiency TEST

里昂 著

山田社
Shan Tian She

前言

單字、文法很弱囧，但又很想報考中級英檢的人，請快來！

為了想快速熟記英檢中級單字，並同時掌握正確文法的您。
我們首創單字、文法同步學習，
不僅瞬間讓您飆高單字量，
更讓您考英檢時單字、文法一次到位，簡單過關！

本書收集考試「直通車」必考的，英檢、考高中、托福、多益必考中級單字2500字。隨書附贈1MP3，讓您可以利用零碎的時間，例如搭捷運、坐公車、散步或運動，用聽的就能輕鬆記住單字。不僅如此，同時還可以提升聽說讀寫能力，是一次考上的好幫手。特色有：

1.同時提升「聽說讀寫譯」能力

為了同時提升考生的「聽、說、讀、寫、譯」能力，每個單字下面並帶有一個例句，例句的文法都在高中範圍內，且句句實用，既便於考生記憶，又可達到詞、句搭配複習，做到點線結合，加深考生對單字的把握。而將英語單字納入例句的語境，可以突出單字在句子中的用法，讓單字更具實用性，並提高考生的單字使用的熟練度，這樣就可以同時讓寫作和翻譯能力大大提升。

2.單字・文法一次攻略

每個單字造一個例句，每個例句都配合中級文法編寫而成，這樣就可以達到英檢中級單字和文法的雙效學習。可說是最強的英檢中級單字書。

3.用MP3背單字・文法

書中還附贈MP3，建議大家充分利用生活中一切零碎的時間，反覆多聽MP3，在密集的刺激下，把單字跟文法背熟，也為聽力打下了堅實的基礎，並在此基礎上，配合大量閱讀和做題。相信您不僅是中級單字，還包括文法，絕對能以最快的速度完全掌握。

本書也是為教師備課的教學參考資料。那是因為，編寫本教材的老師，是執教數十年又極注重教學研究的的一線教師，對英語教學，尤其是英語詞彙教學，具有獨到見解和豐富經驗。以上的特點都使本書具有區別於一般英檢單字書的極強的針對性、實戰性、和權威性。

目錄

一、時態

1. 現在簡單式 …… 8
2. 過去簡單式 …… 9
3. 未來簡單式 …… 10
4. 包含助動詞的簡單式（1） …… 10
5. 包含助動詞的簡單式（2） …… 11
6. 包含助動詞的簡單式（3） …… 12
7. 現在、過去進行式 …… 12
8. 包含助動詞的進行式 …… 13
9. 未來進行式 …… 14
10. 不能用進行式的動詞 …… 14
11. 現在完成式 …… 15
12. 現在完成進行式 …… 16
13. 過去完成式 …… 16
14. 未來完成式 …… 17
15. 「與事實相反」的助動詞完成式 …… 18
16. 現在進行式的其它用法 …… 18
17. 比較：過去進行式與過去簡單式 …… 19
18. 比較：現在完成式與過去簡單式 …… 20
19. 比較：現在完成式與現在完成進行式 …… 20

二、被動語態

1. 簡單式 …… 22
2. 進行式 …… 23
3. 現在、過去完成式 …… 24
4. 與助動詞連用 …… 24
5. 情意動詞 (1) …… 25
6. 情意動詞 (2) …… 26
7. 情意動詞 (3) …… 26
8. 被動意義的主動動詞：「看起來」、「聽起來」等 …… 27
9. 使役動詞的被動寫法 …… 28
10. 常見被動語態句型 …… 28

三、代名詞

1. this / that / these / those（1） …… 30
2. this / that / these / those（2）指「人」的those …… 31
3. this / that / these / those（3）that與those …… 32
4. It 的用法（1）天氣、時間、明暗等 …… 32
5. It 的用法（2）《It is/was＋形容詞/名詞＋to V》 …… 33
6. It 的用法（3）《It is/was＋形容詞/名詞》與其他搭配 …… 34
7. It 的用法（4）《It is/was＋形容詞/名詞＋for/of ＋人＋to V》 …… 34
8. It 的用法（5）It is…that…(should) 句型 …… 35
9. It 的用法（6）強調 …… 36
10. It 的用法（7）其他慣用法 …… 36
11. One的基本用法 …… 37

12. One、another和 others ………… 38
13. The others和the rest ………… 38
14. 複合代名詞（1）「some ＋…」 ………… 39
15. 複合代名詞（2）「any ＋…」 ………… 40
16. 複合代名詞（3）「no ＋…」 ………… 40
17. 複合代名詞（4）「every＋…」 ………… 41
18. 所有格代名詞的強調用法 ………… 42

四、不定代名詞

1. 數字＋of＋複數名詞 ………… 43
2. 表示「少（一些）」：(a)few與 (a)little ………… 44
3. 表示「多」：much、many、a lot ………… 45
4. 表示「部分」：some、most、part、half等 ………… 45
5.表示「全部」：all與both ………… 46
6. 表示「擇一」：one與either ………… 47
7. 表示「無」：none與neither ………… 47
8. 不定代名詞與動詞的一致性 ………… 48

五、比較的說法

1. 最高級（1）-est 和most ………… 49
2. 最高級（2）用Other來表現最高級意義 ………… 50
3. 最高級（2）帶有比較意味的詞語 ………… 51
4. 表示「倍數」的句型 ………… 51
5. 比較句型的否定（1） ………… 52
6. 比較句型的否定（2） ………… 53
7. 延伸句型（1）：The more…the… ………… 53
8. 延伸句型（2）：No more / less …than… ………… 54
9. 延伸句型（3）：No more / less than… ………… 55

六、不定詞與動名詞

1. 不定詞的名詞用法（1） ………… 56
2. 不定詞的名詞用法（2）疑問詞＋不定詞 ………… 57
3. 不定詞的形容詞用法 ………… 58
4. 不定詞的副詞用法（1）動作的目的 ………… 58
5. 不定詞的副詞用法（2）修飾形容詞 ………… 59
6. 不定詞的副詞用法（3）條件 ………… 60
7. 類似不定詞慣用語：《to one's＋情緒名詞》 ………… 60
8. 不定詞當準動詞 ………… 61
9. 進行式不定詞 ………… 62
10. 完成式不定詞 ………… 62
11. 動名詞（1） ………… 63
12. 動名詞（2）與所有格連用 ………… 64
13. 容易混淆的現在分詞 ………… 64
14. 動名詞的完成式 ………… 65
15. 接動名詞的動詞（1） ………… 66
16. 接動名詞的動詞（2） ………… 66
17. 慣用動名詞的句型（1）介係詞或介係詞片語 ………… 67
18. 慣用動名詞的句型（2）動詞＋介係詞＋動名詞 ………… 68
19. 慣用動名詞的句型（3）動詞＋受詞＋介係詞＋動名詞 ………… 68

20. 慣用動名詞的句型（4）接在to後面 …… 69
21. 慣用動名詞的句型（5）Have fun/ a good time/ trouble…+ Ving …… 70
22. 慣用動名詞的句型（6）其他慣用法 …… 70
23. 可接動名詞或不定詞的動詞 …… 71
24. 用動名詞或不定詞表示不同意義 …… 72
25. 容易混淆的句型（1）Be used to＋Ving和used to＋V …… 72
26. 容易混淆的句型（2）worth、worthy、worthwhile …… 73
27. 容易混淆的句型（3）prefer …… 74
28. 動名詞的被動式 …… 74

七、假設語氣

1. 有可能的假設 …… 76
2. 與現在事實相反的假設 …… 77
3. 與過去事實相反的假設 …… 78
4. 虛主詞it …… 78
5. 表示假設的句型（1）But for / but that / without / wish / hope …… 79

八、連接詞

1. 對等連接詞（1）and …… 80
2. 對等連接詞（2）but …… 81
3. 對等連接詞（3）or …… 82
4. 對等連接詞（4）so …… 82
5. 對等連接詞（5）for …… 83
6. 對等連接詞（6）not only…but also… …… 84
7. 對等連接詞（7）both A and B …… 84
8. 對等連接詞（8）Either…or…和neither…nor… …… 85
9. 從屬連接詞（1）as long as和unless …… 86
10. 從屬連接詞（2）after和before …… 86
11. 從屬連接詞（3）while和as …… 87
12. 從屬連接詞（4）though (although) 和 in spite of (despite) …… 88
13. 從屬連接詞（5）because和since …… 88
14. 從屬連接詞（6）as soon as和no sooner than …… 89
15. 從屬連接詞（7）as if (as though)和like …… 90
16. 從屬連接詞（8）when和every (last/next) time …… 90
17. 從屬連接詞（9）that …… 91
18. 準連接詞（1）therefore / thus / as a result(consequence)…等 …… 92
19. 準連接詞（2）however / nevertheless …… 92
20. 準連接詞（3）moreover / besides / in addition …… 93
21. 準連接詞（4）in other words / that is(to say) …… 94
22. 準連接詞（5）on the contrary與in contrast …… 94

九、關係子句

1. 關係代名詞（1）：who與whom …… 96
2. 關係代名詞（2）：which …… 97
3. 關係代名詞（3）：that …… 98
4. 關係副詞：where、when、why …… 98
5. 關係形容詞：whose …… 99
6. 非限定用法 …… 100

7. 關係詞的省略 …… 100
8. 關係詞代換（1）：分詞 …… 101
9. 關係詞代換（2）：介係詞＋關係詞 …… 102
10. 複合關係詞（1）關係代名詞兼形容詞 …… 102
11. 複合關係詞（2）關係代名詞 …… 103
12. 複合關係詞（3）關係副詞 …… 104
13. 類關係詞as / but / than …… 104
14.不定代名詞與關係代名詞 …… 105

十、分詞

1. 現在分詞（1）形容詞的功能 …… 106
2. 現在分詞（2）分詞構句 …… 107
3. 過去分詞（1）表示「被動」的形容詞功能 …… 108
4. 過去分詞（2）表示「完成」的形容詞功能 …… 108
5. 過去分詞（3）分詞構句 …… 109
6. 分詞的完成式（1）主動 …… 110
7. 分詞的完成式（2）被動 …… 110
8. 複合形容詞（1）名詞＋分詞 …… 111
9. 複合形容詞（2）形容詞（副詞）＋分詞 …… 112
10. 常用獨立分詞片語 …… 112

十一、主詞的各種型態

1. 名詞、代名詞 …… 114
2. The＋分詞（形容詞）…… 115
3. 動名詞（片語）…… 116
4. 不定詞（片語）…… 116
5. That引導的子句 …… 117
6. 疑問詞＋S＋V …… 118

十二、介係詞

1. In …… 119
2. On …… 120
3. At …… 121
4. Through和throughout …… 121
5. Outside和inside …… 122
6. Out of …… 123
7. Above和below …… 123
8. Over …… 124
9. For …… 125
10. From …… 125
11. Against …… 126
12. By …… 127
13. Into和onto …… 127
14. With和without …… 128
15. With的特殊用法 …… 129
16. As …… 129
17. Of …… 130

18. Beyond 131
19. 其他介係詞 131
20. 實用介係詞片語 132
21. 補充用法（1）：形容詞與介系詞的搭配 133
22. 補充用法（2）：動詞與介系詞的搭配 133
十三、倒裝
1. Only… 135
2. 副詞置前（1）介副詞→V→S 136
3. 副詞置前（2）情態副詞 / 頻率副詞→S→V 137
4. 有「儘管」意味的as 137
5. 否定性質的副詞 138
6. 包含否定詞的常用語 139
7. 地方副詞片語 139
8. 假設語的倒裝 140
9. So…that… 141
十四、字首與字尾
1. 名詞字尾（1）- ism 142
2. 名詞字尾（2）-ist 143
3. 名詞字尾（3）-er、-or 144
4. 名詞字尾（4）-ian 144
5. 名詞字尾（5）-ness 145
6. 名詞字尾（6）-ship 146
7. 名詞字尾（7）-tion 146
8. 名詞字尾（8）-sion 147
9. 名詞字尾（9）-ment 148
10. 名詞字尾（10）-cy 148
11. 名詞字尾（11）學科 149
12. 形容詞字尾（1）-ary 150
13. 形容詞字尾（2）-ous 150
14. 形容詞字尾（3）-cal 151
15. 形容詞字尾（4）-ic 152
16. 形容詞字尾（5）-less 152
17. 形容詞字尾（6）-able 153
18. 動詞字尾（1）-ize 154
19. 動詞字尾（2）-fy（-ify） 154
20. 動詞字尾（3）-en 155
21. 形容詞、名詞字尾 -ive 156
22.否定字首（1）Un- 156
23. 否定字首（2）Dis- 157
24. 否定字首（3）Mis- 158
25. 否定字首（4） 158
26. 常用字首（1）re-和pre 159
27. 常用字首（2）Over- 160
28. 常用字首（3）Trans- 160
29. 其他常用字首 161
其他單字 162

一、時態

英文文法中存在著許多不同的時態用法，分別適用於不同的時間點、不同的含意上。英文時態除了有現在、過去、未來的差別外，大致又分為簡單式、進行式、完成式等型態。瞭解不同的句法的真正意思，才能確切地描寫出想表達的事物喔！

1. 現在簡單式

直接使用現在式動詞，就是現在簡單式。雖然叫做現在式，但其實是用來表示「普遍的情況」，而不是「現在」正發生的事情喔！所以常常需要配合頻率副詞，才能點明動作真正發生的時機。

passive [ˈpæsɪv]

形 消極的，被動的
He is sometimes passive.
他有時候很消極。

concert [ˈkɑnsɚt]

名 音樂會，演奏會
We seldom go to concerts.
我們很少去聽音樂會。

fishing
['fɪʃɪŋ]

名 釣魚，漁業
My family goes fishing once a month.
我們全家一個月去釣一次魚。

penguin
['pɛngwɪn]

名 企鵝
Penguins live in cold areas like Antarctica.
企鵝住在如南極一般寒冷的地區。

reader
['ridə]

名 讀者，讀本
Her readers express their admiration through her online blog.
她的讀者透過她線上的部落格，表示對她的讚賞。

2. 過去簡單式

1-1

直接使用過去式動詞，就是過去簡單式。可能是字尾加上-ed的規則動詞，或是沒有定律的不規則動詞。我們用它來說明過去發生的事件。

pill
[pɪl]

名 藥丸，藥片
I took some sleeping pills last night.
我昨晚吃了一些安眠藥。

prosper
['prɑspɚ]

動 繁榮，昌盛
Chiu-Fen prospered quickly during that time.
那段期間，九份快速地繁榮起來。

landlord
['lænd,lɔrd]

名 房東，地主，老闆
The landlord came this morning to collect the rent.
今早房東來收房租。

crash
[kræʃ]

名 相撞，撞擊
動 碰撞，撞擊
A plane crashed into the Twin Towers in New York City.
一架飛機撞上了紐約市的雙子星大樓。

occupy
['ɑkjə,paɪ]

動 佔領，進駐
The Japanese occupied Taiwan during the first half of the 20th century.
在二十世紀上半期，日本人曾經侵占過台灣。

3. 未來簡單式

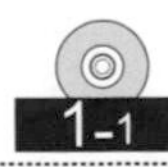

使用《will＋原形動詞》的句形，就是未來簡單式，也可以用《be going to＋原形動詞》的句型來代替，用來說明未來即將要發生的事，或是計畫要去做的事情。

miracle [ˈmɪrəkḷ]
名 奇蹟，奇事
Do you think there will be a miracle?
你覺得奇蹟會出現嗎？

essay [ˈɛse]
名 短文，評論
I will write an essay on Shakespeare.
我將會寫一篇關於莎士比亞的論文。

reliable [rɪˈlaɪəbḷ]
形 可靠的，可信賴的
You will find him to be a very reliable person.
你會發現他是個很可靠的人。

proceed [prəˈsid]
動 進展，繼續進行
We will proceed after a ten-minute break.
休息十分鐘之後，我們將繼續。

hostel [ˈhɑstḷ]
名 宿舍，旅店
We're going to stay in a cheap hostel tonight.
今晚我們會住進一家便宜的旅社。

4. 包含助動詞的簡單式（1）

用《助動詞＋原形動詞》的結構可以「改變動詞的語氣」。每個助動詞都有各自的意思，像是should（應該）、must（一定）、may（可能）、can（可以）…等。如果要加上否定詞not，要放在助動詞和動詞之間喔！

virus [ˈvaɪrəs]
名 病毒，毒害
Your computer may be infected with a virus.
你的電腦可能被病毒感染了。

dine [daɪn]
動 用餐，進餐
Shall we dine together tomorrow night?
明天晚上我們一起吃晚餐如何？

practical ['præktɪkḷ]
形 實際的，實用的
We should think of something more practical.
我們應該想一些更實際點的東西。

sexy ['sɛksɪ]
形 性感的，色情的
You can be sexy as long as you want to be sexy.
只要你想變性感，你就可以性感的。

summary ['sʌmərɪ]
名 摘要，概要
You must be more concise in writing summaries.
你撰寫摘要一定要再更精簡些。

5. 包含助動詞的簡單式（2）

有些片語所表達的意思是和某些助動詞很相近的，例如should（應該）→ought to、will（將）→be going to、must（必須）→have to等。其中have to變成否定語氣的don't have to時，表示「可以不必」的意思，和must not「絕不可以」的意思不一樣喔！

embassy ['ɛmbəsɪ]
名 大使館
I'm going to contact the embassy for help.
我要聯絡大使館以尋求協助。

dash [dæʃ]
動 猛撞，急奔
名 急衝，奔跑
You really don't have to dash around all day like this.
你大可不必整天這樣跑來跑去的。

gallery ['gælərɪ]
名 畫廊，走廊
You ought to visit that gallery before you leave the city.
在離開這個城市以前，你應該去參觀那間畫廊。

landmark ['lænd͵mɑrk]
名 地標，陸標
You ought not to miss the landmark of Taipei–Taipei 101.
你不該錯過台北的地標：台北101大樓。

accommodate [ə'kɑmə͵det]
動 調節，適應，和解
We have to think of another way to accommodate more people here.
我們得另外想個辦法，來讓這裡容納更多的人。

6. 包含助動詞的簡單式（3）

雖然助動詞後面要接原形動詞，但還是有別的方法可以表現過去的事件的！用have to（必須）→「had to」、can（可以）→「could」、will →「would」 或是「was(were) going to」等。

survival
[sɚ'vaɪvḷ]

名 殘存，生存
They had to do whatever they could to ensure their survival.
當時他們為了生存什麼事都得做。

surgeon
['sɝdʒən]

名 外科醫生
I thought he was going to become a surgeon.
當時我以為他會成為一個外科醫生。

shame
[ʃem]

名 羞恥，羞愧
動 侮辱，羞愧
He realized that he would live in shame for the rest of his life.
當時他發現，自己將會含辱度過餘生。

procedure
[prə'sidʒɚ]

名 程式，手續，過程
They had to follow the standard procedure to apply for probate.
他們當時必須遵照標準程序，來申請遺囑檢驗。

species
['spiʃiz]

名 種類，物種
We thought we could do some research on some endangered species.
當時我們認為可以對某些頻臨絕種的物種進行研究。

7. 現在、過去進行式

進行式的標準句型就是《be動詞＋V-ing》，由前面的be動詞來決定動作是「過去」還是「現在」進行中的事情。

interpreter
[ɪn'tɝprɪtɚ]

名 翻譯者，解釋者
The interpreter is translating what he just said.
翻譯員正在翻譯他剛剛所說的話。

drip
[drɪp]

動 滴下，漏下，滴水
Something is dripping from the ceiling.
有東西正從天花板上滴下來。

clumsy
[ˈklʌmzɪ]

形 笨拙的，愚笨的
The clumsy boy is trying to repair his bicycle.
那個笨拙的男孩，正試著修理自己的腳踏車。

defend
[dɪˈfɛnd]

動 防禦，保衛
The soldiers were fighting to defend our country.
當時士兵們正奮鬥著保衛我們的國家。

definition
[ˌdɛfəˈnɪʃən]

名 定義，下定義
She was looking for the right definition of his words.
當時她正在為他的話，找出正確的定義。

8. 包含助動詞的進行式

助動詞後面要接原形動詞，這個規定在進行式的結構中也是不變的，所以綜合起來就變成《助動詞＋be＋V-ing》的句型啦！也就是說，be動詞在這個句型裡面是固定不變的。

boycott
[ˈbɔɪˌkɑt]

動 聯合抵制，拒絕參加
名 聯合抵制，拒絕參加
They can't be boycotting our products!
他們不可能抵制我們的產品吧！

yawn
[jɔn]

動 打呵欠，張口
名 呵欠
You shouldn't be yawning like that during class.
在課堂上你不應該那樣打呵欠的。

volunteer
[ˌvɑlənˈtɪr]

名 志工，志願兵
They may still be looking for additional volunteers.
他們有可能還在尋找額外的志工。

clinic
[ˈklɪnɪk]

名 診所，門診
Mr. Fox must be working in his clinic at this moment.
這時候福克斯先生一定是在他的診所工作。

universal
[ˌjunəˈvɝsḷ]

形 普遍的，通用的
The committee would be discussing some universal issues.
委員會將會討論一些全球性的議題。

9. 未來進行式

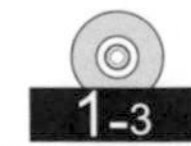

已知「明天早上會是在上班」，或是「下禮拜會是在度假」等未來的情形，就可以用《will be＋V-ing》的句型了，也就是未來進行式，表示未來的某個時刻將會在進行某件事情。

compete [kəm'pit]

動 競爭，比賽，對抗
They will be competing against each other tonight.
他們今晚將要一決勝負。

author ['ɔθɚ]

名 作者，作家
The author will be introducing his new book on a TV show.
那位作者將會在電視節目上介紹他的新書。

honeymoon ['hʌnɪ͵mun]

名 蜜月，蜜月假期
The newlyweds will be enjoying their honeymoon next week.
下個禮拜，這對新人將會享受他們的蜜月假期。

Olympic [o'lɪmpɪk]

形 奧林匹亞的，奧林匹斯山的
Will you be watching the Olympic Games in London in 2012?
2012年的時候，你會在倫敦觀賞奧運競賽嗎？

interact [͵ɪntə'rækt]

動 互動，互相影響
The students will be interacting in this class instead of just listening.
在這堂課中，學生們將會有所互動，而不只是聽課。

10. 不能用進行式的動詞

沒聽過有人說「我正在認識你」或是「我正在同意你」這類的話吧？聽起來多奇怪啊！有些動作是沒辦法用進行式來表現的，像是「感情」、「想法」、「知覺」等非動態的動詞。

discipline ['dɪsəplɪn]

名 紀律，懲戒 訓戒
I don't think anyone could ignore our discipline.
我不認為有誰可以漠視我們的紀律。

behavior [bɪ'hevjɚ]

名 行為，舉止
We all know that this is not acceptable behavior.
我們都知道這是不被允許的行為。

charming
[ˈtʃɑrmɪŋ]

形 有魅力的，迷人的
I agree with the opinion that Hugh is a charming man.
我同意休是個有魅力的男人這個說法。

existence
[ɪgˈzɪstəns]

名 存在，生活，實在
Some people don't believe in the existence of God.
有些人並不相信上帝的存在。

palace
[ˈpælɪs]

名 皇宮，宮殿
What you see now is the ancient palace of the Incas.
你現在所看到的是印加民族的古老宮殿。

11. 現在完成式

1-4

《have/ has＋過去分詞》就是現在完成式的句型，第一、二人稱或是複數形主詞用have，第三人稱或是單數形主詞則用has。現在完成式表示「從過去某時間點起的動作，一直持續到現在這一刻」，表示橫跨過去與現在的事件。常常搭配的詞有for（有多久）、since（自從）、ever（曾經）、never（從未）、yet（目前）、so far（目前），其中yet只用在問句和否定句中。

sponsor
[ˈspɑnsɚ]

動 發起，提倡
名 贊助人，提倡人
We have not found a single sponsor yet.
到目前為止，我們都還沒有找到贊助廠商。

phrase
[frez]

名 片語，成語
Have you ever heard of that phrase before?
你以前有聽過那句成語嗎？

imaginary
[ɪˈmædʒəˌnɛrɪ]

形 想像中的，幻想的
The writer has written many imaginary stories.
那位作家已經寫了許多虛構的故事。

suburb
[ˈsʌbɝb]

名 郊區，市郊
The Parkers have lived in the suburbs for years.
派克一家已經住在郊區好幾年了。

split
[splɪt]

動 劈開，分裂，切開
The students have split into six groups.
學生們已經分成了六組。

12. 現在完成進行式

現在完成進行式的句型就是《have/ has＋been＋V-ing》，其中been是固定不變的，也就是《have/ has＋p.p.》和《be動詞＋V-ing》的結合。完成進行式的重點放在持續一段時間的「動作本身」，而不是到目前為止的結果。

ache
[ek]

名 疼痛
動 覺得疼痛，渴望
I've been having a terrible ache in my back.
（從之前某個時候開始）我的背部就一直感到劇烈的疼痛。

negotiate
[nɪˈgoʃɪˌet]

動 談判，洽談，協商
They have been negotiating for a better result.
為了有個更好的結果，他們仍持續地進行談判。

practice
[ˈpræktɪs]

動 實踐，練習，實行
She has been practicing her violin skills since an early age.
她小時候就開始練習她的小提琴技巧了。

prayer
[prɛr]

名 祈禱，祈禱文
The lady has been saying prayers since her husband's accident.
那位女士從她丈夫的那場意外開始，就一直念著禱告文。

civilization
[ˌsɪvl̩əˈzeʃən]

名 文明，教化
My professor has been studying ancient Egyptian civilization.
我的教授一直在研究埃及的古文明。

13. 過去完成式

過去完成式的句型是《had＋過去分詞》，沒有主詞人稱上的差異。它是用來凸顯兩個過去事件中，較「早」發生的那一個，因此都是和另一個過去式的句子一起出現的。所以要記住它的使用時機其實很簡單，就是靠口訣：「過去的過去」。

murder
[ˈmɝdɚ]

名 謀殺，謀殺案
動 謀殺，兇殺，殺人
A murder had happened before we arrived.
在我們到達之前，已經發生了一場謀殺案。

folk
[fok]

名 民俗，民族
形 民間的，通俗的
I read the folk tale that he had told me about.
我讀了他之前跟我提過的那個民間故事。

demonstrate
['dɛmən,stret]

動 論證，證明，展示
They demonstrated the machine that they had invented.
他們展示了他們發明的機器。

receipt
[rɪ'sit]

名 收據
She found the receipt that she had lost a few days ago.
她找到了前幾天弄丟了的收據。

bribe
[braɪb]

名 賄賂，行賄物
動 賄賂，收買
The police arrested the legislator after he had taken bribes.
警察逮捕了先前收取賄賂的立法委員。

14. 未來完成式

1-5

未來完成式的用法比較少見，用來表示「某個動作，在未來某個時間點將會完成」，使用的公式是《will have＋過去分詞》。由於will是助動詞，所以have固定是原形的狀態，不隨人稱而改變。

exhibition
[,ɛksə'bɪʃən]

名 表現，展覽品，展覽會
The exhibition will have ended by tomorrow.
到了明天展覽就已經結束了。

agreement
[ə'grimənt]

名 同意，協議
We will have reached an agreement tonight.
今晚我們就會達成一個共識了。

employee
[,ɛmplɔɪ'i]

名 職員，員工，受雇員
The employees will have gotten off work by then.
到了那時候，員工們都已經下班了。

petrol
['pɛtrəl]

名 汽油
The price of petrol will have skyrocketed 30% by then.
到了那時候，石油價格就會漲足百分之三十了。

lung
[lʌŋ]

名 肺
Your lungs will have been destroyed by the time you quit smoking.
等到你戒菸的時候，你的肺就已經被毀啦。

15.「與事實相反」的助動詞完成式

很不幸地，助動詞後面不能用過去式動詞，所以我們得繞個路，用《助動詞＋have＋過去分詞》的句型，來表達過去已經完成的事情。特別的是，這個句型同時會表達出「與既定事實相反」的意思，所以常常是表示「惋惜」、「懊悔」等意思。

surfing
['sɝfɪŋ]

名 衝浪遊戲
You should have gone surfing with us!
你當時真應該和我們去衝浪的！（但你沒去）

reference
['rɛfərəns]

名 參考，參考文獻
I might have found more references if I had had time.
如果有時間的話，我也許可以找到更多參考資料的。（但當時沒有時間）

sufficient
[sə'fɪʃənt]

形 充份的，足夠的
We could have gotton a sufficient amount of money.
當時我們或許能得到充裕的資金的。（但是沒得到）

rebuild manufacturer
[ˌmænjə'fæktʃərɚ]

名 製造商，廠商
Mom might have sued the manufacturer if I hadn't stopped her.
如果當時我沒有阻止，媽媽可能就會去告那個製造商的。（我阻止了她）

rebuild
[ri'bɪld]

動 改建，改造，重建
They would have rebuilt the memorial if the government had supported them.
當時如果政府有支持的話，他們就會重建紀念碑了。（但沒有）

16. 現在進行式的其它用法

現在進行式還可以用來表示「近期的狀態」，像是最近正著手於什麼事情、最近正在學什麼才藝等；另外，它也可以表示未來的意思，說明「已經安排好要做」的事情。

recipe
['rɛsəpɪ]

名 食譜，處方，烹飪法
I'm presently looking for new recipes .
我最近在尋找新的食譜。

conservative
[kən'sɝvətɪv]

形 保守的，守舊的
名 保守者，守舊者
Their company is being pretty conservative these days.
他們公司最近還滿保守的。

medical [ˈmɛdɪkḷ]
形 醫學的，藥學的
Cecilia is thinking about attending medical school.
西莉雅正在考慮去讀醫學院。

fatal [ˈfetḷ]
形 致命的，重大的
That fatal disease is spreading quickly throughout the country.
那個致命的疾病正快速地在國內蔓延開來。

racial [ˈreʃəl]
形 人種的，種族的
The two parties are debating over racial discrimination these days.
這陣子，兩政黨進行著有關種族歧視的爭辯。

17. 比較：過去進行式與過去簡單式

1-6

過去進行式和過去簡單式時常一起連用，用簡單式來敘述事件一，用進行式來說明事件二。這時候整個句子會變成這樣的意思：「在事件一發生時，事件二已經持續發生了一段時間」。

rescue [ˈrɛskju]
名 解救，營救，援救
動 解救，營救，援救
I was bleeding when the rescue team arrived.
當救援小組抵達時，我正在流血。

tragedy [ˈtrædʒədɪ]
名 悲慘，慘案，悲劇
We were having dinner when the TV news reported the tragedy.
當電視新聞播報那場悲劇時，我們正在吃晚餐。

vision [ˈvɪʒən]
名 視覺，眼光
The phone rang when we were discussing visions for the future.
當我們正針對未來的見解進行討論時，電話響了。

whomever [humˈɛvɚ]
代 任何人，無論誰（受詞）
The rebels were attacking whomever they saw when we arrived.
我們到的時候，叛軍們正在攻擊每一個他們所看到的人。

announcement [əˈnaʊnsmənt]
名 通告，宣佈
The professor was making an announcement when we entered the classroom.
當時我們進入教室時，教授正在宣布一件事情。

18. 比較：現在完成式與過去簡單式

舉例來說，完成式可以表達「我到現在為止已經讀了三小時的英文」，有可能還繼續要讀，或是現在剛好讀完；而簡單式則可以表達「昨晚我讀了三小時的英文，現在在做別的事情」。現在完成式的動作和現在有關聯（所以才叫「現在」嘛！），過去簡單式則沒有。因此，當動作確切發生的時間點已經點明時，我們會使用過去簡單式，並且是已經完全結束的事。

India
[ˈɪndɪə]

名 印度
Have you ever been to India?
你（從出生以來）有去過印度嗎？

comedy
[ˈkɑmədɪ]

名 喜劇
Frank has seen countless comedies.
法蘭克（從以前到現在）看過無數場的喜劇片。

communist
[ˈkɑmjʊˌnɪst]

形 共產主義的，共產黨的
名 共產主義者，共產黨
The communists took over their country 50 years ago.
五十年前，共產黨接手（統治）了他們的國家。（現在沒有）

multiple
[ˈmʌltəpl̩]

形 複和的，多樣的
I haven't finished the multiple choice questions yet.
我目前還沒完成多選題。

presentation
[ˌprizɛnˈteʃən]

名 贈送，陳述
He delivered a very well-organized presentation this morning.
今早他做了一場條理清晰的簡報。（現在沒有在做簡報）

19. 比較：現在完成式與現在完成進行式

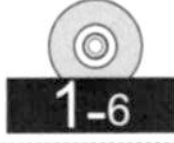

現在完成式的焦點是動作所產生的「結果」，完成進行式則是強調「動作本身」。靈活地運用兩種不同的句法，可以使句子更加生動喔！

liberal
[ˈlɪbərəl]

形 慷慨的，寬大的
名 自由主義者
The king's thoughts have never been liberal.
國王的想法從未是開明自由的。

civilian
[sɪˈvɪljən]

形 平民的，百姓的
名 平民，百姓
The civilians have been suffering under his dictatorship.
一直以來他的獨裁讓百姓們苦不堪言。

continual
[kən'tɪnjʊəl]

形 連續的，不斷的
Their support has been a continual encouragement to us.
他們的支持，（一直）是對我們持續的鼓勵。

jury
['dʒʊrɪ]

名 陪審團，評議會
The jury has been discussing but has not yet reached a verdict.
陪審團一直討論著，還沒有作出判決。（未有結果）

self
[sɛlf]

名 自我，自己
He has been looking for his true self that seemed to have disappeared.
他一直在尋找那似乎（結果）已經消失了的真正的自己。

二、被動語態

反過來以「接受動作的那一方」來出發，換個觀點敘述事情，就是所謂的被動語態。然而『我愛你』並不等於『你愛我』，所以要熟悉被動語態的各種寫法，才能寫出與主動語態意義相符合的被動句喔！

另外，英文主動和被動的語法邏輯中，有一些和中文是剛好相反的，所以要細讀本章，趕快揪出藏在腦袋裡的「中式英文」吧！

1. 簡單式

《be動詞＋過去分詞》 是被動語態的基本句型，此時be動詞要隨著主詞人稱來變化，過去分詞則是固定不變的。如果是未來的被動式，則要用《will be＋過去分詞》，固定使用be動詞即可。

digital
[ˈdɪdʒɪtl̩]

形 數位的，數字的
My digital camera was stolen!
我的數位相機被偷了！

prohibit
[prəˈhɪbɪt]

動 禁止，阻止
Drunk driving is strictly prohibited.
酒後駕車是嚴格禁止的。

bamboo
[bæm'bu]

名 竹，竹子
Bamboo is used to make chopsticks.
竹子被拿來製造筷子。

expense
[ɪk'spɛns]

名 費用，代價
All of the expenses are listed on this paper.
所有的花費都列在這張紙上。

scientific
[ˌsaɪən'tɪfɪk]

形 科學的，科學上的
His new theory is supported by many scientific facts.
他的新理論是有許多科學根據支持的。

2. 進行式

1-7

進行式的被動並沒有未來的用法，所以只要考慮現在和過去式兩種就好啦！句型是《be動詞＋being＋過去分詞》，表示「在現在或是過去的某時候，正在承受某個動作」的狀態，而其中being是固定不變的。別忘了be動詞中，is / am / are是現在式，was / were是過去式喔！

medal
['mɛdḷ]

名 獎牌，勳章
The medals are being awarded to the winners.
正在頒發獎牌給獲勝者。

furnish
['fɝnɪʃ]

動 供應，給(房間)配置
His luxurious house is being furnished right now.
他的豪宅正在給人安置家具。

disturb
[dɪs'tɝb]

動 弄亂，打亂，打擾
The speech was being disturbed by a naughty child.
當時一個頑皮的小孩正在擾亂演講。

lobster
['lɑbstɚ]

名 龍蝦
The lobster I bought is being cooked by my mother.
我媽媽正在煮我買的那隻龍蝦。

pianist
[pɪ'ænɪst]

名 鋼琴家，鋼琴演奏者
The young pianist was being introduced to the royal family.
那位年輕的鋼琴家當時正被介紹給皇室。

3. 現在、過去完成式

現在完成式的被動句型是《have/has＋been＋過去分詞》，其中been是固定不變的。和一般的完成式一樣，如果要表現過去完成式，只要把have/has改成had就可以了，變成《had＋been＋過去分詞》。

accent ['æksɛnt]
名 重音，口音，腔調
Her accent has been corrected.
她的口音已經被矯正了。

persuade [pɚ'swed]
動 勸說，說服
Mom has been persuaded by my words.
媽媽已經被我的話給說服了。

meadow ['mɛdo]
名 牧場，草地
The meadow has been tended to by our gardener.
草地已經被我們的園丁修剪過了。

location [lo'keʃən]
名 位置，場所，特定區域
The lost children's location has been identified.
已經找到失蹤孩子們的所在位置了。

access ['æksɛs]
名 接近，使用，入口
動 接近，使用
The access road I used to take has been closed.
那個以前我走過的入口，已經被關閉了。

4. 與助動詞連用

被動語態中，助動詞只能用在現在簡單式和現在完成式中，變成《助動詞＋be＋p.p.》和《助動詞＋have been＋p.p.》。同樣地，因為是接在助動詞後面，be動詞和have been都是固定不變的喔！而因為will也是助動詞的一種，所以未來完成式的用法，也包含在這個類別裡面。

refugee [ˌrɛfjʊ'dʒi]
名 難民，流亡者
All the refugees will have been rescued by then.
到了那時，難民們已經全數被救出來了。

operator ['ɑpəˌretɚ]
名 行家，操作員
The operator might have been fired for our complaints.
那個接線生可能已經因為我們的抱怨而被解雇了。

pirate
['paɪrət]

名 海盜，盜印商
Those pirates should have been captured and executed.
那些海盜應該要被抓並處決了。（但卻沒有）

scholarship
['skɑlɚ,ʃɪp]

名 學問，獎學金
Elizabeth might have been awarded the scholarship and gone abroad.
伊莉莎白本來可能已經拿到獎學金，而且出國了。（但沒有）

surround
[sə'raʊnd]

動 包圍，圍繞
They could have been surrounded by their enemies.
他們本來可能被敵人給包圍了。（但沒有）

5. 情意動詞 (1)

1-8

表示驚訝、疑惑、喜悅…等的情意動詞，跟中文的邏輯恰好相反。以interest（使…感興趣）這個動詞來說，是「有趣的事物→interest(s)→感興趣的對象」的關係，所以有感覺的人是受詞而不是主詞喔！

scare
[skɛr]

動 驚嚇，恐懼
Did that horror film scare you?
那部恐怖片嚇到你了嗎？

fluent
['fluənt]

形 順利的，流暢的
His fluent Spanish impressed us all.
他流利的西班牙文讓我們印象深刻。

amaze
[ə'mez]

動 大為驚奇，驚愕
His great progress in math amazed me.
他在數學方面進步神速，令我大為驚嘆。

disappoint
[,dɪsə'pɔɪnt]

動 使失望，挫敗
Your actions have really disappointed me.
你的舉動真叫我大為失望。

fascinate
['fæsn̩,et]

動 令人著迷，入迷
Her newly released novel fascinates me a lot.
她新發表的小說讓我非常著迷。

6. 情意動詞 (2)

因為有感覺的人其實是「受詞」的那一方，所以如果要表示中文的「某人對某物感興趣」這句話，就要用被動語態來說囉！比較要花時間的是，每個情意動詞搭配的不一樣的介系詞，例如be satisfied with、be interested in等。

astonish [ə'stanɪʃ]

動 使吃驚，使驚訝
We were astonished with his performance.
他的表演讓我們感到非常驚訝。

frequent ['frikwənt]

形 快速的，頻繁的
Grandma is very pleased by his frequent visits.
他經常來家裡，讓祖母很高興。

admiration [,ædmə'reʃən]

名 欽佩，讚美
The girl was surprised by his passionate admiration.
那女孩被他熱情的讚美給嚇到了。

fascinated ['fæsn̩,etɪd]

形 著迷的
I was fascinated by her immense knowledge on the subject.
她在這主題上有如此豐富的知識，令我著迷不已。

bulletin ['bʊlətɪn]

名 公報，公告
The students are shocked at the announcement on the bulletin board.
學生們對於布告欄上的告示感到非常震驚。

7. 情意動詞 (3)

現在分詞（-ing）表示「主動」，過去分詞表示「被動」、「完成」，兩個都可以用來當作形容詞。再度以interest為例，interesting是形容人或事物是「有趣的、令人感興趣的」，也就是說明主詞的那一方；interested是形容被動方的，所以就是「感到有興趣的」人啦。只要弄清楚誰是主詞、誰是受詞，就不會搞錯了！

astonishing [ə'stanɪʃɪŋ]

形 令人驚訝的，驚人的
Her improvements are quite astonishing.
她的進步叫人驚歎不已。

fascinating ['fæsn̩,etɪŋ]

形 迷人的，醉人的
I think Latin culture is really fascinating.
我覺得拉丁文化非常迷人。

tiring ['taɪərɪŋ]

形 累人的
Listening to his pointless lectures is tiring.
聽他毫無重點的演講真是累人。

amazing [ə'mezɪŋ]

形 驚人的，令人吃驚的
The scenery in the national park was amazing.
國家公園的景色，讓人歎為觀止。

awkward ['ɔkwɚd]

形 笨拙的，不熟練的
My awkward movements were embarrassing!
我那些笨拙的動作，真是叫人尷尬！

8. 被動意義的主動動詞：「看起來」、「聽起來」等

明明在句意中是「承受動作的對象」，怎麼寫法卻是跟主動語態一樣呢？有一種感官類動詞就有這種特殊情形喔！也就是國中學過的連綴動詞用法：《動詞＋形容詞》，有look（看起來）、sound（聽起來）、smells（聞起來）…等用法。

definite ['dɛfənɪt]

形 明確的，確切的
His announcements sounded definite.
他的聲明聽起來很明確。（別人聽）

scary ['skɛrɪ]

形 嚇人的
Her Halloween costume looks a little scary.
她的萬聖節造型看起來有點恐怖。（別人看她）

smooth [smuð]

形 平滑的，光滑的
動 使平滑，使光滑
The little girl's skin feels smooth and cool.
那個小女孩的皮膚（摸起來）感覺光滑而冰涼。（別人摸它）

rot [rɑt]

動 腐敗，墮落
名 腐敗，腐爛
The fish has rotted and now it smells disgusting!
那條魚腐爛了，現在聞起來真令人作嘔！（別人聞牠）

suspect [sə'spɛkt]

動 懷疑，疑心，不信任　名 嫌疑犯，可疑分子
The suspect seemed nervous when the police asked him questions.
警察問問題的時候，那個嫌疑犯似乎很緊張。（別人看他）

9. 使役動詞的被動寫法

Make、let、have等表示「令某人做某事」的使役動詞，在變成被動語態的時候，要將原本的動詞變成《to＋V》才行，是個特例。

abandon
[ə'bændən]

動 丟棄，放棄
The crew were made to abandon the ship.
當時船員們被迫要棄船。

grave
[grev]

形 嚴肅的，認真的，嚴重的
Billy was forced to resign for his grave error.
比利為了他嚴重的錯誤而被迫要辭職。

additional
[ə'dɪʃənl̩]

形 額外的，附加的
I was made to give her an additional discount.
我被強迫要給她額外的折扣。

identification
[aɪˌdɛntəfə'keʃən]

名 認同，識別
The drunken man was told to show his identification.
那個酒醉的男人，被要求出示證件。

liberate
['lɪbəˌret]

動 解放，釋放，使自由
The guard was threatened to liberate the prisoners.
警衛被威脅要釋放囚犯。

10. 常見被動語態句型

英文中有不少慣用語是固定使用被動語態的，下面列出一些常用的片語，要好好記住並活用喔！

profitable
['prafɪtəbl̩]

形 有利潤的，賺錢的
Tobacco is believed to be a very profitable crop.
菸草被認為是一種高利潤的作物。

constructive
[kən'strʌktɪv]

形 建設性的，積極的，有益的
Leon's suggestions are often considered constructive.
里昂的建議常被認為是很有建設性的。

promising
['prɑmɪsɪŋ]

形 有希望的，有前途的
Jeff is thought of as the most promising boy in his family.
傑夫被認為是他們家裡最有前途的男生。

fashion
['fæʃən]

名 時尚，流行，風氣
Vivien Westwood is said to be the godmother of fashion.
薇薇安衛斯伍德被稱為時尚界的教母。

admirable
['ædmərəbl̩]

形 極好的，令人佩服的
Michael Jordan is regarded as one of the most admirable athletes.
麥可喬登被視為是最值得敬佩的運動員之一。

三、代名詞

我們常用代名詞來避免重複提到某樣東西。除了最基本的人稱代名詞和只是代名詞，要挑戰高中程度的你更要熟悉其他的代名詞，才能寫出精簡又不失精確的句子！有些代名詞代表「前面提過的事物」，有些則代表「與前面事物的同一類別」，還有些甚至代表「句子中的子句」…種類繁多，快來瞧瞧吧！

1. this / that / these / those（1）

This（這個）、that（那個）、these（這些）、those（那些）等四個代名詞，最基本的用法就是當作指示代名詞，指稱眼前的事物，或是較遠的事物。有時候這些代名詞也用來指代「前面出現過的事物」，甚至是前面的「句子」、「敘述」等較大範圍的東西。

dormitory [ˈdɔrməˌtorɪ]

名 宿舍

That is the female dormitory.

那就是女生的宿舍。

linen [ˈlɪnən]

名 亞麻布，亞麻製品，亞麻線

These are really comfortable linen pants.

這是很舒服的亞麻褲呢。

original
[ə'rɪdʒənl̩]

形 原始的，獨創的，最初的
名 原物，原作
Is this the original version of that song?
這個是那首歌的原始版本嗎？

cucumber
['kjukəmbɚ]

名 黃瓜，胡瓜
Are these pickled cucumbers?
這些是醃小黃瓜嗎？

rehearsal
[rɪ'hɝsl̩]

名 排練，試演，練習
The final rehearsal is tonight. That is for sure.
最終的採排時間是在今晚，那已是千真萬確的事了。

2. this / that / these / those（2）指「人」的those

Those常常被應用在關係子句上，指的是沒有特別對象的「任何人」，是這四個代名詞中，唯一有此用法的一個。

idle
['aɪdl̩]

形 懶惰的，散漫的
動 無所事事，閒混
Prosperity will not come to those who are idle.
財富不會降臨在懶散的人身上。

dislike
[dɪs'laɪk]

動 不喜歡，討厭
名 不喜歡，討厭
Those who dislike others are often disliked, too.
那些不喜歡別人的人，通常也不會被喜歡。

distribute
[dɪ'strɪbjʊt]

動 分配，散佈
Supplies were distributed to those who are homeless.
物資被分配給了那些無家可歸的人。

erect
[ɪ'rɛkt]

動 樹立，使直立
We erected a monument to honor those who died in the attack.
我們建立了一座紀念碑，來景仰那些在攻擊中喪生的人。

guilt
[gɪlt]

名 內疚，羞愧，有罪
Those who have no sense of guilt are natural-born criminals.
沒有任何罪惡感的人，是天生的罪犯。

3. this / that / these / those（3）that與those

That以及those還有另一個特殊用法，就是用來代表前面提過的、某類型的事物。也就是說，它們指的並不是前面的同樣一件東西，而是「同類」的事物，例如要比較「A的眼睛」和「B的眼睛」時，有時候就會用those來指代「眼睛」這個重複的項目

potential
[pəˈtɛnʃəl]

形 有潛力的，潛在的
名 潛在性，可能性
Her potential is greater than that of her classmates.
她的潛力比她同學們的（潛力）要大。

deadline
[ˈdɛdˌlaɪn]

名 截止日，截稿日，最後期限
The deadline for this project is earlier than that of the other one.
這個企畫的截止日，比另一個（企畫）要更早。

grammar
[ˈgræmɚ]

名 語法，文法
German grammar is much harder than that of English.
德文的文法比英文的文法要難多了。

prospect
[ˈprɑspɛkt]

名 前景，展望
The prospects of this company are much better than those of the other one.
這家公司未來的展望，比另一家公司的（展望）要好多了。

tablet
[ˈtæblɪt]

名 平板，門牌，筆記簿
The age of this Egyptian tablet is older than those of all others discovered.
這塊埃及面板的年齡比所有其他發現過的都要來得老。

4. It 的用法（1）天氣、時間、明暗等

常用的代名詞it可以用來代替很多抽象、不具體的東西，像是天氣，或是跟單位測量有關的時間、距離、價格、重量等。

gallon
[ˈgælən]

名 加侖
It is five dollars per gallon.
一加侖五塊錢。

midday
[ˈmɪdˌde]

名 正午，中午
It is always blazing hot at midday.
正午的天氣總是炎熱的。

accompany [ə'kʌmpənɪ]

動 陪伴，伴隨，隨著
It is late. Shall I accompany you home?
很晚了，要不要我陪你回家？

volcano [vɑl'keno]

名 火山
It is about six miles away from the nearest volcano.
（這裡）離最近的火山大約有六英哩。

outdoor ['aʊt,dor]

形 戶外的，露天的
It's sunny today. We should do some outdoor activities!
今天天氣晴朗，我們真該去做些戶外活動呢！

5. It 的用法（2）《It is/it was＋形容詞或名詞＋to V》

1-11

虛主詞 it 就等於後面的不定詞片語（to V…）。由於是當作「一件事情」來看待，所以be動詞一定是使用單數形的is/was，用來形容「這是件怎麼樣的事」。想要做些變化，變成「也許是」、「應該是」等語氣時，可以在be動詞前面加上助動詞。

nightmare ['naɪt,mɛr]

名 惡夢，夢魘
It was a nightmare to hear him sing!
聽他唱歌真是一場惡夢啊！

honor ['ɑnɚ]

名 榮譽，誠信，信用
動 尊重，敬重
It is my greatest honor to receive this award.
得到這個獎是我最大的榮幸。

insurance [ɪn'ʃʊrəns]

名 保險，保險費，保險業
It might be a solution to buy insurance.
買個保險也許會是一個解決之道。

approach [ə'protʃ]

名 取向，方法
動 靠近，接近
It could be dangerous to approach wild animals.
接近野生動物可能會很危險。

actual ['æktʃʊəl]

形 實際的，事實上的
It is impolite to ask a woman about her actual age.
向一個女人詢問實際年齡很沒禮貌。

6. It 的用法（3）《It is/it was＋形容詞或名詞》與其他搭配

1-11

虛主詞 it 就等於後面的「某件事情」，所以只要是可以視作「一件事」的名詞子句（或片語），就可以放在後面。除了最常見的不定詞片語（to＋原形動詞），另一個常用的就是「疑問詞開頭」的名詞子句：《疑問詞→S→V》。

prosper
['prɑspɚ]

動 繁榮，昌盛
It is surprising how fast Beijing has prospered!
北京的快速崛起，真是令人驚訝！

exceptional
[ɪk'sɛpʃənḷ]

形 例外的，特別的 異常的
It was impressive what an exceptional artist he was.
他是個如此優秀的藝術家，令人印象深刻。

suspicious
[sə'spɪʃəs]

形 可疑的，懷疑的
It is an order to arrest anyone suspicious in this area.
逮捕這區域裡任何可疑的人物，這是命令。

therapy
['θɛrəpɪ]

名 治療，療法
It was amazing how music became part of the therapy.
音樂竟變成了治療的一環，這真令人驚訝。

disappointing
[ˌdɪsə'pɔɪntɪŋ]

形 令人失望的，掃興的
It was disappointing to have canceled the trip.
旅行取消了，真令人失望。

7. It 的用法（4）《It is/it was＋形容詞或名詞＋for或of ＋人＋to V》

1-12

For和of在這裡的差別是什麼呢？用for表示「對某人而言，這件事情是…的」；用of則表示「某人做這件事情是… 的」。換句話說，使用for時，形容詞所形容的是「事件」，但使用of時，形容的對象則是「人」。

disaster
[dɪ'zæstɚ]

名 災害，災難，不幸
It was a disaster for her to dress like that.
對她而言，穿成那樣真是一場災難啊！

ridiculous
[rɪ'dɪkjələs]

形 荒謬的，可笑的
It is ridiculous of him to accuse me of stealing.
他告我偷竊，真是太可笑了。

passport
['pæs,port]

名 護照，通行證
It is vital for you to apply for a new passport.
申請新的護照對你來說是件很重要的事。

reasonable
['riznəbl̩]

形 合理的，適當的
It is reasonable of him to change the original plan.
他改變原訂的計畫是很合理的。

protein
['protiɪn]

名 蛋白質
It is necessary for animals to absorb enough protein.
對於動物而言，攝取足夠的蛋白質是很必要的。

8. It 的用法（5）It is…that…(should) 句型

1-12

有一種特殊的《It＋is/was＋adj.＋that one (should)＋原形動詞》句型公式，用來表示建議，把should當作「竟然」來使用，或是表達個人主觀的想法。其中，should通常是被省略的，因此看到原形動詞時，可不要覺得奇怪喔！

raw
[rɔ]

形 生食的，生的，未加工的
It is strange that they (should) eat raw food.
真奇怪，他們竟然吃生的食物。

abuse
[ə'bjuz]

名 濫用
動 濫用，辱罵
It is urgent that you quit abusing drugs.
你得趕緊戒掉對藥物的濫用。

simplify
['sɪmplə,faɪ]

動 簡化，精簡
It is necessary that she (should) simplify her writing.
她必須簡化她的文章。

pursue
[pɚ'su]

動 追趕，追捕
It is pathetic that many people (should) pursue only fame and money.
很可笑的是，很多人只追求名譽和金錢。

elementary
[,ɛlə'mɛntərɪ]

形 初步的，基本的
It is a pity that some players (should) skip the elementary training.
真遺憾！有些選手竟跳過了基礎的訓練。

9. It 的用法（6）強調

如果想要強調某個重點事物，也可以用it來表達喔！《It＋is/was＋名詞＋that…》的句型在這裡變成「（名詞）…才是…」的意思。當重點主題是人物的時候，that也可以換成另一個關係代名詞who喔。

distrust
[dɪsˈtrʌst]

動 懷疑，不相信
名 不信任
It was distrust that destroyed their marriage.
是彼此的不信任，摧毀了他們的婚姻。

committee
[kəˈmɪtɪ]

名 委員會
It was the committee that made such a decision, not me.
是委員會做出那樣的決定的，不是我。

explanation
[ˌɛkspləˈneʃən]

名 解釋，說明
It is only your explanation that I want to hear.
我想要聽的就只是你的解釋。

gang
[gæŋ]

名 古惑仔，幫派，一伙人
動 成群結黨，結夥
It was actually Megan who joined the gang, not her brother.
其實是梅根加入了幫派，而不是她弟弟。

battle
[ˈbætḷ]

名 戰役，交戰
動 作戰，戰鬥
It was the Battle of Waterloo that shattered Napoleon's dream.
是滑鐵盧之戰，粉碎了拿破崙的夢。

10. It 的用法（7）其他慣用法

英文中有些慣用語是固定使用虛主詞 it 的，以下列出常見的一些 it 慣用語。

mend
[mɛnd]

動 修改，改進
It is never too late to mend.
改進永遠也不嫌晚。

spill
[spɪl]

動 使溢出，湧流
It is no use crying over spilt milk.
為了灑出來的牛奶哭泣，是沒有用的。（比喻覆水難收）

rumor
['rumɚ]

名 謠言，傳聞，八卦
Rumor has it that Hannah and Jack are a couple.
有謠言說漢娜和傑克是情侶。

reveal
[rɪ'vil]

動 露出，透露，顯示
It is (high) time (that) you revealed the truth.
這是你該說出真相的時候了。（早該說了卻還沒有做）

retreat
[rɪ'trit]

名 撤退，撤退信號
動 撤退，退卻
It was not until the army received its orders did it retreat.
軍隊一直等到收到命令之後才撤退的。

11. One的基本用法

One在當作代名詞時可以表示與前面提過的事物「同類」的東西，而不是指同樣一件東西喔！除此之外，它還可以用來表示一個沒有確切對象的「人」，常用來敘述通則、真理等句子。

gown
[gaʊn]

名 長袍，禮服
She has a beautiful gown. I wish I had one, too.
她有一件美麗的禮服，我真希望也有一件。

tulip
['tjuləp]

名 鬱金香
Look at those tulips! Would you buy me one?
看看那些鬱金香！你願意買一朵給我嗎？

reflect
[rɪ'flɛkt]

動 反射，反映；反省
One should never forget to reflect on oneself.
絕不能忘記要反省自己。

hatred
['hetrɪd]

名 憎恨，仇恨
One must not let hatred take over one's mind.
人絕不能讓仇恨操控自己的心智。

lantern
['læntɚn]

名 燈籠，提燈
My son wants a lantern for Lantern Festival, so I bought one.
我兒子想要一個燈籠過元宵節，所以我買了一個（燈籠）。

12. One、another和 others

1-13

One、another和others分別表示「一個」、「另一個」、「其他的（複數）」的意思，三個常常放在一起連用，可以清楚地把團體中的不同事物，分別一件一件地娓娓道來。但注意喔，除了提到的這些事物之外，還是有其他這個團體的事物存在的，只是沒有提到罷了。

poisonous
['pɔɪzn̩əs]

形 有毒的，惡毒的
There are six drinks and one is poisonous.
這有六杯飲料，其中一杯是有毒的。

remain
[rɪ'men]

動 剩下，餘留
While he spoke of his idea, others remained silent.
他訴說著自己的想法，而其他人則保持沈默。

jail
[dʒel]

名 監牢，監獄，拘留所
動 監禁，下獄
She had two sons. One died, and the other is in jail.
她有兩個兒子，一個死了，另一個在坐牢。

govern
['gʌvɚn]

動 統治，管理
To be elected is one thing, to actually govern the country is another.
當選是一回事，真正要治理國家又是另一回事。

inventor
[ɪn'vɛntɚ]

名 發明家
Thomas Edison was a great inventor, and I'll become another.
湯瑪士愛迪生是個偉大的發明家，而我將是另一個（偉大的發明家）。

13. The others和the rest

1-14

如果想要把一個團體中的東西通通談完，就可以用加上定冠詞the，表示是特定的對象。the others或是the rest來表示「（剩餘的）其他」，表示沒有別的了。注意another是不能夠和the一起使用的，因為它其實就是an（某一個）和other（其它的）組合啊！

resign
[rɪ'zaɪn]

動 辭職，放棄，屈從
Only three people stayed while the others had resigned.
只有三人留了下來，其他的都已經辭職了。

assemble
[ə'sɛmbl̩]

動 集合，聚集
Your job is to assemble the workers. I will worry about the rest.
你的工作是召集員工們，剩下的（工作）由我來操心。

timber
['tɪmbɚ]

名 木材，木料
This state provides the rest of the country with a lot of timber.
這一州大量地提供了其它州（國家其他地方）的木材。

judgment
['dʒʌdʒmənt]

名 審判，判決，判斷
I obeyed his order while the rest acted on their own judgment.
我聽從他的命令，剩下的人則依自己的判斷行事。

timid
['tɪmɪd]

形 膽小的，羞怯的
While Tim expressed his thoughts, the others were too timid to speak.
提姆表達了他的想法，而其他人則羞怯得不敢說話。

14. 複合代名詞（1）「some ＋…」

1-14

字根some-可以和其他的字組合成複合代名詞，變成「某個…」的意思，像是somebody（某人）、somewhere（某地）、someone（某人）、something（某個東西）等，還有相似的不定副詞somehow（某個方法）someday（某天）、sometime（某個時候）等。因為原理類似，所以放在這裡讓大家一起認識！

revenge
[rɪ'vɛndʒ]

名 報仇，復仇，報復
動 為…報仇，復仇
He will return for revenge someday.
有一天他會回來復仇的。

confess
[kən'fɛs]

動 承認，坦白
The man says he has something to confess.
那個男人說他要坦承某事情。

handwriting
['hænd,raɪtɪŋ]

名 筆跡，書寫體
Somehow, my daughter copied my handwriting.
我女兒不知道是怎麼模仿我的筆跡的。

drawing
['drɔɪŋ]

名 圖畫，製圖
I've seen a drawing similar to this somewhere.
我在某個地方看過跟這個類似的圖畫。

replace
[rɪ'ples]

動 代替，取代
It is urgent to find someone to replace him.
要趕緊找人來取代他。

15. 複合代名詞（2）「any ＋…」

字根any-可以和其他的字組合成複合代名詞，變成「任何…」的意思，像是anybody（任何人）、anywhere（任何地方）、anyone（任何人）、anything（任何東西）等。這樣的代名詞也視作單數。

client [ˈklaɪənt]

名 委託人，客戶
Anyone may become a future client of ours.
任何人都可能會成為我們未來客戶之一。

suitcase [ˈsutˌkes]

名 手提箱，衣箱
Is there anything valuable in your suitcase?
你的行李箱裡有任何值錢的東西嗎？

aspirin [ˈæspərɪn]

名 阿斯匹靈
Do you know anywhere I can find some aspirin?
你知道哪裡可以找到阿斯匹靈嗎？

satisfactory [ˌsætɪsˈfæktərɪ]

形 令人滿足的，良好的，符合要求的
Jamie's report was anything but satisfactory.
傑米的報告令人相當不滿意。

accurate [ˈækjərɪt]

形 準確的，精確的
Can anybody here give me an accurate answer?
這裡有誰可以給我一個精確的答案嗎？

16. 複合代名詞（3）「no ＋…」

字根no-可以和其他的字組合成複合代名詞，變成「沒有…」的意思，像是nobody（沒有人）、nowhere（沒有地方）、no one（沒有人）、nothing（沒有東西）等。其中的nowhere被歸類為副詞，不過因為原理相同，也放在這裡好方便記憶。

familiar [fəˈmɪljɚ]

形 親密的，熟悉的
Nothing here is familiar to me.
這裡沒有任何東西是我所熟悉的。

mistress [ˈmɪstrɪs]

名 情婦
No one dares to speak of his mistress in public.
沒有人敢在公開場合提到他的情婦。

ambassador
[æm'bæsədɚ]

名 大使，外交官
The ambassador is going nowhere but to work tonight.
今晚大使除了工作，哪兒也不會去。

mercy
['mɝsɪ]

名 仁慈，慈愛，寬恕
Nothing but the king's mercy can save him now.
現在除了國王的赦免之外，沒有東西救得了他。

extensive
[ɪk'stɛnsɪv]

形 廣泛的，多面向的
Nobody has an extensive understanding of plants like Jack.
沒有人能像傑克那樣，對植物的知識如此淵博。

17. 複合代名詞（4）「every＋…」

1-15

字根every-可以和其他的字組合成複合代名詞，變成「每個…」的意思，像是everybody（每個人）、everywhere（每個地方）、everyone（每個人）、everything（每個東西）等。這樣的代名詞也視作單數。

faith
[feθ]

名 信心，信任
Everyone here has strong faith in you.
這裡的每個人都對你非常有信心。

fame
[fem]

名 名望，傳說
You must know that fame isn't everything.
你必須瞭解，名聲並不是一切。

inquire
[ɪn'kwaɪr]

動 詢問，調查，訊問
The police have inquired with everybody in the room.
警方已經詢問過房間裡的所有人。

extremely
[ɪk'strimlɪ]

副 極端地，非常地
Everything in that museum was extremely beautiful.
那間博物館裡，所有的東西都非常漂亮。

application
[ˌæplə'keʃən]

名 申請，請求，申請書
I've looked everywhere but still can't find my application form.
我四處都找過了，但還是找不到我的申請表格。

18. 所有格代名詞的強調用法

除了前面提到的《It＋is/was＋名詞＋that…》句型，可以用來說明強調的事物外，一般用來表示「某人的」的所有格形容詞，也可以發揮同樣功能喔！

negotiation
[nɪˌgoʃɪ'eʃən]

名 磋商，談判，協商
George himself is in charge of the negotiations.
喬治本身是負責協商的。

nun
[nʌn]

名 修女，尼姑
It was Sarah herself who decided to become a nun.
當時是莎拉自己決定要當修女的。

melody
['mɛlədɪ]

名 曲子，樂章，曲調
The melody itself is good enough to make this song a big hit.
旋律本身就足以讓這首歌成為暢銷金曲了。

witness
['wɪtnɪs]

名 證人，目擊者，證據
動 目擊，證明，作證
I myself witnessed the murder with my own eyes.
我親眼目睹了兇殺案。

incident
['ɪnsədn̩t]

名 事件，事變
I was not depressed by the punishment but by the incident itself.
我並非因為處罰而感到失落，而是因為那件事本身。

四、不定代名詞

當我們只想討論很多事物中的其中一些時，就會使用不定代名詞。「不定代名詞」同時帶有「不確定的對象」和「代名詞」兩種特性。而不同情況下，不定代名詞又有單、複數的差別。要知道正確使用不定代名詞的方法，就往下看吧！

1. 數字＋of＋複數名詞

1-16

只想討論很多事物之中的某幾個東西，並且也知道確切數字的話，就可以用《數字＋of＋複數名詞》的句型來表示。此時數字視作不定代名詞來看待，只知數量而不知確切的對象。通常複數名詞前都會加上the、所有格等指示詞，這是因為我們在針對某些特定的對象在做討論。

rotten
[ˈrɑtn̩]

形 腐爛的，墮落的
Two of the apples are rotten.
蘋果之中有兩個是腐爛的。（並非是所有的蘋果）

representative
[rɛprɪˈzɛntətɪv]

名 代表，典型
形 代表的，表現的
Only one of you will be chosen as the representative.
你們之中只有一個會被選作代表。

gambler
['gæmbḷɚ]

名 賭徒
Eight of the gamblers tonight were kicked out of the casino.
今晚的賭客裡，有八個被踢出了賭場。（專指今晚的賭客，不是其他賭客）

collapse
[kə'læps]

動 倒塌，崩潰
名 倒塌，崩潰
Hundreds of the buildings in that city have collapsed.
那城市中的幾百棟的建築都倒塌了。（專指某一個城市）

pregnant
['prɛgnənt]

形 懷孕的，懷胎的
It's hard to believe that two of my classmates are already pregnant!
我的同學中已經有兩個懷孕了，真是叫人難以置信！（專指我的同學）

2. 表示「少（一些）」：(a)few與 (a)little

A few和a little的差別在於：前者用來描述可數名詞，後者用來描述不可數名詞，表示「一些」。如果去掉冠詞變成few或是little，則有負面的意思，表示「很少」喔！句型是《不定代名詞＋of＋複數名詞》。

disagree
[ˌdɪsə'gri]

動 分歧，意見不合
They disagreed on few of the proposals.
他們對提議中的一部分有意見。

evidence
['ɛvədəns]

名 證據，跡象
Little of the evidence is actually useful.
證據之中只有少部分是真的有用的。

incomplete
[ˌɪnkəm'plit]

形 不完全的，不定的
A few of the chapters are still incomplete.
還有一些章節是未完成的。

masterpiece
['mæstɚˌpis]

名 傑作，名著
Few of the paintings here are masterpieces.
這裡的畫作中，傑作很少。

charity
['tʃærətɪ]

名 慈善，仁愛
The millionaire gave away a little of his money to charity.
那個百萬富翁捐出了一些錢作慈善捐助。

3. 表示「多」：much、many、a lot

Much形容的對像是不可數名詞，many則是可數名詞，至於a lot則是兩者通吃，非常好用！

surrender [sə'rɛndɚ]
動 投降，自首
Many of the soldiers have surrendered.
士兵中有許多人都投降了。

gossip ['gɑsəp]
名 閒話，聊天
動 說閒話，閒聊 散播謠言
Much of the gossip about him is actually true.
關於他的八卦，其中有不少是真的。

iceberg ['aɪs,bɝg]
名 冰山，冷峻的人
A lot of the icebergs in that area have melted.
那個區域裡的冰山，很多都融掉了。

miner ['maɪnɚ]
名 礦工，開礦機
Many of the miners were trapped in the collapsed mine.
很多的礦工被困在崩塌的礦坑裡。

account [ə'kaʊnt]
名 帳單，帳戶，估計
動 視為，認為
Much of his money was transferred to his wife's account.
他很多的錢都轉到他太太的帳戶裡去了。

4. 表示「部分」：some、most、part、half等

Some表示「一些」，most表示「大部分」，part表示「部分」，half則表示「一半」。這些不定代名詞同時可修飾可數和不可數名詞，但別忘記囉，不可數名詞一律都視為單數處理！

melt [mɛlt]
動 融化，溶解
Most of the ice has melted already.
大部分的冰都已經融化了。

goods [gʊdz]
名 貨物，商品
Some of the goods in my shop are imported.
我店裡的商品，有部分是進口的。

fund
[fʌnd]

名 資金，基金
動 提供資金
Part of the fund has been donated to NTU Hospital.
部分的基金捐給了台大醫院。

participant
[pɑrˈtɪsəpənt]

名 關係人，參與者
Half of the participants made it to the top of the mountain.
有一半的參與人員，成功地登上了山頂。

industrialize
[ɪnˈdʌstrɪəl͵aɪz]

動 工業化，使工業化
Most of the industrialized countries have pollution problems.
大部分的工業國家，都有污染的問題。

5. 表示「全部」：all與both

All與both都有「全部」的意思，不同的是，both是專門用來說明「兩者皆是」的情況的，也就是說，只要說明的對象多於兩個，就要用all而不能用both囉！

attractive
[əˈtræktɪv]

形 有吸引力的，迷人的
Both of the girls are attractive.
兩個女孩都很迷人。

jewel
[ˈdʒuəl]

名 珠寶，寶物
The old lady sold all of her jewels.
那位老太太把她所有的珠寶都賣掉了。

illustration
[ɪ͵lʌsˈtreʃən]

名 例證，插圖
Both of these books have excellent illustrations.
這兩本書都有極為出色的插圖。

ingredient
[ɪnˈgridɪənt]

名 成分，因素
You should have listed out all of the ingredients.
你應該要把所有的成分都列出來的。

inform
[ɪnˈfɔrm]

動 通知，告知
Both of the applicants were informed of a second interview.
兩個應徵者都收到第二次的面試通知。

6. 表示「擇一」：one與either

One與either都表示「其中之一」的意思，但後者either則特別用在說明「兩者其一」的狀況。如果對象超過兩個，就得用one而不能用either了。而因為這兩個代名詞都帶有「數字」的意味在，所以不能用在不可數名詞上喔！

credit [ˈkrɛdɪt]

名 賒帳，信用
動 將事情歸功於…；相信
One of my credit cards is missing!
我少了一張信用卡！

promote [prəˈmot]

動 推薦，促進，晉升
One of you will be promoted soon.
你們之中有一個會很快升職。

champion [ˈtʃæmpɪən]

名 冠軍，優勝者
動 擁護，支持
Either of the teams will be the champion.
兩隊之中，有一隊將成為冠軍。

academy [əˈkædəmɪ]

名 學院，大學
Andy will be going to either of these academies.
安迪將會去（這兩所）其中一所學院上課。

candidate [ˈkændədent]

名 候選人，攻讀學位者
Either of the candidates will become our next president.
兩個候選人之中，有一個會成為我們下一任總統。

7. 表示「無」：none與neither

同樣表示「沒有」的none和neither，其中特別用來說明「兩者皆沒有」的是neither。對象多於兩個時，要用none才可以。

charm [tʃɑrm]

名 魅力，風韻
Neither of us could resist his charm.
我們兩個都無法抗拒他的魅力。

victim [ˈvɪktɪm]

名 受害人，犧牲者
None of the victims survived the tsunami.
沒有一個受害者在海嘯之中逃過一劫。

significant [sɪg'nɪfəkənt]

形 暗示的，有含義的
Neither of these symbols is significant to me.
這兩個符號對我來說都沒有特別含意。

hesitate ['hɛzə,tet]

動 猶豫，遲疑，躊躇
None of my men have ever hesitated on the battlefield.
在戰場上，我的弟兄們沒有人曾經猶豫過。

qualified ['kwɑlə,faɪd]

形 有資格的
None of the applicants are qualified for the position.
沒有應徵者，資格符合這個職務。

8. 不定代名詞與動詞的一致性

別忘了，句子的主詞可是不定代名詞所指的「某部分」，而不是全體喔！所以可不見得是複數形動詞！如果後面的複數名詞是可數名詞，那麼就只有one才是單數形，其他皆為複數形；如果是不可數名詞，則一律視作單數喔！至於表示「沒有」的，則是單、複數皆可。

tomb [tum]

名 墓，墓碑
Some of the tombs in this area are lacking upkeep.
這一帶的墳墓，有些實在缺乏整理。

aged ['edʒɪd]

形 年老的，舊的
Most of Dad's aged wine is stored in a specific room.
爸爸的陳年酒，大部分都儲藏在一個特定的房間裡。

wheat [hwit]

名 小麥，淡黃色，小麥色
Some of the bread is made from wheat and some is not.
這些麵包有的是小麥做的，有的不是。

misleading [mɪs'lidɪŋ]

形 使人誤解的，騙人的
More than half of the evidence was actually misleading.
一半以上的證據，其實都具有誤導性。

occupation [,ɑkjə'peʃən]

名 職業，佔有
Most of my friends are thinking of changing their occupations.
我大部分的朋友都想要換工作。

五、比較的說法

不管是形容詞還是副詞，只要稍稍加以變化，都可以變成比較語氣的修飾法！除了從形容詞、副詞本身上做變化，本單元整理出英文文法裡用來比較不同事物的句型，比較型、最高級等通通不是問題！

1. 最高級（1）-est 和most

形容詞和副詞基本的最高級用法，就是在字尾做-est的變化。碰到較長的單字，就在在原本的形容詞（副詞）前面加上most。又因為它們代表著獨一無二的、最高級的那個對象，所以前面要加上定冠詞the喔！

mild
[maɪld]

形 溫和的，溫柔的
Leon is the mildest person I've ever met.
里昂是我遇過最溫和的人了。

perfectly
[ˈpɝfɪktlɪ]

副 完全地，無瑕的
He sang the most perfectly in the competition.
他在比賽中唱得最完美。

naturally
['nætʃərəlı]

副 自然地，天生地
Kate behaves the most naturally of all those girls.
凱特是那些女孩中，表現最自然的一個。

enjoyable
[ɪn'dʒɔɪəbḷ]

形 快樂的，有樂趣的
Those were the most enjoyable memories of my life.
那些是我人生中最快樂的回憶。

awful
['ɔfʊl]

形 可怕的，嚇人的，糟糕的
The robbery was the most awful experience she has had.
那次的搶劫是她遇過最糟糕的經驗了。

2. 最高級（2）用Other來表現最高級意義

除了基本的用法外，還有一些其他的說法，運用與其他事物比較的語氣，來達到表示最高級的效果。

ending
['ɛndɪŋ]

名 收場，終止
No other ending could be as extraordinary as this one.
沒有任何結局可以比這個更棒了。

alert
[ə'lɝt]

動 警覺，報警
形 警覺的，留心的，靈敏的
Darren is more alert than all the other team members.
達倫比其他的組員，都要有警戒心。

motivation
[ˌmotə'veʃən]

名 動機，刺激
Chris has a stronger motivation than any of the other participants.
克里斯比其他的參與者，都要有強烈的動機。

copper
['kɑpɚ]

名 銅，銅幣
形 銅製的，銅的
No other material is as suitable as copper for this product.
沒有任何材料，能比銅更適合這樣的產品了。

investor
[ɪn'vɛstɚ]

名 投資者，出資者，股東
Warren Buffet is more famous than any other investor in the world.
華倫巴菲特比世界上任何投資者都要來得有名。

3. 最高級（3）帶有比較意味的詞語

除了特殊句型外，有些字彙本身就暗示著優、劣的意思，也可以達到同樣的比較效果。

concentrate ['kansɛn,tret]
動 集中，聚集
Billy is the least able to concentrate in class.
比利是班上最沒辦法專心的一位。

rank [ræŋk]
名 等級，地位，階層
動 排列，評級
As soldiers, his rank is superior to yours.
以士兵來說，他的階級比你高。

contribution [,kantrə'bjuʃən]
名 貢獻，捐助
Her contribution to our company is unparalleled.
她對我們公司的貢獻，是無人可比的。（最有貢獻的）

interesting ['ɪntərɪstɪŋ]
形 有趣的
Your project seems not as interesting as David's.
你的企畫似乎沒有大衛的（企劃）來得有趣。

inferior [ɪn'fɪrɪɚ]
形 下等的，差的，下級的
The racist man believes that other people are inferior to him.
這個擁有種族歧視的男人，認為其他人都低他一等。

4. 表示「倍數」的句型

無論是事物的數量或是特性，都可以用倍數的方式來做比較，基本句型是《倍數＋as＋adj./adv.＋as》，或是《倍數＋比較級＋than》。所謂的倍數詞，除了特殊的twice、half這些特殊的字外，其他都以《數字＋times》來表示。如果要用「項目」來做比較，像是size（大小）、length（長度）、price（價格）等，就要用《倍數＋the＋比較項目＋of》的結構。

container [kən'tenɚ]
名 容器
This container is two times larger than the other one.
這個容器比另外一個要大上兩倍。

pace [pes]
名 速度，步調
動 踱步，慢慢走
His pace is three times faster than everybody else's.
他的步調是其他所有人的三倍快。

depth
[dɛpθ]

名 深度，厚度
This pool is twice the depth of that at George's house.
這個游泳池的深度比喬治家的要深兩倍。

protective
[prə'tɛktɪv]

形 保護的，給予保護的
My father is only half as protective as my mother toward me.
爸爸對我的保護，只有媽媽對我的一半。

nutrient
['njutrɪənt]

名 營養
This capsule contains ten times as many nutrients as your lunch box.
這一個膠囊含有你的便當十倍多的養份。

5. 比較句型的否定（1）

若是否定型的比較語氣，表示「不如」的意思，則要反過來用less (adj.) than的句型取代原本的more than或是 (adj.)-er than；若是要表達最高級的相反，也就是最低級的情況，則要把原本的most換成least。

probable
['prɑbəbḷ]

形 可能發生的，有希望的
That is the least probable thing that could happen.
那是最不可能發生的事情了。

fairly
['fɛrlɪ]

副 公平地，清楚地
His judgements were made less fairly than mine.
我的判決判得比他公平。

logical
['lɑdʒɪkḷ]

形 合理的，合乎邏輯的
Monkeys are generally considered less logical than people.
一般認為猴子沒有人類來得有邏輯性。

plot
[plɑt]

名 （書、電影）情節；平面圖
動 劃分，繪圖
This is the least creative movie plot I've ever seen.
這是我所看過最沒有創意的電影劇情。

efficient
[ɪ'fɪʃənt]

形 有效率的
The new procedure turns out to be less efficient than the old one.
新的流程結果卻比舊的還沒效率。

6. 比較句型的否定（2）

用《not＋as (so)＋形容詞／副詞＋as…》的句型，就可以表示「不如…那麼樣地…」的意思，也就是常用句型《as…as…》（如同…一樣的…）的否定法。

gracious [ˈgreʃəs]
形 親切的，高尚的
Katherine is not as gracious as her kind mother.
凱薩琳沒有她和善的母親那麼親切。

honestly [ˈɑnɪstlɪ]
副 真誠地，公正地
Henry didn't speak as honestly as the other kids.
亨利說話沒有其他孩子誠實。

innocent [ˈɪnəsn̩t]
形 無辜的，天真的
I think Rachel is not as innocent as she seems to be.
我認為瑞秋似乎沒有像她外表那樣純真。

experiment [ɪkˈspɛrəmənt]
名 實驗，嘗試
動 實驗，嘗試
The experiment won't be as complicated as you think.
這實驗並不像你們想的那樣複雜。

extraordinary [ɪkˈstrɔrdn̩ˌɛrɪ]
形 非常的，非凡的
It is actually not so extraordinary as what the media have said.
其實並沒有像媒體說的那樣了不起。

7. 延伸句型（1）：The more…the…

《The＋比較級（adj/adv），＋the＋比較級》的句型，暗示著前後兩個事件的因果關係喔！表示某個事物「越是…，（另一個事物）就越…」的意思！

merry [ˈmɛrɪ]
形 快樂的，愉快的
Please join us! The more, the merrier.
敬請加入我們！人越多越開心哪！

reputation [ˌrɛpjəˈteʃən]
名 名譽，信譽
The older he gets, the more he cares about his reputation.
他活得越老，就越是在乎自己的名譽。

opposition
[ˌɑpəˈzɪʃən]

名 反對，敵對
The stronger her opposition (is), the more insistent I am.
她的反對越是強烈，我就越是堅持。

unlikely
[ʌnˈlaɪklɪ]

副 未必的，不太可能的
The more you doubt yourself, the more unlikely it is you'll succeed.
越是懷疑自己，越是不可能成功。

expectation
[ˌɛkspɛkˈteʃən]

名 期待，指望
The higher your expectations are, the greater your disappointment may be.
期待越高，失望可能就越大。

8. 延伸句型（2）：No more /No less …than…

1-21

從比較的語法延伸到別處，《no more /no less＋形容詞＋than…》的句型被用來形容某件事物「不比…要更（不）…」的意思。用邏輯推演一下，就不難了解，使用more時也就是說某個事物「和…是一樣的不…」，相反地，用less則表示某個事物「和…是一樣的…」。

mature
[məˈtjʊr]

形 成熟的，到期的
Her mind is no more mature than her behavior.
她的思想和她的行為一樣不成熟。

portrait
[ˈportret]

名 肖像，人像
The portrait is no less beautiful than the princess herself.
這肖像畫跟公主本人一樣美麗。

refusal
[rɪˈfjuzl̩]

名 拒絕，推卻
Your response is no less cruel than John's refusal to help.
你的反應和約翰的拒絕幫忙一樣殘酷。

dependent
[dɪˈpɛndənt]

形 依靠的，依賴的
名 依親
You, a grown-up, are no less dependent than your little sister.
你一個成年人，和你小妹一樣依賴人。

outcome
[ˈaʊtˌkʌm]

名 結果，後果
The outcome of this incident is no more wonderful than what I had thought.
這件事的結果和我料想的一樣不好。

9. 延伸句型（3）：No more /No less than…

《no more /no less＋than…》後面可以接上名詞、動詞、數量詞等不同用法。《no more than…》也就是only（只不過是）的意思，而《no less(fewer) than…》則等於as many as（多達）的意思喔！

exaggerate [ɪg'zædʒə,ret]

動 誇張，誇大
She did no more than exaggerate the truth.
她做的只不過就是在誇大事實罷了。

burden ['bɝdn̩]

名 重擔，負擔
動 加重壓於，加負擔於
To Ivy, his fawning over her is no more than a burden.
他的過度關心，對艾薇來說只是個負擔。

quote [kwot]

動 引述，引用，舉證
名 引用
No less than a thousand people have quoted this information.
多達一千人引用過這個資訊。

employer [ɪm'plɔɪɚ]

名 老闆，雇主
To some employers, workers are nothing more than facilities.
對某些雇主來說，工人們就只是個設備罷了。

contemporary [kən'tɛpə,rɛrɪ]

形 當代的，同時代的
名 當代人，現代人
No fewer than a million visitors have visited the Museum of Contemporary Art.
多達一百萬人曾經參觀過現代美術館。

六、不定詞與動名詞

所謂的「不定詞」就是「to十原形動詞」，而「動名詞」就是「V-ing」的型態。它們長得雖像動詞，但卻不是真正的動詞，所以還有另一個名稱叫「準動詞」。也因為它們不能算是動詞，所以本身並不能顯示出「人稱」、「時態」這兩種重要的特性，而是得靠真正的動詞才行！

1. 不定詞的名詞用法（1）

不定詞片語為名詞片語的一種，也就是「當名詞使用的片語」。因此，把它當作一個長長的名詞來看待，當然也就可以把它放在不同的位置囉！其中一種就是用來當作主詞或是受詞的補語，對主詞、受詞加以說明。

analyze [ˈænl̩ˌaɪz]

動 分析，解析

My duty is to analyze the results of the experiment.

我的職責是要分析實驗的結果。

refresh [rɪˈfrɛʃ]

動 清新，清涼，更新

My plan is to refresh myself with a hot bath after work.

我的計畫是，在下班後洗個熱水澡來提神。

blessing [ˈblɛsɪŋ]

名 祝福，神賜福
It has been a blessing to know Sandy.
認識桑迪是我們的福氣。

attract [əˈtrækt]

動 吸引，引發
His reason for doing that was to attract public attention.
他會那樣做，目的是要吸引社會大眾的注意。

attempt [əˈtɛmpt]

名 企圖，嘗試
動 試圖，企圖
The clerk is making an attempt to arouse customers' interest.
店員正試著引起顧客的興趣。

2. 不定詞的名詞用法（2）疑問詞＋不定詞

1-22

Who、how、when、where…等疑問詞，除了可以拿來提問，也可以用來當作不定詞片語前面的修飾詞，分別表示「人」、「方法」、「時間」、「地點」等項目。最後變成的《疑問詞＋to＋V》名詞片語，表示「該…」、「可以…」的意思，例如what to draw，就是指「該畫什麼東西」這件事情。

exactly [ɪgˈzæktlɪ]

副 正確地，正是
I'm not exactly sure about what to say.
我完全不知道該說什麼。

lecture [ˈlɛktʃɚ]

名 演講，訓詞
It's a lecture about how to develop self-discipline.
這是個關於如何更具自律的演講。

dump [dʌmp]

動 傾倒，倒垃圾
名 垃圾場
The villagers are arguing about where to dump the trash.
村民們正在爭論著要在哪裡傾倒垃圾。

session [ˈsɛʃən]

名 開會，會議，集會
We'll talk about who to blame for this incident during the session.
在會議期間，我們會討論這次的事件該歸咎於誰。

shrug [ʃrʌg]

動 聳肩，聳 名 聳肩，披肩
Not knowing when to start the presentation, he shrugged at my question.
面對我的提問，他聳了聳肩，因為他也不知道要何時開始報告。

3. 不定詞的形容詞用法

不定詞片語還可以當作形容詞來使用，用一種動態的說明，來形容前面所提到的名詞有什麼「用途」。

translator [træns′letɚ]

名 譯者，翻譯，翻譯機
I need a professional translator to help me.
我需要一個職業翻譯來幫我忙。

proposal [prəʹpozl̩]

名 提議，計劃
(Are there) Any proposals for us to think about?
有沒有什麼提議給我們大家參考的啊？

repetition [ˌrɛpɪ′tɪʃən]

名 重複，重說，反複
Repetition is one way to memorize vocabulary.
反覆背誦是記單字的一種方法。

adequate [′ædəkwɪt]

形 足夠的，勝任的
I don't have adequate time to produce a good paper.
我沒有足夠的時間去寫一篇好論文。

risk [rɪsk]

名 冒險，危險，危機
動 冒險
Since he had nothing to lose, he decided to take the risk.
既然沒什麼損失，他便決定冒這個險。

4. 不定詞的副詞用法（1）動作的目的

不定詞片語當作副詞使用時，常常是放在主要子句的後面，用來表示動作背後的「原因」、「目的」。因為是當副詞使用，所以不定詞也可以放在句子前面喔！只要在它之後加上逗點就可以了。

combine [kəm′baɪn]

動 結合，聯合
Combine water and flour to make dough.
將水跟麵粉和在一起，做生麵糰。

identity [aɪ′dɛntətɪ]

名 同一性，一致，身份
You must carry an I.D. to prove your identity.
你必須隨身攜帶身份證來證明你的身份。

perfection [pɚ'fɛkʃən]

名 完全，極致
To assure the essay's perfection, he revised it again.
他重新校過那篇文章，來確定它是完美的。

relieve [rɪ'liv]

動 減輕，解除
Kelly takes a hot bath in the evenings to relieve stress.
凱莉會在晚上泡個熱水澡以舒緩壓力。

extension [ɪk'stɛnsən]

名 延長，範圍，擴充　延期
I asked my teacher to give me an extension on my final paper.
我請求老師延長我交期末論文的期限。

5. 不定詞的副詞用法（2）修飾形容詞

副詞也可以用來修飾形容詞，所以不定詞片語也可以這樣用。以形容詞 good（好）為例，不定詞片語可以說明「哪方面好」、「如何的好法」等細節喔！

budget ['bʌdʒɪt]

名 預算，經費
動 編列預算
I find it hard to stick to my budget.
我發現要按照我的預算實在很困難。

reluctant [rɪ'lʌktənt]

形 不情願的，厭惡的
I was reluctant to believe him at first.
起先我不太願意相信他。

illustrate ['ɪləstret]

動 舉例說明，舉例
I've got a story to illustrate my point.
我用個故事來說明我的重點。

amuse [ə'mjuz]

動 娛樂，消遣
Emily is someone impossible to amuse.
愛蜜麗是個難以取悅的人。

colleague ['kɑlig]

名 同事，同行
My colleagues are easy to get along with.
我的同事都很好相處。

6. 不定詞的副詞用法（3）條件

為了要達到某個目的時，得做什麼事才行，這種情況就會用不定詞片語來表示「目的」，而由主要子句來說明「先決條件」。這樣的用法和前面所提到的「目的」用法相當接近，而不定詞片語也可以置前或是放在後面。

certificate
[sɚ'tɪfəkɪt]

名 證照，執照
He's taking a course to get a teaching certificate.
他修了一堂課，以取得教師執照。

blend
[blɛnd]

動 混和，混雜
To blend the fruit well, you may slice it first.
要讓水果好混在一起的話，可以先把它們切塊。

reservation
[ˌrɛzɚ'veʃən]

名 預約，預定，保留
To make a quick reservation, please dial this number.
要預先訂位的話，請撥這個號碼。

vitamin
['vaɪtəmɪn]

名 維他命，維生素
To be more energetic, take some vitamins in the morning.
想要更有活力，早上就吃些維他命。

balance
['bæləns]

名 平衡，均衡
動 保持平衡，平衡
To keep a balanced diet, eat the right food at the right time.
要保持均衡的飲食，就要在對的時間吃對的食物。

7. 類似不定詞慣用語：《to one's＋情緒名詞》

《to one's＋情緒名詞》的句型，表示「另某人感到…的，是…事情」，也就是在說明感情的原因，是相當常見的慣用語。注意這裏要使用的是名詞，所以要和一般不定詞修飾形容詞的用法有所區別喔！

grief
[grif]

名 悲痛，不幸
To her grief, her pet dog died in an accident.
令她悲痛的是，她的寵物狗意外地死了。

reaction
[rɪ'ækʃən]

名 反應，反作用，反動
To my surprise, his reaction was quite positive.
令我驚訝的是，他的反應還滿正面的。

celebration
[ˌsɛləˈbreʃən]

名 慶祝，慶典
To our disappointment, the celebration was canceled.
令我們失望的是，慶典被取消了。

excitement
[ɪkˈsaɪtmənt]

名 刺激，興奮，令人興奮的事
To their excitement, the story is reaching its climax.
另他們感到興奮的是，故事正進入高潮。

satisfaction
[ˌsætɪsˈfækʃən]

名 滿意，滿足
To his satisfaction, his son was elected representative.
令他感到滿意的是，他的兒子被選為代表。

8. 不定詞當準動詞

1-24

有些動詞的後面，必須要接上to+V或是V-ing才能表達完整的意思。有些動詞是規定要接不定詞的，此時的不定詞就算是「準動詞」，而不是句子裡真正的動詞。這種接不定詞的主要動詞，通常包含的是比較抽象的、不具體的意思，例如I want（想要）to talk這個句子裡，真正在做的事情是want，to talk則是想要做、當下實際上則沒有在做的事情。

refuse
[rɪˈfjuz]

動 拒絕
We refuse to give in!
我們拒絕投降！

pretend
[prɪˈtɛnd]

動 假裝，自稱
She pretended to be a considerate person.
她假裝是個體貼的人。

gratitude
[ˈgrætəˌtjud]

名 感謝的心情
I want to express my gratitude by writing a card.
我想要寫張卡片來表達我的謝意。

fist
[fɪst]

名 拳頭，手
動 揮拳
He clenched his fists and threatened to punch me.
他握緊拳頭，威脅著要揍我。

knit
[nɪt]

動 編織，接合
名 編織物
My grandmother loves to knit sweaters and scarves.
我祖母喜歡織毛衣和圍巾。

9. 進行式不定詞

當不定詞當其他動詞的準動詞用，而這兩個動詞的發生是同步進行時，就要用「進行式不定詞」，變成《動詞＋to be＋V-ing》的型式。此時「動詞」和「V-ing」兩個動作是同時進行的。

expand
[ɪk'spænd]

動 使膨脹，擴張
His company seems to be expanding.
他的公司似乎正在擴張。

rainfall
['ren,fɔl]

名 降雨量，降雨
The rainfall is reported to be increasing this year.
據報導今年的雨量正在上升。

advanced
[əd'vænst]

形 在前面的，先進的，高級的
Joseph is expected to be moving on to an advanced level.
喬瑟夫被預期要進入高級班。

disappointed
[,dɪsə'pɔɪntɪd]

形 失望的，沮喪的
You are supposed to be feeling disappointed. Why aren't you?
你現在應該要很沮喪的，為何你沒有？

column
['kɑləm]

名 圓柱；專欄
One of my old friends is said to be writing a fashion column.
據說我的老友中有一個在撰寫時尚專欄。

10. 完成式不定詞

如果不定詞所敘述的動作，發生得比主要子句的動詞更早時，就要用完成式的不定詞，變成《動詞＋to have＋過去分詞》。

fortunate
['fɔrtʃənɪt]

形 幸運的，幸福的
We're very fortunate to have met you.
我們很幸運能認識你。（「認識」早於「感覺幸運」）

conquer
[,kɑŋkɚ]

動 攻克，攻取，戰勝
John seems to have conquered his fear.
約翰似乎已經克服了他的恐懼。

luxury
['lʌkʃərɪ]

名 奢侈，豪華
The millionaire is said to have lived in luxury.
傳說那位百萬富翁一直過著奢侈的生活。

violate
['vaɪə,let]

動 違犯，冒犯，褻瀆
Our ex-president is reported to have violated the law.
報導說我們的前總統已經觸犯了法律。

property
['prɑpɚtɪ]

名 財產，性質，所有權
Little John is said to have inherited Grandpa's property.
據說小約翰已繼承了他祖父的財產。

11. 動名詞（1）

之所以叫做動名詞，就是因為它「引用動作當名詞」的特性，也就是說，動名詞就是當名詞來使用，表示「一件事」，也所以後面的動詞就要做單數形的變化。如果要寫出否定的不定詞，記得把not放在V-ing的前面喔！

gamble
['gæmbḷ]

動 賭博，打賭，投機
Occasional gambling is acceptable to me.
對我來說，偶爾小賭是可以接受的。

presence
['prɛzṇs]

名 出席，到場
Thank you for gracing us with your presence.
謝謝您的蒞臨，讓我們深感榮幸。

tolerant
['tɑlərənt]

形 容忍的，寬恕的
Not being tolerant is why you're always upset.
你經常不高興的原因，就是你不夠包容他人。

violation
[,vaɪə'leʃən]

名 違反，違犯
Reprinting published books is a violation of the law.
影印已出版的書籍是違法的。

prevention
[prɪ'vɛnʃən]

名 預防，防止
We should take steps toward prevention instead of waiting to see what will happen.
與其靜觀其變，我們應該採取預防措施。

12. 動名詞（2）與所有格連用

由於固定是V-ing的形式，動名詞本身並沒有「動作者」以及「時態」這兩個特性在裡面。幸好，動名詞可以跟真的名詞一樣，在前面冠上「所有格」，說明這個動名詞片語是「誰做的」事件。這個特性可是不定詞片語所沒有的喔！

forbid [fɚ'bɪd]

動 禁止，妨礙

His wife strongly forbids his drinking.

他老婆嚴禁他喝酒。

quarrel ['kwɔrəl]

名 爭吵，吵鬧

動 吵架，爭論

I just can't bear their quarreling in public.

我真的沒辦法忍受他們在公共場所吵架的樣子。

permit [pɚ'mɪt]

動 允許，容許

名 通行證，執照，許可證

Frank asked his mother to permit his driving.

法蘭克要求他媽媽允許他開車。

helmet ['hɛlmɪt]

名 鋼盔，防護帽，頭盔

Dad insists on my wearing a helmet for safety.

為了安全起見，爸爸堅持要我戴安全帽。

apology [ə'pɑlədʒɪ]

名 道歉

I made an apology for my interrupting the meeting.

為干擾會議一事，我道了歉。

13. 容易混淆的現在分詞

V-ing除了是動名詞外，也有可能是動詞的「現在分詞」，帶有動態的意味，而不像動名詞是當作名詞來使用。分詞放在主要子句後面，分詞和主要動詞的兩個動作是同時發生的，這也叫做「分詞構句」。

hostage ['hɑstɪdʒ]

名 人質，抵押品

The poor hostage returned home crying.

可憐的人質哭著回到了家。

designer [dɪ'zaɪnɚ]

名 設計者，設計師

The designer went onto the stage smiling.

設計師笑著走到舞台上。

roar
[ror]

動 吼，叫喊
名 吼，咆哮
The lion walked around in the cage roaring.
那頭獅子在籠子裡走來走去，並咆哮著。

strip
[strɪp]

名 脫衣舞
動 脫衣，脫衣舞
He ran and danced toward the sea stripping.
他一邊脫著衣服，一邊又跑又跳地朝海上跑去。

curse
[kɝs]

名 詛咒，咒語 動 詛咒，咒罵
A maniac stood in the middle of the road cursing the government.
有個瘋子站在馬路中間咒罵著政府。

14. 動名詞的完成式

1-26

《having＋過去分詞》是動名詞的完成式結構。此時動名詞片語所敘述的事件，發生在主要子句之前喔！

elsewhere
[ˈɛls͵hwɛr]

副 在別處
Jessica recalled having seen him elsewhere.
有個瘋子站在馬路中間咒罵著政府。（「see」發生在「recall」之前）

tease
[tiz]

動 欺負，取笑，嘲弄
名 揶揄者，戲弄
Mario regrets having teased his sister like that.
馬力歐很後悔以前那樣欺負她妹妹。

burglar
[ˈbɝglɚ]

名 夜賊，闖空門
The burglar admits having broken into my house.
那個小偷承認以前曾闖入我的房子。

relationship
[rɪˈleʃənˈʃɪp]

名 關係，關聯
Emily is in great sorrow after having ended a ten-year relationship.
愛蜜莉因為結束了一段十年的戀情而難過不已。

terror
[ˈtɛrɚ]

名 恐佈，可怕的人
The man admitted (to) having spread the messages of terror on the Internet.
那名男子承認先前在網路散布過恐怖的訊息。

15. 接動名詞的動詞（1）

有些動詞是強制規定要接動名詞的，至於為什麼，通常沒有什麼道理可循，所以只好多看多背囉！一旦熟悉了，看到就知道要用什麼啦！

fiction
[ˈfɪkʃən]

名 小說，虛構故事
I don't mind reading science fiction.
我不介意看科幻小說。

criticize
[ˈkrɪtɪˌsaɪz]

動 批評，批判，評論
They kept criticizing a girl they don't even know.
他們一直在批評一個他們根本不認識的女孩。

sin
[sɪn]

名 罪，過失
She spent her whole life trying to atone for her sins.
她花了一輩子試著為自己贖罪。

observe
[əbˈzɝv]

動 觀察，遵守，觀測
Holly enjoys observing other people wherever she goes.
無論到哪裡，荷莉都很喜歡觀察別人。

impose
[ɪmˈpoz]

動 強加於，加於
You should avoid imposing your personal beliefs upon others.
你應該避免將個人的信仰，強加於他人之上。

16. 接動名詞的動詞（2）

感官動詞除了接原形動詞外，就只能接動名詞了。感官動詞包含了see、hear、listen to、watch、feel…等，接上動詞可說明，藉由感官發現了什麼事情。跟原形動詞比起來，接動名詞的感官句型，表示「感受到的那一刻，事件正在發生」。

souvenir
[ˈsuvəˌnɪr]

名 紀念品，紀念物
I saw him buying souvenirs at that shop.
我看到他在那間店購買紀念品。

tremble
[ˈtrɛmbl̩]

動 戰慄，顫抖
名 戰慄，微動
She can feel the boy trembling in her arms.
她可以感覺到，小男孩在自己的臂彎裡顫抖著。

crow
[kro]

動 公雞啼叫
Did you hear the roosters crowing this morning?
你今天早上聽到公雞叫了嗎？

fierce
[fɪrs]

形 兇猛的，猛烈的
He watched the magician training the fierce beast.
他看著魔術師訓練那隻凶猛的野獸。

orchestra
[ˈɔrkɪstrə]

名 管弦樂隊，樂隊演奏處
We listened to the orchestra playing inside the music hall.
我們在音樂廳裡，聽著管弦樂隊演奏。

17. 慣用動名詞的句型（1）介係詞或介係詞片語

1-27

除了獨立的介係詞，還有很多常用的片語都是以介係詞收尾的，它們後面接的不是名詞就是動名詞。當然，可別忘記to也是一個介係詞喔，所以並不是看到to，後面就要補上原形動詞來變成不定詞喔！

endure
[ɪnˈdjʊr]

動 忍耐，忍受
I am sick of enduring their constant quarrels.
我厭倦了忍受他們不斷地爭吵。

statement
[ˈstetmənt]

名 陳述，聲明
The professor went on making his statement.
教授繼續進行他的說明。

guilty
[ˈgɪltɪ]

形 有罪的，心虛的
Don't you feel guilty about killing an innocent girl?
殺了一個無辜的女孩，難道你不會有罪惡感嗎？

adviser
[ədˈvaɪzɚ]

名 顧問
A financial adviser should be good at communicating.
一個財務顧問，應該要擅於溝通。

handicapped
[ˈhændɪˌkæpt]

形 身心障礙的
In spite of being handicapped, Darren remained optimistic.
儘管身體殘障，達倫還是很樂觀。

18. 慣用動名詞的句型（2）動詞＋介係詞＋動名詞

許多動詞都是以《動詞＋介係詞＋受詞》的型態出現的，此時的受詞除了名詞之外，也可代換成動名詞喔！這種句型常出現的介係詞包括：from、of、for、about…等。

approve
[ə'pruv]

動 贊成，同意
I will not approve of playing cards in class!
我絕不贊成在課堂上打牌！

convince
[kən'vɪns]

動 說服，勸服
Has he succeeded in convincing her to come?
他有成功地去說服她來這裡嗎？

religious
[rɪ'lɪdʒəs]

形 宗教的，宗教性的
I don't feel like attending any religious ceremonies.
我不想要參與任何宗教儀式。

rebel
[rɪ'bɛl]

名 叛徒，反叛者
動 造反，反抗，反叛
The rebel party is planning on murdering the president.
反叛黨正在策劃謀殺總統。

establish
[ə'stæblɪʃ]

動 建立，確立
Kevin has always dreamed of establishing his own company.
凱文一直夢想著要成立自己的公司。

19. 慣用動名詞的句型（3）動詞＋受詞＋介係詞＋動名詞

有些句子是以《動詞＋受詞＋介係詞＋動名詞》的形式出現，其中的動名詞是當作受詞補語來使用，對前面的動詞輔以說明。

accuse
[ə'kjuz]

動 指責，指控
He accused me of stealing his money.
他指控我偷了他的錢。

offend
[ə'fɛnd]

動 冒犯，得罪，傷害
Please forgive me for offending your friend.
請原諒我冒犯了你的朋友。

fade
[fed]

動 褪色，消失
There's no way to stop old memories from fading away.
我們沒辦法去阻止記憶的消逝。

prevent
[prɪ'vɛnt]

動 預防，防止
Her parents tried to prevent them from getting married.
她的父母想要阻止他們倆結婚。

border
[but]

名 邊緣，邊界 動 圍住，毗鄰
They're trying to keep the Mexicans from crossing the border.
他們在試著不要讓墨西哥人越過邊界。

20. 慣用動名詞的句型（4）接在to後面

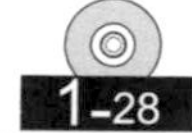

看到to就會想到不定詞嗎？別忘了，to本身也是個介係詞喔！也就是說，不見得看到to，後面就應該是原形動詞喔！有些動詞後面會接介係詞to，再來連接受詞，此時受詞便可以使用當作「名詞」看待的動名詞。

cigarette
[ˌsɪgə'rɛt]

名 香煙，紙煙
Tom is addicted to smoking cigarettes.
湯姆抽煙抽上癮了。

devote
[dɪ'vot]

動 奉獻，專心於
She devoted herself to helping the poor.
她致力於幫助窮人。

constitution
[ˌkɑnstə'tjuʃən]

名 憲法，章程，法規
She is strongly opposed to amending the constitution.
她強烈反對修改憲法。

restrict
[rɪ'strɪkt]

動 限制，限定
The models are restricted to eating vegetables only.
模特兒們被限制只能吃蔬菜。

championship
['tʃæmpɪənˌʃɪp]

名 錦標賽，冠軍地位
I look forward to competing against you in the championship.
我期待在冠軍賽中，跟你一決勝負。

21. 慣用動名詞的句型（5）Have fun/a good time/ trouble…+ Ving

想要表示做某件事情是很開心的、很艱辛的，就可以用這個句型啦！《Have＋fun/a good time /trouble…＋Ving》的句型，可依不同情況而變換have後面的單字喔！表示「做…的期間是…的」意思。

navy [ˈnevɪ]
名 海軍，海軍軍力
The navy had a hard time winning the war.
海軍在經歷了一段艱苦的時期後，打贏了這場仗。

recall [rɪˈkɔl]
動 回憶，回想
名 回想，回憶
Grandpa has trouble recalling the past.
祖父就是想不起過去的事情。

detective [dɪˈtɛktɪv]
名 偵探
I had a lot of fun playing a detective in this film.
我在這部電影中扮演一個偵探，得到很多樂趣。

chilly [ˈtʃɪlɪ]
形 冷颼颼的，冷淡的
The old man has trouble walking in the chilly wind.
那位老人在寒風中舉步艱難。

governor [ˈgʌvɚnɚ]
名 主管，首長，州長
Chris had a difficult time becoming the governor of this state.
克里斯經歷了一段艱苦的日子，才成為這州的州長。

22. 慣用動名詞的句型（6）其他慣用法

除了上述的用法外，在高中文法中還會學到一些慣用語是固定使用動名詞的，要好好記住喔！

circular [ˈsɝkjəlɚ]
形 圓的，圓形的
Chinese prefer eating at a circular table.
中國人較喜歡在圓桌上吃飯。

forecast [ˈforˌkæst]
名 預想，預測
動 預想，預測
There is no forecasting tomorrow's weather in a desert.
在沙漠中是不可能預測明天的天氣的。

objection
[əb'dʒɛkʃən]

名 反對，不贊成，異議
There's no point being mad about other people's objections.
因為他人的反對而不高興，實在沒甚麼意義。

emperor
['ɛmpərɚ]

名 君主，帝王
On seeing the emperor, the people knelt down on the ground.
一見到皇帝，人們就跪在地上。

weep
[wip]

動 哭泣，哀悼
名 哭，哭泣
She couldn't help weeping upon hearing the tragic story.
聽到那悲傷的故事，她不由自主地哭了。

23. 可接動名詞或不定詞的動詞

有些動詞並不限制該接不定詞或是動名詞。不管使用哪一個，句子的意思都沒有太大差異，唯一的特別情況是，如果主要動詞以經是現在分詞（-ing），那麼準動詞便不會再接動名詞了。

prosperous
['prɑspərəs]

形 成功的，繁榮的
New York continues to be a prosperous city.
紐約仍然是個繁榮的城市。

profession
[prə'fɛʃən]

名 職業，專業
Will is now starting to seek a new profession.
威爾現在正開始找新工作。

calculate
['kælkjə,let]

動 計算，預計
Jerry began calculating this month's profits.
傑瑞開始計算這個月的利潤。

puppet
['pʌpɪt]

名 木偶，傀儡
He loves watching traditional puppet shows.
他非常喜歡看傳統布袋戲。

discourage
[dɪs'kɝɪdʒ]

動 阻止，勸阻
I hate to discourage you, but isn't this too risky?
我實在不想潑你冷水，但這會不會太冒險了？

24. 用動名詞或不定詞表示不同意義

還有一種動詞是這樣的：接上不定詞或動名詞會產生兩種不同的意思。此時動名詞傾向表達已發生的事件，而不定詞則是尚未發生的事件。小心觀察下面的例句，就可以了解了！

treaty [ˈtritɪ]
名 條約，談判
I can't remember signing that treaty.
我不記得有簽下那份條約。

margin [ˈmɑrdʒɪn]
名 邊緣，頁緣
Remember to leave some margins while you write.
寫作的時候，記得要稿子周圍要留點邊。

baggage [ˈbægɪdʒ]
名 行李
We stopped to check our baggage.
我們停下來（以便）檢查我們的行李。

absorb [əbˈsɔrb]
動 吸收，汲取
Billy, a genius, just couldn't stop absorbing new information.
天才比利就是沒辦法停止吸收新資訊。

conclusion [kənˈkluʒən]
名 結論，推論，總結
Let's go on to discuss the conclusion of this passage.
讓我們接著（下一個）來討論這篇文章的結論。

25. 容易混淆的句型（1）Be used to＋Ving和used to＋V

這兩個是非常重要的句型！前者表示「習慣於某件事」，後者則表示「以前習慣於某件事，但現在已經不會了」的意思。如果要表示「變得習慣」的意思，可以將be動詞換成become、get等帶有「轉變」意義的動詞。另外，第一個句型中的動名詞也可以改成名詞。

participate [pɑrˈtɪsəˌpet]
動 參加，參與，分擔
He used to participate in the student committee.
他曾經參與學生會過。

regulation [ˌrɛgjəˈleʃən]
名 規章，規則，管理
Betty still can't get used to the new regulations.
貝蒂還是無法適應新的規定。

apparently [ə'pærəntlɪ]
副 顯然地，表面上
Apparently, he hasn't gotten used to waking up so early.
顯然地，他還沒有習慣這麼早起床。

research [rɪ'sɝtʃ]
名 研究，調查
動 研究，調查，探究
American students are used to doing group research.
美國學生很習慣集體做研究。

superior [sə'pɪrɪɚ]
形 上好的，出眾的
名 上司，長輩
This new computer is superior to the one I used to have.
這台新電腦比我以前的那台高級。

26. 容易混淆的句型（2）worth、worthy、worthwhile

1-30

要表示事物或是人的價值時，就會用到這三個形容詞，但可得小心他們的不同用法喔！分別是《worth＋N / Ving》、《worthy＋不定詞》或是《worthy of＋N / Ving》以及《worthwhile＋Ving / 不定詞》。

compliment ['kɑmpləmənt]
名 讚美，恭維
動 讚美，恭維
The boy's generous deeds is worth complimenting.
男孩慷慨的行為是值得稱讚的。

worthwhile ['wɝθ'hwaɪl]
形 值得做的，值得出力的
The trip to this museum has really been worthwhile.
這間博物館真的值得一遊。

worthy ['wɝðɪ]
形 有價值的，值得的，可敬的
名 傑出人物，有價值的人
The magnificent job you've done is worthy of praise.
你做的大事值得讚揚。

Bible [baɪbl̩]
名 聖經
The Bible is worth reading regardless of your religion.
無論你的宗教信仰為何，聖經都是值得一讀的。

award [ə'wɔrd]
名 獎，獎品　動 獎勵
His great achievements are worthy of being awarded the highest honor.
他卓越的成就，是值得被獎勵為最高榮譽的。

27. 容易混淆的句型（3）prefer

Prefer表示「偏好」的意思，搭配動名詞和不定詞，分別是以下兩種句型：《prefer＋Ving/ N＋to＋Ving / N》以及《prefer＋to V＋rather than＋(V) …》。注意！在使用動名詞的句型裡，動名詞是不能省略的，只有在不定詞的句型裡，可以將第二次出現的動作省略。

ginger [ˈdʒɪndʒɚ]

名 薑

Mom prefers fish soup with a lot of ginger.

媽媽喜歡多放薑的魚湯。

romance [roˈmæns]

名 浪漫史，傳奇文學

動 虛構，渲染

I prefer to read science fiction rather than (read) romance.

和浪漫文學比起來，我比較喜歡讀科幻小說。

engage [ɪnˈgedʒ]

動 使忙碌於，使從事於… 預定

Terry preferred being engaged in work to going on a vacation.

和去渡假比起來，泰瑞比較喜歡投入工作。

dynamic [daɪˈnæmɪk]

形 動力的，動態的 機動性的

I prefer to work with someone dynamic rather than someone passive.

我比較喜歡和有幹勁的人工作，而不是消極的人。

sweat [swɛt]

名 汗，汗水 動 出汗，焦慮

She prefers staying in an air-conditioned room to sweating under the sun.

和待在太陽下揮汗相比，她比較喜歡待在冷氣房裡。

28. 動名詞的被動式

動名詞的句子也和一般句子一樣，可以寫成被動語態的形式，公式是《being＋過去分詞》。若是這個被動句子是發生在主要動詞之前的事件，則可以用表示動名詞完成式的公式《having been＋過去分詞》喔！

competitive [kəmˈpɛtətɪv]

形 競爭的，競爭性的

You can't be a competitive player without being trained.

沒有接受訓練，是不可能成為一個有競爭力的選手的。

suspend [səˈspɛnd]

動 吊，懸掛；停職

Sam became homeless after being suspended from his job.

山姆在被革職之後，變得無家可歸。

upset
[ʌp'sɛt]

形 煩亂的，不高興的 名 翻倒，混亂
動 顛覆，擾亂，推倒
James is still upset about having been fooled by his friends.
詹姆斯還在為（之前）被朋友愚弄的事而不高興。

release
[rɪ'lis]

動 釋放，解放
名 釋放，解放
The judge regrets having been convinced to release the man.
法官為了（先前）被說服而釋放那名男子，而感到後悔。

deceive
[dɪ'siv]

動 欺哄，欺騙，蒙蔽
Despite being deceived by her boyfriend, Amanda still can smile.
儘管被男友欺騙，亞曼達還是掛著笑容。

七、假設語氣

你是不是常常有著「如果A發生了，就會發生B了」的念頭呢？這些都是假設性的説法，叫做「假設語氣」。當然囉，有些假設可能成真，但也可能是無法扭轉的事實，這時就要用不同的句型來表現囉！

Should/would/could/might這四個助動詞，（以下簡稱s/w/c/m）是假設語氣必備的四大工具。不同情況時，可以用不一樣的助動詞來表現不同的語氣喔！

1. 有可能的假設

當事情還未定案，所以假設依然有可能成真時，就用現在式＋未來式來表現。標準句型是《If＋現在簡單式，＋will…》，也就是「如果…就會…」的意思。當然囉，如果要改變語氣，也可以把will換成其他助動詞喔！

drunk
[drʌŋk]

形 喝醉了的
名 酒鬼，醉漢
If John gets drunk, he will act like a maniac.
如果約翰喝醉的話，他的行為會像個瘋子一樣。

peel
[pil]

名 皮，殼
動 削皮，去殼
If you boil the tomatoes first, you can peel them more easily.
如果你先把番茄煮滾，皮就會比較容易剝了。

float
[flot]

動 漂浮，浮動，散播
名 漂流物
If you plunge into the Dead Sea, you will end up floating.
如果跳進死海裡，最後就會浮起來的。

instruction
[ɪn'strʌkʃən]

名 指示，教育
If you all follow my instructions, everything will be just fine.
如果你們都遵照我的指示，一切就不會有問題的。

enlarge
[ɪn'lɑrdʒ]

動 擴大，放大，擴展
If we enlarge this photo, the image may not be as clear as it is now.
如果我們把這照片放大，圖像可能不會像現在這樣清楚。

2. 與現在事實相反的假設

1-31

如果事情已經定案了，那麼再假設些什麼也都不會改變現在的事實囉！這時候的假設句型是《If＋過去簡單式，＋s/w/c/m ＋V…》，也就是「如果…就…」的意思。注意喔！假設語氣句型中，固定使用were這個be動詞，所以就不用擔心人稱的問題啦！

mayor
['meɚ]

名 市長
If I were the mayor, I would build more museums.
如果我是市長，我就會蓋更多的博物館。（但我不是）

invisible
[ɪn'vɪzəbl̩]

形 看不見的，無形的
If I were invisible, I could go to the movies for free!
如果我是隱形的，我就可以免費去看電影啦！（但我不是）

consultant
[kən'sʌltənt]

名 顧問，諮詢者
If she were a good consultant, I would not be so mad now.
如果她是個好顧問，我現在就不會這麼生氣了。（但她不是）

luxurious
[lʌg'ʒurɪəs]

形 豪華的，奢侈的
If he won the lottery, he would be able to live a luxurious life.
如果他中了樂透，他就可以奢侈過日子了。（但他沒有）

enthusiastic
[ɪn,θjuzɪ'æstɪk]

形 狂熱的，熱烈的
If you were enthusiastic about your job, you could learn more.
如果你熱情投入工作，你可能會學到更多。（但你沒有）

3. 與過去事實相反的假設

如果是回想再久遠些的事情，表示「如果當時⋯那時候就會⋯」的意思，就要用《If＋過去完成式, ＋s/w/c/m＋have p.p.》的句型囉！此時「假設條件」和「假設結果」都是過去的事情了，所以當然也是已經無法推翻的事實啦！

panic
[ˈpænɪk]

名 恐慌，驚惶　動 使恐慌，驚慌
If she hadn't been so calm, we might have all panicked.
→She was so calm that we did not panic.
如果當時她沒那麼冷靜，我們可能全都會驚慌失措的。
→她當時很冷靜，因此我們並沒有驚慌失措。

graduate
[ˈgrædʒʊˌet]

名 畢業生，研究生　動 畢業，取得學位
If Mike hadn't failed that subject, he would have graduated.
→Mike failed that subject, so he didn't graduate.
如果麥克那一科沒有不及格的話，他就會畢業了。
→麥克那一科被當了，所以他沒有畢業。

mission
[ˈmɪʃən]

名 任務，使命
If he had tried harder, he might have accomplished the mission.
→He didn't try hard, so he didn't accomplish the mission.
如果當時他更努力些，那時就可以完成任務了。
→當時他沒有更努力，所以他沒有完成任務。

drown
[draʊn]

動 淹沒，浸沒，沈沒
If we hadn't forgotten our life jackets, Tim would not have drowned.
→We forgot our life jackets, so Tim drowned.
如果我們沒有忘了（帶）救生衣，提姆就不會淹死了。
→我們忘了救生衣，所以提姆淹死了。

unaware
[ˌʌnəˈwɛr]

形 不知道的，沒察覺的
If I hadn't been unaware of his madness, we would not have broken up.
→I wasn't aware of his madness, so we broke up.
如果當時我有察覺到他的氣憤，我們就不會分手了。
→當時我沒有察覺他的氣憤，所以後來分手了。

4. 虛主詞it

好用的虛主詞it，也可以套用在假設句型裡面喔！搭配代表「原因」的介系詞for，虛主詞it同樣也可以表達假設的語氣。注意介系詞for後面要接名詞才行喔！

divorce
[dəˈvors]

名 離婚，分離
動 離婚，使離婚
If it were not for her divorce, her child would not be so lonely.
如果不是因為她的離婚，她的小孩就不會這麼寂寞了。

proper
[ˈprɑpɚ]

形 適當的，專屬的
Were it not for your proper manners, we would have all been kicked out.
如果不是你應對得體，我們就會全被趕出去啦。

fasten ['fæsn̩]	動 拴緊，扣緊，抓住 If it hadn't been for fastening my seatbelt, I could have been killed. 如果當時不是因為我繫好的安全帶，我可能就已經死了。
nap [næp]	名 打盹，小睡，午睡 動 打盹，小睡，午睡 Were it not for the short nap, I would be extremely tired now. 如果沒有那短暫的午睡，我現在會很疲倦。
critic ['krɪtɪk]	名 批評家，評論家 If it hadn't been for the critic's praise, the book wouldn't be so famous. 當時如果不是評論家的稱讚，這本書就沒辦法這麼有名了。

5. 表示假設的句型（1）But for / but that / without / wish / hope

1-32

即使不用假設語氣的標準句型，還是可以用其他的語法來表示相似的意義！其中wish傾向表達「可能性小的願望」，而hope則是純粹的「希望」，通常是敘述比較可能成真的事情。

tube [tjub]	名 隧道，軟管。（英）地鐵 You couldn't have arrived so soon without the Tube. 沒有地鐵，你當時就不會這麼早到的。
sneeze [sniz]	動 打噴嚏 名 噴嚏 I wish I hadn't sneezed in her face; she hates me now! 我真希望當時沒有對著她的臉打噴嚏，她現在恨死我了！
pronunciation [prə,nʌnsɪ'eʃən]	名 發音，讀法 It is (high) time that you corrected your pronounciation. 應該是你矯正發音的時候了。
constant ['kɑnstənt]	形 固定的，持續的 But for you constant support, I would have already failed. 如果不是因為你不斷地支持，我早已經失敗了。
profit ['prɑfɪt]	名 利益，利潤　動 有益，賺錢，獲利 Jerry hopes that he can profit from the recent gains of the stock market. 傑瑞希望他可以從近期的股票市場中獲利。

八、連接詞

連接詞（或連接詞片語）不僅可以當作子句、動詞、片語之間的連結以避免動詞重複，還扮演著語氣轉換、連結的角色，所以又被視作「轉承語」（Transitional Words），可以讓文章更加流暢喔！

◇對等連接詞：連接對稱的子句、動詞、片語等。
◇從屬連接詞：連接主要子句和從屬子句。注意從屬子句不能單獨存在。
◇準連接詞：接近副詞，用分號連接兩個對等句子或是直接分割成兩句。

1. 對等連接詞（1）and

And連接前後相關的、接續事物，可以是名詞、形容詞、副詞、子句…等，只要前後都是同種型態就可以囉！此外，它還可以用來表示事情「接著發生」的意思。

furious [ˈfjʊərɪəs]

形 狂怒的，吵鬧的，激烈的
Martha became furious and impatient.
瑪莎變得又憤怒又不耐煩。

bold [bold]

形 英勇的，無畏的
We encouraged him to be bold and (to) go for it!
我們鼓勵他勇敢往前衝。

bow
[baʊ]

名 船首，船頭
We stood on the bow and enjoyed the fresh air.
我們站在船頭，並享受著新鮮的空氣。

beetle
[ˈbitl̩]

名 甲蟲
Can you believe that they cook and eat beetles?
你相信嗎？他們居然把甲蟲煮來吃！

babysit
[ˈbebɪˌsɪt]

動 當臨時保姆
How often do you babysit your niece and nephew?
妳多久當一次妳姪子和姪女的保姆？

2. 對等連接詞（2）but

1-33

和and不同，but是個帶有轉折語氣的詞，可以當作「但是」、「卻…」來解釋。後面連接的事物，和前面所提的常常會有些相反的意味在。

justice
[ˈdʒʌstɪs]

名 正義，公平
Justice is crucial but fragile.
正義雖然很重要，卻也很脆弱。

grown-up
[gron ʌp]

名 成年人
Why can grown-ups smoke but we teenagers can't?
為什麼成年人可以抽煙，我們青少年就不行？

inference
[ˈɪnfərəns]

名 推論，結論
The things you've said are not facts but personal inferences.
你說的並不是事實，而只是個人推論。

promotion
[prəˈmoʃən]

名 籌辦，晉級，增進
Duke was happy about his promotion but also nervous about it.
杜克對自己的升遷感到很高興，但也因此感到很緊張。

scarce
[skɛrs]

形 缺乏的，稀有的，罕見的
The soldiers are extremely thirsty, but water is scarce on the battlefield.
士兵們非常地渴，但在戰場上，水是很缺乏的。

3. 對等連接詞（3）or

Or表示「或者」的意思，連接前後兩種可能的情況。另外它也可以表示「否則」的意思，表示可能的後果。

poverty ['pɑvɚtɪ]

名 貧窮，貧困
Which is more fatal, poverty or hatred?
貧窮與憎恨，哪一個比較致命？

seize [siz]

動 抓住，奪取
Will you seize the chance or just let it slip away?
你是要抓住這機會，還是要讓它溜走？

infect [ɪn'fɛkt]

動 傳染，感染
You must keep the wound clean or it'll get infected.
你必須保持傷口清潔，否則會被感染。

permanent ['pɝmənənt]

形 固定的，不變的，永久的
Is this your permanent address or just a temporary one?
這是你的永久住址還是暫時的？

consumer [kən'sjumɚ]

名 消費者
A product should meet consumers' needs, or they won't buy it.
產品應該要符合消費者的需求，否則他們不會買的。

4. 對等連接詞（4）so

So也就是「所以…」的意思，後面連接原因、動機、事件等所造成的「結果」、「效用」等情境。

nursing [nɝsɪŋ]

名 看護，護理
Helen is studying nursing so she can help others.
海倫為了助人在學習看護，。

grind [graɪnd]

動 磨擦，磨光
名 研磨，磨
I'm grinding coffee beans so I can make some coffee.
我為了煮咖啡在磨咖啡豆。

memorial [mə'morɪəl]
名 記念物，請願書
形 記念的，記憶的
We built the memorial hall so people can remember him.
我們蓋了紀念堂，好讓人們可以記得他。

escalator ['ɛskə,letɚ]
名 電扶梯，手扶梯
The escalator is broken so we'll have to take the stairs.
電扶梯壞了，所以我們要爬樓梯。

isolation [,aɪsḷ'eʃən]
名 孤立，隔離
He's not very sociable, so he spends a lot of time in isolation.
他不是那麼愛交際，因此他大部分的時間都是孤單一人。

5. 對等連接詞（5）for

1-34

一般人最熟悉的for用法，大概就是介係詞了吧！但注意它也可以當作連接詞喔！當連接詞時，它表示「由於」、「因為」的意思，後面接上子句，來說明前面事件的源由。

talented ['tæləntɪd]
形 天才的，有才幹的
Sarah succeeded for she's a very talented dancer.
因為莎拉是個極有天賦的舞者，所以她成功了。

substitute ['sʌbstə,tjut]
名 代理，代理人
動 代替，替代，取代
A substitute came in today for our regular math teacher is sick.
因為數學老師生病了，所以今天來了一個代課（老師）。

loyal ['lɔɪəl]
形 忠誠的，忠貞的
I doubt his betrayal for he's the most loyal person I know.
我之所以對他的背叛感到懷疑，是因為他是我所認識的人當中最忠誠的。

one-sided [wʌn 'saɪdɪd]
形 有偏見的，偏頗的
We won't buy the content of this report for it's obviously one-sided.
我們不會採信這篇報告的，因為它的內容明顯地很偏頗。

previous ['priviəs]
形 早先的，前面的
Sam doesn't date anymore for his previous girlfriend cheated on him.
山姆不再（和別人）約會，因為他的前女友欺騙了他。

6. 對等連接詞（6）not only…but also…

從單字的字義，大概就可以猜到這個連接詞片語的用法了！就是「不止是…還是…」的意思。注意not only後面和but also後面的兩個部分，還是要符合連接詞對稱的原則喔！只要結構對稱，不管是名詞、動詞還是片語，都可以組合在一起。

cultivate [ˈkʌltəˌvet]

動 栽培，培養，陶冶
They not only raised the boy but also cultivated his mind.
他們不只扶養小男孩長大，也陶冶了他的思想。

hurricane [ˈhɝɪˌken]

名 颶風，暴風
Hurricanes are not only dangerous but also unpredictable.
颶風不但危險，也是無法預測的。

sympathy [ˈsɪmpəθɪ]

名 同情，贊同
The victims need not only sympathy but also real help.
受害者需要的不只是同情，還有實際的援助。

imagination [ɪˌmædʒəˈneʃən]

名 想像力，創造力
Good writers require not only imagination but also prowess.
好的作家不只要有想像力，還要有高超的技巧。

version [ˈvɝʒən]

名 版本，翻譯
This novel has not only an English version but also a Spanish one.
這本小說不只有英文譯本，還有西班牙文版。

7. 對等連接詞（7）both A and B

Both表示「兩者皆是」的意思，後面可以用「A＋B」的句型或是複數名詞。當然囉，如果是「A＋B」的形式，A和B兩者都要對稱喔！

dramatic [drəˈmætɪk]

形 戲劇性的，生動的
The play was both dramatic and exciting.
那齣戲劇既生動又刺激。

jealousy [ˈdʒɛləsɪ]

名 妒忌，羨慕，猜忌
His anger resulted from both jealousy and depression.
他的怒火源自於嫉妒和沮喪。

commitment
[kə'mɪtmənt]

名 承諾，保證
Both men are willing to give her lifelong commitments.
兩個男人都願意給她一輩子的承諾。

philosophy
[fə'lɑsəfɪ]

名 哲學，人生觀，原理
Both my parents teach philosophy in Cambridge University.
我的爸媽兩人都在劍橋大學教授哲學。

physical
['fɪzɪkḷ]

形 身體的，物質的
Both physical and mental intimacies are important in marriage.
對婚姻而言，身體和心靈上的親密都很重要。

8. 對等連接詞（8）Either…or…和neither…nor…

Either…or…（不是…就是…）和neither…nor…（兩者皆非）所連接的事物也要維持對稱的原則，可以是詞、片語、句子等事物。

gifted
['gɪftɪd]

形 有天賦的，有天才的
He is either very gifted or very hard-working.
他不是非常有天分，就是非常努力。

acceptable
[ək'sɛptəbḷ]

形 可接受的，可忍受的
What he has done is neither funny nor acceptable.
他所做的事，既不有趣也難以忍受。

schedule
['skɛdʒʊl]

名 計劃表，行程表
動 安排，列表，預定
You can either change the schedule or ignore him.
你可以變更行程表，或是根本不要理他。

approval
[ə'pruvḷ]

名 批准，認可
Neither has he given his approval nor did he stand against it.
他既沒有表示答應，也沒有表示反對。

detail
['ditel]

名 細節，詳情
Either you will confess every detail of it or go to jail.
你要不就是對我坦白一切詳情，要不就是去坐牢。

9. 從屬連接詞（1）as long as和unless

As long as可表示「只要…」的意思，unless則表示「除非…」的意思，意思有所不同，但都可以用來表示事情發生的條件。有一點要注意：雖然附屬子句（條件）部分可能是還沒發生的事情，但在寫的時候，卻不能用未來式喔！

outdoors ['aʊt,dors]
副 在戶外，在野外
I would go anywhere as long as I stay outdoors.
只要我待在戶外，什麼地方我都願意去。

spoil [spɔɪl]
動 損壞，寵壞
As long as they are disciplined, kids will not be spoiled.
只要有受管教，孩子們就不會被寵壞。

investment [ɪn'vɛstmənt]
名 投資，可獲利的東西
It's hard to become rich unless you make good investments.
除非你做好投資，否則很難變有錢的。

portray [por'tre]
動 描寫，描繪
The historians will be killed unless they portray the king as a hero.
除非把國王描寫成英雄，否則歷史學家就會被殺。

correspond [,kɔrɪ'spɑnd]
動 符合，一致
You will feel happier as long as your life corresponds with your beliefs.
只要你的生活與你的信念一致，就會比較快樂。

10. 從屬連接詞（2）after和before

After（在…之後）和before（在…之前）可以當作介係詞來使用，也可以當作連接詞喔！不同的是，介係詞後面只能接名詞或是動名詞，連接詞卻可以接較長的子句。

fireworks ['faɪr,wɝk]
名 煙火
We shall have dinner after the fireworks.
我們（看完）煙火後，要去吃晚餐。

carpenter ['kɑrpəntɚ]
名 木匠，木工
Ray had been a professor before he became a carpenter.
雷當木工之前，是個教授。

equality
[i'kwɑlətɪ]

名 同等，平等
They will only stop fighting after they achieve true equality.
唯有在獲得真正的平等後，他們才會停止奮鬥的。

lotion
['loʃən]

名 化妝水，乳液
I suggest you put some lotion on your skin after you bathe.
我建議你洗完澡後，在皮膚上抹些乳液。

commercial
[kə'mɝʃəl]

形 商業的，商務的 名 商業廣告
Sales of the product increased after the commercial was released.
登廣告之後，這個產品的銷售量就增加了。

11. 從屬連接詞（3）while和as

1-36

除了表示「當…」的時間用詞之外，while和as兩個連接詞還有各自的其他用法喔！As可以暗示「因果」的關係，而while則是可以用來「對照」兩件不同、卻有些相關的事件，有「雖然」的意味在裡面。

translation
[træns'leʃən]

名 翻譯，譯文，轉化
As I can speak French, there was no need for translation.
因為我會說法文，所以當時並沒有翻譯的必要。

cast
[kæst]

名 投，擲
動 丟，擲
He hoped to catch a fish as he cast his lure into the water.
他將誘餌丟到水中，希望能抓到魚.

parachute
['pærəˌʃut]

名 降落傘
動 跳傘，傘降
We had to parachute many times while I was in the military.
我還是軍人時，常常要跳傘。

urban
['ɝbən]

形 都市的，住在都市的
As time goes by, urban areas are becoming heavily populated.
隨著時間推移，市區的人口變得非常稠密。

glorious
['glorɪəs]

形 光榮的，榮耀的
While they achieved a glorious victory, there's still room for improvement.
（雖然）他們贏得了榮耀的勝利，還是有進步的空間。

12. 從屬連接詞（4）though (although) 和 in spite of (despite)

想要表示有點義無反顧的「儘管…，但還是…」的意思時，就可以用這樣的連接詞。注意！though (although)才是真正的連接詞，所以後面是接上有主詞、動詞的子句；可表示同樣意思的in spite of (despite)，卻是介系詞片語，所以後面要加上名詞而不是子句。此外，though也可以放在句末，作口語上的「不過」意思。

apart [ə'pɑrt]

副 分離地，分開
Although we are far apart, we are deeply in love.
雖然我們相距甚遠，卻依然深愛著彼此。

hard-working [hɑrd 'wɝkɪŋ]

形 努力工作的，勤奮的，勤勞的
James is a lazy person. His brother is hard-working though.
詹姆士是個懶人，不過他的兄弟倒是很勤奮。

disapproval [ˌdɪsə'pruvl̩]

名 不贊成，不喜歡
They got married last week despite their parents' disapproval.
儘管家長們反對，他們還是在上禮拜結婚了。

luckily ['lʌkɪlɪ]

副 幸福地，僥倖
Even though he luckily survived, his legs were severely damaged.
儘管他幸運地存活下來，他的雙腿仍受著嚴重的傷害。

disappointment [ˌdɪsə'pɔɪntmənt]

名 沮喪，失望，掃興
In spite of my disappointment, I congratulated my opponent on his victory.
雖然我很失望，我還是向我的對手恭賀他的勝利。

13. 從屬連接詞（5）because和since

Since是表示「既然」或是「自從」的意思，because則表示「因為」的意思。

commit [kə'mɪt]

動 犯罪，交託
The man was arrested because he committed a crime.
那個男人因為犯罪，而遭到逮捕。

payment ['pemənt]

名 付款，支付
Since you can't afford to make such payments, why did you rent it?
既然你無法負擔這樣的費用，你當時為什麼要租？

recognize
['rɛkəg,naɪz]

動 認出，識別，認可
Since you've changed your hairstyle, I almost can't recognize you.
自從你換髮型後，我幾乎認不出你了。

technique
[tɛk'nik]

名 技巧，技法，技術
We're going to use a different technique since plan A isn't working.
既然A計畫行不通，我們打算採用不同的方法。

depressed
[dɪ'prɛst]

形 沮喪的，憂鬱的
She went to the doctor because she's been terribly depressed these days.
因為這陣子她一直都很憂鬱，所以去看了醫生。

14. 從屬連接詞（6）as soon as和no sooner than

1-37

Soon這個單字原本就表示「立刻」的意思。《As soon as＋附屬子句，＋主要子句》可以說明「一…就…」的意思，《no sooner than＋附屬子句＋倒裝的主要子句》則表示「…發生沒多久就…了」的意思，說明兩件前後發生間距很短的事件。

foggy
['fɑgɪ]

形 模糊的，濃霧的
No sooner than we returned home did it turn foggy.
我們一回到家就起霧了。

lawn
[lɔn]

名 草地，草坪
The gardener started to tend to the lawn as soon as he arrived.
園丁一到，就馬上整理草皮。

insert
[ɪn'sɝt]

動 插入，嵌入
My computer shut down as soon as I inserted this disc.
我一把這磁片放進去，我的電腦就關機了。

settle
['sɛtl̩]

動 決定，安放
Everything will come to an end as soon as we settle this issue.
我們一旦解決了這件事，一切就會結束的。

protest
[prə'tɛst]

名 主張，抗議　動 聲明，主張
No sooner than he made the announcement did the people begin to protest.
他才一發表聲明，人民就開始抗議了。

15. 從屬連接詞（7）as if (as though)和like

As if 和as though是兩個可互換的連接詞片語，表示「彷彿」的意思，形容主要子句的事件就「彷彿是」如何如何，並且也可以用like來替換。不過呢，有時候也有假設語氣的意味在喔！例如as if後面使用過去式動詞時，有時也可能表示是「與現在事實相反的假設」。

virtue
[ˈvɝtʃu]

名 德行，貞操，美德
She's talking as if selfishness were a virtue!
她講得好像自私是種美德似的。（但顯然事實上並不是）

cooking
[ˈkʊkɪŋ]

名 烹飪，烹調
形 烹調用的
She's acting as if she were very good at cooking.
她表現得好像很擅長烹飪一樣。（但其實並不是）

applause
[əˈplɔz]

名 鼓掌，喝采
It sounds like he's receiving great applause in there.
聽起來他好像在那裡獲得熱烈的掌聲。

depression
[dɪˈprɛʃən]

名 沮喪，意志消沈
He seems as though he is suffering from (major) depression.
他感覺像籠罩在極度的沮喪之下。

mob
[mɑb]

名 暴民，暴徒
動 暴動，圍攻
This place looks as if it's been attacked by a furious mob!
這地方看起來，簡直像是被憤怒的暴民攻擊過一樣！

16. 從屬連接詞（8）when和every (last/next) time

《When＋附屬子句》的句型，是用另一事件的敘述來表示主要子句發生的「時機」。而《every/last/next＋time＋附屬子句》也有這樣的功能，只不過多了「每當」、「上一次」、「下一次」等三種不同的條件啦！

yell
[jɛl]

動 大叫，喊叫
名 叫聲，喊聲
I will leave right away the next time you yell at me.
下次你再對我吼，我就馬上離開。

wander
[ˈwɑndɚ]

動 漫步，迷路，徘徊
名 漫步，迷路，徘徊
Inspiration poured in when she wandered on the beach.
當她漫步在海邊時，靈感便接二連三地湧現。

vivid ['vɪvɪd]

形 生動的，鮮艷的，鮮明的
I recall those vivid memories every time I look at the photographs.
每次我看著照片，就會想起那些鮮明的記憶。

distant ['dɪstənt]

形 疏遠的，遠的
When is the last time you enjoyed solitude somewhere distant?
你最後一次在遙遠的某處享受孤獨，是什麼時候？

cliff [klɪf]

名 懸崖，峭壁
When the bus fell off the cliff, he thought he would die for sure.
當公車墜落懸崖的時候，他以為自己死定了。

17. 從屬連接詞（9）that

1-38

That最常被用在引導名詞子句，可以發揮主詞、受詞、補語等角色的功能，甚至還可以連接一個以上的名詞子句當作複數受詞喔！

possibility [,pɑsə'bɪlətɪ]

名 可能性，可能的事
The possibility that he will survive is almost zero.
他生還的可能性，幾乎等於零。

punctual ['pʌŋktʃuəl]

形 準時的，按時的
The deal is that everyone should always be punctual.
約好大家都要準時的。

agent ['edʒənt]

名 代理商，代理人
I suggest that you contact your agent and renew the contract.
我建議你聯絡你的代理商，然後跟他更新合約。

comprehension [,kɑmprɪ'hɛnʃən]

名 理解，理解力
Kelly knows that she has to work on her reading comprehension.
凱莉知道她得加強自己的閱讀理解能力。

aggressive [ə'grɛsɪv]

形 侵略的，侵犯的
Ben said that he's an aggressive person and that I should stay away from him.
班說他是個有侵略性的人，還說我應該要跟他保持距離。

18. 準連接詞（1）therefore / thus / as a result(consequence)…等

Therefore和thus都表示「因此」的意思，as a result(consequence)則是「結果…」，還可以加料變成《as a result(consequence)of＋原因》的句型呢！可以用來代換的還有副詞consequently、hence等。

dime
[daɪm]

名 一角
Consequently, Mom will not give me a dime now.
結果，媽媽現在一毛錢都不願意給我。

hidden
[ˈhɪdn̩]

形 隱藏的，秘密的
She keeps her feelings hidden. Therefore, no one really knows her.
她把自己的感情隱藏起來，所以沒有人能真正瞭解她。

performer
[pɚˈfɔrmɚ]

名 表演者
As a result of her great talent, she became a professional performer.
因為她過人的天分，使她成了一個專業的表演者。

endurance
[ɪnˈdjʊrəns]

名 忍耐，耐性，耐力
Jill lacks endurance. Thus, she always quits before things are done.
吉兒缺乏耐力，所以她常常在事情完成前就放棄了。

leap
[lip]

動 跳躍，躍過 名 跳躍，急變
He's got a good coach. Thus, his skills have improved by leaps and bounds.
他有個好教練。因此，他的技巧突飛猛進。

19. 準連接詞（2）however / nevertheless

帶有轉折語氣的however和nevertheless，都表示「然而」的意思，它們所連接的句子，通常都會和前面敘述的事物有相反的意味喔！

doubtful
[ˈdaʊtfəl]

形 可疑的，疑心的
She's been honest with him. Nevertheless, he remains doubtful.
她對他一直都很誠實，但他依然疑心病很重。

grasp
[græsp]

動 抓住，緊握，領會，理解 名 抓住，抓緊，領會，理解
I love my teacher; however, it's hard to grasp the meaning of her words.
我很喜歡我的老師，但是她的話實在很難瞭解。

climax
['klaɪmæks]

名 頂點，最高點
We enjoyed the climax; however, the rest of the story was a disaster.
我們很喜歡故事的高潮部分，但其餘的就糟透了。

conductor
[kən'dʌktɚ]

名 領導人，管理人
The conductor was fabulous. However, the orchestra wasn't so great.
指揮者是很棒啦，但是管弦樂團就沒那麼出色了。

fertilizer
['fɝtlˌaɪzɚ]

名 肥料
Fertilizers help increase productivity. Nevertheless, they're too expensive.
肥料是有助於增加產量啦，但是太貴了。

20. 準連接詞（3）moreover / besides / in addition

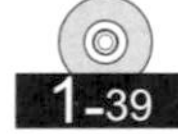

要對前面所敘述的事物加以補充、延續時，就要使用這些連接詞。它們都表示「除此之外，還有…」的意思，而其中besides可以補充變成《besides＋原本有的事物》，再接著說明補充的敘述。In addition也可以發揮同樣的作用，只不過得先加上介係詞to才可以喔！

graceful
['gresfəl]

形 優美的
Mary is a graceful woman. In addition, she's also bright.
瑪麗是個優雅的女人，此外她也很聰明。

creative
[krɪ'etɪv]

形 創造性的，有創造力的
The style of this piece is rare. Besides, it's truly creative.
這作品的風格罕見，而且也很有創意。

enclosed
[ɪn'klozd]

形 封閉的、密閉的
The virus was infectious; moreover, it was in an enclosed space there.
那種病毒是會傳染的，更何況那裡還是密閉的空間。

display
[dɪ'sple]

動 展出，表現 名 展覽，除列
Besides the products on display, the show girls were attractive, too!
除了展示中的產品以外，秀場女郎們也很有吸引力呢！

damp
[dæmp]

形 潮濕的，有濕氣的 名 濕氣，潮濕
In addition to the damp weather, there are also frequent earthquakes.
除了潮濕的氣候以外，還有頻繁的地震。

21. 準連接詞（4）in other words / that is(to say)

這兩個連接詞分別是「換句話說」和「也就是說」的意思，都可以用來強調、解釋前面所敘述的事情喔！擔心對方不瞭解自己話中之意時，用這兩個連接詞是最恰當的了！

anytime
['ɛnɪ,taɪm]

副 隨時，總是
I'm always there for you. That is, you may call me anytime.
我隨時為你空出時間，也就是說，你隨時都可以打給我。

curiosity
[,kjurɪ'ɑsətɪ]

名 好奇心，奇品，珍品
Curiosity killed the cat. In other words, don't be too curious.
好奇心殺死了貓。換句話說，好奇心別太過度了！

cunning
['kʌnɪŋ]

形 狡猾的，奸詐的
He is as cunning as a fox. That is to say, I do not trust him.
他就像狐狸一樣地狡猾，也就是說，我不會相信他的。

booklet
['bʊklɪt]

名 小冊子
You may refer to the booklet on the desk. That is, please don't ask me.
你可以參考桌上的小冊子，也就是說，請不要來問我。

artificial
[,ɑrtə'fɪʃəl]

形 人工的，人為的
The juice is full of artificial flavoring. In other words, it's not pure.
這果汁加了一堆人工香料。換句話說，它不是純的。

22. 準連接詞（5）on the contrary與in contrast

這兩個片語長得很像吧！小心它們的不同意思喔！On the contrary表示「相反的」的意思，與前面的敘述帶有相反的意味在。In contrast則單純地要說明「對照…」的意思，卻不見得是相反的喔！

remarkable
[rɪ'mɑrkəbl̩]

形 不平常的，顯著的
In contrast to my work, yours is remarkable.
和我的作品比起來，你的相當出色。

leisure
['liʒɚ]

名 空閒，閒暇 形 空閒的，閒暇的
In contrast to a teacher, an engineer seems to have less leisure time.
跟教師比較起來，工程師的休閒時間，似乎比較少。

greenhouse
['grinˌhaʊs]

名 溫室
Bob thinks it's cool. On the contrary, it is pretty hot.
包伯以為天氣很涼爽，但相反地，天氣很熱。

sunbathe
['sʌnˌbeð]

動 做日光浴
We use a lot of sunblock; Americans, on the contrary, love sunbathing.
我們使用大量的防曬乳，相反地，美國人卻很喜歡做日光浴。

shorts
[ʃɔrts]

名 短褲，短文
Sean wore long jeans plus a jacket; I, in contrast, wore shorts and a bikini.
西恩穿長牛仔褲配上外套，我卻穿了短褲和比基尼。

九、關係子句

把「句子」當作「形容詞」，就是關係子句的作用，當單一的字詞不足以形容要敘述的事物時，關係子句就派上用場了！但是子句和子句之間還是得有連結的，所以就出現了一個身兼「連接詞」和「代名詞」的角色：關係代名詞。關代所指代的對象，又稱作「先行詞」。

除了關係代名詞外，還有關係形容詞、關係副詞等用法，也都具有連接詞的功能。

1. 關係代名詞（1）：who與whom

1-40

當句子的先行詞是「人」時，就要用who或是whom來當作關代囉。嚴格來說，當關代是關係子句中的受詞時，應該要用whom而不是who，但現今已經沒有那麼嚴格了，唯有在關代前面有介係詞時，才一定要使用whom。

wit [wɪt]

名 機智，機警，機智的人
He is someone who uses his wits.
他是個機智的人。

composer [kəmˈpozɚ]

名 作曲家，作家
She is the composer whom I told you about.
她就是那位我和你提過的作曲家。

architect [ˈɑrkəˌtɛkt]
名 建築師，設計師
That is the architect whom he admires the most.
那位就是他最崇拜的建築師。

sob [sɑb]
動 嗚咽，啜泣
名 啜泣，嗚咽
The woman who had just lost her husband was sobbing.
那位才喪夫的婦人，在啜泣。

productive [prəˈdʌktɪv]
形 生產的，生產性的，多產的
Ben is the one whom I consider the most productive of all.
班就是我認為所有人之中，生產力最高的一個。

2. 關係代名詞（2）：which

1-40

當句子的先行詞是「動物」、「事物」等人以外的東西時，要用which來當作關代。另外，如果是要對逗點以前敘述的句子加以說明，則一定要用which才行。

leopard [ˈlɛpɚd]
名 美洲豹，豹
The animal which we saw is a leopard.
我們看到的那隻動物是隻豹。

impress [ɪmˈprɛs]
動 令人有印象
The part which impressed me the most was the speech.
最令我印象深刻的那部分是演講。

laundry [ˈɔndrɪ]
名 洗衣店，洗衣
Leo forgot to do his laundry, which got him in big trouble.
李歐忘了洗自己的髒衣物，這可讓他麻煩大了。

theory [ˈθiərɪ]
名 理論，學說
The theory which Copernicus came up with was rejected during his lifetime.
哥白尼所提出的理論，在他有生之年是被否定的。

severe [səˈvɪr]
形 嚴厲的，嚴格的
A severe earthquake occurred in China, which is heart-breaking.
中國發生了一場嚴重的地震，（而這件事）真令人痛心。

3. 關係代名詞（3）：that

That跟which的用法非常接近，都可以用來表示人以外的其他事物。但是that有兩樣重要的規定：一是不能放在逗點之後，二是如果先行詞有only、every-、形容詞-est等表示「唯一」、「最高級」的用詞，則必須使用that而不是which。

grieve [griv]

動 使悲傷，悲傷，哀悼
What is it that you've been grieving for?
你一直在難過的，究竟是什麼事啊？

political [pəˈlɪtɪkḷ]

形 政治的，政策的，政黨的
Political benefit is the only thing that he cares about.
政治利益是他唯一在乎的東西。

recite [riˈsaɪt]

動 背誦，敘述，朗誦
I'm touched by the poem that you recited in class.
我對你在課堂上朗誦的那首詩，覺得很感動。

vowel [ˈvaʊəl]

名 母音
Every word that you write should have at least one vowel.
你所寫的每一個字都至少要有一個母音。

sauce [sɔs]

名 調味料，醬油
The best sauce that I've ever tasted was made by Grandma.
我所嚐過最棒的醬汁是祖母做的。

4. 關係副詞：where、when、why

關係副詞是用來說明動作是在哪裡、何時、為何發生的。也就是說，關係副詞與先行詞的搭配應該是：「地點」→where，「時間」→when，「原因」→why。

suicide [ˈsuə,saɪd]

名 自殺性行為，自毀
This is the place where he committed suicide.
這就是他自殺的現場。

site [saɪt]

名 位置，場所
This is the site where we found the fossils.
這是我們發現化石的地點。

everyday ['ɛvrɪ'de]

形 每天的，日常的
That is the reason why she made reading an everyday habit.
那就是為什麼她把閱讀當作每天的習慣的原因。

recommend [ˌrɛkə'mɛnd]

動 推薦，介紹
His expertise and diligence are reasons why I recommended him.
他的專業和勤奮，就是我之所以推薦他的原因。

stepmother [stɛpˌmʌðɚ]

名 繼母，後母
I can never forget the day when Dad introduced me to my stepmother.
我永遠忘不了，爸爸向我介紹繼母的那一天。

5. 關係形容詞：whose

1-41

當先行詞是人，但是關係子句的敘述卻是針對先行詞的「所有物」加以描述時，就要用whose而不是who了。

flexible ['flɛksəbl̩]

形 靈活的，柔軟的
There's a student whose muscles are flexible.
有位學生的筋骨很柔軟。

recovery [rɪ'kʌvərɪ]

名 重獲，恢復
He named a patient whose recovery was surprisingly fast.
他提到了一位復原速度驚人的病患。

comfort ['kʌmfɚt]

名 安逸，舒適 動 安慰，慰問
It's my job to comfort people whose marriages have problems.
我的工作就是要慰問婚姻有問題的人。

historical [hɪs'tɔrɪkl̩]

形 歷史的，史實的，歷史上的
This is a man whose contributions were historically significant.
這是個擁有歷史性的重大貢獻的人。

defensive [dɪ'fɛnsɪv]

形 防禦的，保護的
I find it hard to make friends with someone whose character is so defensive.
我發現要和一個防衛性如此強的人交朋友，是件困難的事。

6. 非限定用法

當先行詞是獨一無二的對象時，關係子句其實並不能幫我們辨識出先行詞為誰，而只是一條補充的資訊。這時就要使用所謂的非限定用法（補述用法）了，也就是要用「兩個逗點」來把關係子句和主要子句隔開。非限定用法有幾個要注意的規定：一、關係詞不能省略，二、不能使用that。

locate [lo'ket]

動 找出，位於

Taiwan, which is located in East Asia, is my homeland.

位在東亞的台灣，是我的祖國。

singing ['sɪŋɪŋ]

名 歌唱，歌聲

Hugh Jackman, who is known as an actor, is good at singing, too.

以演員身份著名的休傑克曼，也很會唱歌呢。

financial [faɪ'nænʃəl]

形 財政的，金融的

I'm going to New York, which is the financial center of the U.S.A.

我要去美國的金融中心一紐約。

pressure ['prɛʃɚ]

名 壓力，按，榨

Samantha,whose father is a politician,lives under heavy pressure.

父親是政治人物的莎曼莎，生活在極大壓力之下。

tough [tʌf]

形 強硬的，堅強的 名 粗暴的人，暴徒

Arnold Schwarzenegger, who was a tough movie-hero, is now a governor.

曾經是螢幕硬漢的阿諾史瓦辛格，現在是個州長。

7. 關係詞的省略

當關係詞是關係子句中的「受詞」時，是可以將關係詞省略掉的：但有些東西不能省略：關係詞whose和《介係詞＋關係詞》的組合，以及前面提到的限定用法中的關係詞。

grave [grev]

名 墳墓

I found the grave in which they buried Kate.

我找到了當時他們埋葬凱特的墳墓。

lousy ['laʊzɪ]

形 污穢的，噁心的

The lousy excuse (that) he gave me was quite stupid.

他給我的那個糟糕透頂的藉口，實在是滿愚蠢的。

dissolve
[dɪ'zɑlv]

動 分解，融化
What was the powder (which) had dissolved in the water?
那個在水中溶解的粉末，是甚麼啊？

scholar
['skɑlɚ]

名 學者，有學問的人
Roger, who seems to be a dull person, is actually a scholar.
看起來像個呆瓜的羅傑，其實是個學者。

passion
['pæʃən]

名 熱情，激情
The girl (whom) I interviewed yesterday was filled with passion.
昨天我訪談的那個女孩，真是熱情洋溢。

8. 關係詞代換（1）：分詞

1-42

我們說關係子句是「當作形容詞用的句子」，而分詞也可以當作形容詞來使用，所以有時候兩者是可以互換的，而原始意義也不會因此改變。

brand
[brænd]

名 商標，品牌
I love a certain brand of chocolates (which is) called "See's".
我很喜歡一個特定的巧克力品牌，叫做「喜事」。

tutor
['tjutɚ]

名 家庭教師，助教，指導老師
動 指導，當家庭老師
I have a math tutor (who was) introduced to me by my uncle.
我有一個舅舅介紹的數學家教老師。

delicious
[dɪ'lɪʃəs]

形 美味的
The dinner (that was) prepared was delicious.
準備好的餐點相當美味。

sound
[saʊnd]

形 健康的，狀況良好的，健全的
Everyone (that was) trapped in that building is safe and sound.
困在那棟建築物裡的人，都很安全而且狀況良好。

fax
[fæks]

名 傳真機 動 傳真
Have you seen the list of products (which was) faxed this morning?
你看到今早傳真過來的產品清單了嗎？

9. 關係詞代換（2）：介係詞＋關係詞

運用介係詞的不同用法，可以和關係詞一起搭配，藉此發揮和其他某些關係詞一樣的功能。但要小心介系詞的使用喔！看看先行詞平常都會搭配甚麼介系詞，關係子句就要用甚麼介系詞！

hijack
['haɪˌdʒæk]

動 搶劫，劫持
The day on which we were hijacked was a rainy day.
→ We were hijacked on a rainy day.
我們遭到搶劫的那天，是個下雨天。

cooperative
[ko'ɑpəˌretɪv]

形 合作的，樂意合作的
The company with which we worked was very cooperative.
→ We worked with a very cooperative company
我們之前合作的那家公司，非常好配合。

elegant
['ɛləgənt]

形 文雅的，端莊的
The lady to whom I was speaking was elegant and kind.
→ I was speaking to a lady who was elegant and kind.
之前我交談的那位女士，人不僅好也很優雅。

appetite
['æpəˌtaɪt]

名 食慾，慾望
The reason for which he left was that he had lost his appetite.
→ He left for the reason that he had lost his appetite.
他之所以離開的理由，是他已經失去了食慾。

digestion
[də'dʒɛstʃən]

名 消化，領悟，吸收
Digestion is the process by which your body breaks down food.
→ Your body breaks down food by the process of digestion.
消化是身體分解食物的過程。

10. 複合關係詞（1）關係代名詞兼形容詞

與-ever合併後的whichever和whatever，就等於是no matter which(what)，也就是「無論什麼」和「無論哪個」的意思。當作形容詞的時候，後面要加上名詞，說明是「無論什麼東西」或是「無論哪個東西」。

included
[ɪn'kludɪd]

形 包括的
Whatever is included in the box is yours.
不管這箱子裡裝有什麼東西，都是你的。

grateful
['gretfəl]

形 感謝的，感激的
Whatever gifts you have for me, I would be grateful.
不管你有什麼禮物要給我，我都會很感激的。

arouse [ə'raʊz]

動 喚起，激發
Whatever has been aroused in you, please don't show it now.
不管你心裡被激起了什麼感覺，現在請不要把它表現出來。

forever [fɚ'ɛvɚ]

副 永遠
Whichever man you marry, be sure that he'll love you forever.
不管妳要嫁給哪個男人，要確定他會愛妳一輩子啊。

companion [kəm'pænjən]

名 同伴，朋友
Whichever path I choose, my dog will always be my companion.
不管我選擇哪一條路，我的狗一直都會是我的同伴。

11. 複合關係詞（2）關係代名詞

等於No matter who/ whom的whoever和whomever，表示「無論是誰」的意思，與原始關係詞的用法類似，都是用來形容「人」的狀況。

pity ['pɪtɪ]

名 同情，憐憫
動 憐憫，同情
Ana takes pity on whoever begs her for help.
安娜會同情任何懇求她幫助的人。

inherit [ɪn'hɛrɪt]

動 繼承，接受遺產
Whoever inherits my wealth should use it wisely.
不管是誰繼承我的財富，都要善加利用它。

inhabitant [ɪn'hæbətənt]

名 居民，住民
These inhabitants will attack whoever harms their homeland.
這些居民們會攻擊任何傷害他們家園的人。

affection [ə'fɛkʃən]

名 情感
Whoever wrote this letter must have great affection for you.
無論是誰寫了這封信，他一定對你有很深的情感。

guarantee [ˌgærən'ti]

動 擔保，保證 名 擔保，保證書
You're now responsible for whomever you've guaranteed.
你現在得為你保證過的所有人負責。

12. 複合關係詞（3）關係副詞

說明「無論何處」的wherever、「無論何時」的whenever以及「無論如何」的 however，都是複合關係副詞。

camping
[kæmp]

名 露營，紮營
It rains whenever my family goes camping!
每次我們家去露營都會下雨！

frightened
[ˈfraɪtn̩d]

形 受驚的，受恐嚇的
However frightened she is, she always remains calm.
不管她有多害怕，她總是保持冷靜。

adapt
[əˈdæpt]

動 使適應，使適合
Justin quickly adapts to the customs of wherever he travels.
無論去什麼地方，賈斯丁都能很快適應當地的風土民情。

campaign
[kæmˈpen]

名 競選活動，戰役
動 出征，參選
Wherever there's a campaign, there is noise and garbage.
不管在哪裡，只要有選舉活動，就會有噪音和垃圾。

council
[ˈkaʊnsl̩]

名 會議，協會
However hard I tried, I couldn't convince the student council.
無論我多麼努力地嘗試，都沒辦法說服學生會。

13. 類關係詞as / but / than

除了關係詞和關係子句之外，還有一些句型可以發揮和關係子句一樣的作用喔！這些詞因為很像關係詞，但又不是關係詞，所以又另有一個名稱叫做「類（準）關係詞」。

patriotic
[ˌpetrɪˈatɪk]

形 愛國的，有愛國心的
There are no soldier in this country but patriotic ones.
→ There are no soldiers in this country who aren't patriotic.
在這個國家沒有不愛國的軍人。

occasion
[əˈkeʒən]

名 場合，時機
As you all know, this is a very special occasion.
→ You all know the fact that this is a very special occasion.
如你們所知，這是個非常特別的場合。

considerate [kən'sɪdərɪt]

形 體貼的，考慮週到的
Richard is being more considerate than I thought.
→ Richard is being more considerate than how I had thought.
理查比我想的要來得更體貼。

applaud [ə'plɔd]

動 鼓掌，喝采
There was no one in the theater but applauded for the wonderful play.
→ There was no one in the theater who didn't applaud for the wonderful play.
劇院裡沒有人不為這齣美好的戲劇鼓掌。

afford [ə'ford]

動 負擔，供應，提供
This apartment costs a lot more than I could afford.
→ This apartment costs a lot more than the price I could afford.
這棟公寓比我可以負擔的價格要貴多了。

14.不定代名詞與關係代名詞

1-44

記得不定代名詞的用法嗎？我們用它來表示「…其中的某部分」。而因為關係代名詞有代名詞的效果，如果將兩者一起連用，就可以用來表示「前面提到的複數名詞中，某些部分是…」的意思，句型是《主要子句, +不定代名詞+of+關代…》。

attitude ['ætətjud]

名 態度，立場
There are 30 students, few of whom have bad attitudes.
有三十個學生，其中有少數態度是差的。

acquaintance [ə'kwentəns]

名 相識，了解
I have many acquaintances, none of whom is a true friend.
我認識很多人，其中沒有一個是真正的朋友。

tolerate ['tɑləˌret]

動 忍受，容忍
Ben has two brothers, neither of whom could tolerate his selfishness.
班有兩個兄弟，兩個都沒辦法忍受他的自私。

consist [kən'sɪst]

動 組成，構成
This plan consists of four parts, one of which is my responsibility.
這項計畫由四個部分所組成，其中一部分是我負責的。

donate ['donet]

動 捐獻，捐贈
He donated 5 million dollars, most of which went to charity groups.
他捐了五百萬元，其中大部分都給了慈善團體。

十、分詞

分詞又有「現在分詞」、「過去分詞」之分，一般熟悉的用法，都是和進行式以及簡單式一起使用。但它們其實也可以獨立出來作其他用途！

1. 現在分詞（1）形容詞的功能

現在分詞可用來當作有「主動意味」的形容詞，藉由事物在當下正在進行的動作，來對它做補充說明，將動作發揮形容詞的功能。

harm
[hɑrm]

名 傷害，害處
動 傷害，損害
The dying victim was harmed in his lungs.
這瀕死的受害者，被傷到了肺部。

patience
[ˈpeʃəns]

名 耐性，忍耐
She listened to her whining child with patience.
她耐心地聽著她的孩子抱怨。

absolute
['æbsə,lut]

形 完全的，絕對的
名 絕對事物
The shocking news was an absolute nightmare.
這令人震驚的消息真是個惡夢。

rage
[redʒ]

名 狂怒，盛怒，狂熱
動 發怒，怒斥，流行
That crying girl seems to be expressing her rage.
那個哭泣著的女孩似乎是在表達她的怒氣。

foresee
[for'si]

動 預見，預知
I can foresee a lot of problems resulting from this.
我能預知這件事會引起許多問題。

2. 現在分詞（2）分詞構句

1-45

當前後兩個動作的主角都是同一對象時，可以將其中一個省略，並將該子句的動詞變化成現在分詞。這樣的分詞構句除了表示「兩個動作同步進行」之外，也可以用來表示「原因」，而包含主詞的主要子句，就是「結果」了。

construction
[kən'strʌkʃən]

名 建築物，工程
Being under construction, this restaurant is temporarily closed now.
（因為）正在施工中，這家餐廳目前暫時關閉。

symptom
['sɪmptəm]

名 症狀，徵候
Having several symptoms of a cold, I took some pills.
（因為）有一些感冒的症狀，我服用了一些藥丸。

hallway
['hɔl,we]

名 走廊
Walking through the hallway, I came across an old friend.
穿過走廊時我遇見了一位老朋友。

scoop
[skup]

動 舀取，挖空
名 勺子，匙
Nelly scooped out some ice cream to eat, cooling her down.
妮莉挖了一些冰淇淋來吃，好讓自己清涼一下。

prominent
['prɑmənənt]

形 卓越的，突出的，顯著的
Learning through experience, he's now a prominent leader.
從經驗中學習，他現在是個傑出的領導人了。

3. 過去分詞（1）表示「被動」的形容詞功能

過去分詞是動詞的另一種變化，被使用在被動語態的句子中。因此，它本身就帶有被動的意味在喔！變成表示「被…的」的意思的形容詞。

stab
[stæb]

動 刺，戮，刺傷
名 刺傷，傷心
The man stabbed by a burglar was taken to the hospital.
那位被一個搶匪刺傷的男子，已經被送到醫院去了。

due
[dju]

形 應得的，正當的，應付的 到期的
The homework assigned to you is due next week.
指派給你的作業，完成期限在下周。

nuclear
[ˈnjuklɪɚ]

形 核能的，核子的
Her report is about the nuclear power plant built here.
她的報告寫的是關於興建在這裡的核能電廠。

pilot
[ˈpaɪlət]

名 飛行員，領航員
動 領航，駕駛
The pilot tried to comfort the scared passengers.
機長試著安撫被嚇壞的乘客。

supposed
[səˈpozd]

形 假定的，想像的
The ticket given to you was supposed to be a birthday gift.
給你的那張票，原本應該是生日禮物的。

4. 過去分詞（2）表示「完成」的形容詞功能

過去分詞也常被應用在完成式的句型當中。只有過去分詞，其實也可以暗示動作「完成」的意思，進而變成一種形容詞喔！也就是「已經…的」意思。

dread
[drɛd]

名 恐懼，可怕的人事物
動 擔心，懼怕
A burnt child dreads fire.
被燒過的孩子會怕火。（喻「一朝被蛇咬，十年怕草繩」）

assure
[əˈʃʊr]

動 保證，確信
I assure you I will find the sunken ship.
我向你保證，我會找到那艘沉船的。

freeze
[friz]

動 冷凍，凍結
It is extremely dangerous to walk on a frozen lake.
在結冰的湖上行走是極度危險的。

file
[faɪl]

名 文件夾，公文，檔案
動 歸檔，提出
The lost files are said to contain classified information.
傳說那遺失的檔案中有機密資訊。

scatter
[ˈskætɚ]

動 使消散，分散
名 消散，分散
The man is looking for scattered pieces of his map.
那男人在尋找他四散的地圖碎片。

5. 過去分詞（3）分詞構句

1-46

由過去分詞所組成的分詞構句，同樣也有「原因」、「同時間的事件」、「前提」等意味在。和現在分詞不同的是，過去分詞的分詞構句是持「被動」的語氣。

capture
[ˈkæptʃɚ]

動 捕獲，佔領
名 俘獲，捕獲
Captured after a year in exile, the man admitted his crime.
在一年的流浪之後被捕，男子承認了他的罪行。

defeat
[dɪˈfit]

名 失敗，挫折
動 戰勝，擊敗；使失敗
Defeated by the Celtics, the Lakers seem very depressed.
被塞爾蒂克隊擊敗，湖人隊似乎很沮喪。

bury
[ˈbɛrɪ]

動 埋葬，安葬
Buried in haste, the soldiers' bodies were piled up like rocks.
（因為）在倉促之中被埋葬，士兵們的屍體像石頭一樣被疊成一堆。

option
[ˈɑpʃən]

名 選擇權，選項
Given the other option, he decided to abandon the original plan.
（由於）被提供了另一個選擇，他決定要放棄原本的計畫。

reform
[ˌrɪˈfɔrm]

名 改革，改良 動 改革，改良
Not (being) reformed yet, the educational system remains questionable.
尚未經過改革的教育體系，還是令人質疑。

6. 分詞的完成式（1）主動

分詞也是有完成式的句型喔！公式是《having＋過去分詞》，前面通常是必須接動名詞的動詞。它所暗示的意思是說，這件事情的發生比整個主要句子的動作要來得更早喔！

suggestion
[sə'dʒɛstʃən]

名 建議，提議
Having listened to my suggestions, Jerry changed his attitude a lot.
聽了我的建議，傑瑞的態度改變了不少。

register
['rɛdʒɪstɚ]

動 登記，申報，註冊 名 登記，註冊
Having registered on this website, you may download free music and videos.
你先前已經在這網頁上註冊了，所以可以下載免費的音樂和影片。

politician
[ˌpalə'tɪʃən]

名 政客，政治人物，政治家
Having taken bribes, that politician is now on trial.
由於先前收賄，那名政客現在正在接受審理。

series
['siriz]

名 連續，系列
Having finished the TV series, my daughter is starting on a new one.
看完了這齣電視連續劇，我女兒要開始看新的一齣了。

content
[kən'tɛnt]

名 內容，要旨
Having read your report, I say that its content is excellent.
我已經看完你的報告了，我認為內容很棒。

7. 分詞的完成式（2）被動

同樣要表示分詞動作的發生，比整個主要句子的動作要來得更早，句型《having＋been＋過去分詞》卻是帶有被動意味的分詞完成式呢！也就是說，分詞的動作，是以句子的主詞作為受詞喔！

escape
[ə'skep]

動 逃脫，避開
Having been warned in advance, he escaped quickly.
（因為）事先被警告過，他很快地便逃走了。

sentence
['sɛntəns]

名 課刑，判決
動 審判，判決
Having been sentenced to prison, he stopped arguing.
（因為）已經被判定入獄，他不再辯解了。

annoy [ə′nɔɪ]

動 惹惱，使生氣
Having been annoyed by the boy, we shall help him no more.
（因為）已經被男孩給惹惱了，我們不會再幫他了。

majority [mə′dʒɔrətɪ]

名 大多數，多數
Having been supported by the majority, she easily won the election.
（因為）受到多數人的支持，她很輕易地贏得了選舉。

warn [wɔrn]

動 警告，通知
Having been warned in advance, I examined everything carefully.
（因為）已經事先被警告過了，我很小心地檢查了全部的東西。

8. 複合形容詞（1）名詞＋分詞

當我們想要綜合名詞和分詞的兩種意思，變成一個形容詞來形容事物時，就在中間加上「-」的符號就行啦！除了一些常見的複合形容詞外，有時候還可以自己發明喔！

producer [prə′djusɚ]

名 製作人，生產者，製造者
Who's the producer of this heart-wrenching movie?
誰是這部痛惻心扉的電影的製作人？

infection [ɪn′fɛkʃən]

名 傳染病，影響
It was a life-threatening infection that hit the village.
侵襲小鎮的是個對生命具有威脅性的傳染病。

device [dɪ′vaɪs]

名 設備，裝置
We're working on creating an energy-saving device.
我們正著手於製造一個節約能源的設備。

scenery [′sinərɪ]

名 風景，景色
The spectacular scenery of the Grand Canyon was breathtaking.
大峽谷壯麗的美景真是令人嘆為觀止。

scan [skæn]

動 掃描，細看，審視 名 掃描，細看，審視
The kids scanned the mouth-watering delicacies with excitement.
孩子們興奮地看著這些令人垂涎的美食。

9. 複合形容詞（2）形容詞（副詞）＋分詞

中間加上「-」的符號，還可以連接形容詞以及分詞喔！同樣地，這樣的複合形容詞也是綜合了兩種不同詞性、不同詞意的功能，必要時可以自行組合呢！而副詞和分詞的組合，除了特定的慣用法，一般並不加「-」。

fragrance [ˈfregrəns]

名 香味，芬芳，香氣

I smell the fragrance from those flowers in full-bloom.

我聞到了那些盛開花朵的香味。

technology [tɛkˈnɑlədʒɪ]

名 技術，工藝

Japan is renowned for its fully developed technology.

日本因發展極致的技術而聞名。

mental [ˈmɛntḷ]

形 精神的，心智的

That strange-looking man is said to have mental problems.

那個看起來很奇怪的人，被說是精神有問題。

cabin [ˈkæbɪn]

名 客艙，船艙

There are nearly a hundred cabins on this fast-moving train.

這輛快速移動的火車有將近一百個客艙。

journal [ˈdʒɝnḷ]

名 日誌，日報，期刊

The nearly forgotten story was revealed as her journal was found.

在她的日誌被發現後，那幾乎被遺忘的故事被揭開了。

10. 常用獨立分詞片語

下面列出幾個實用的分詞片語，習慣性地被獨立使用，放在句首來發揮類似副詞的功能，修飾逗點之後的句子。

luck [lʌk]

名 運氣，好運，幸運

Honestly speaking, it was luck that saved you.

老實說，是運氣救了你的。

factor [ˈfæktɚ]

名 因素，要素

Considering the unknown factors, a conclusion has not been reached yet.

考慮到未知（但會影響結果）的因素，目前還未下結論。

response [rɪ'spɑns]

名 反應，回應，回答

Judging from his response, he was a little irritated.

從他的反應來看，他有點被激怒喔。

clothing ['kloðɪŋ]

名 衣服（總稱）

Generally speaking, formal clothing is required on such occasions.

一般來說，在那種場合會要求（穿著）正式服裝。

privacy ['praɪvəsɪ]

名 隱私，私密

Providing that my privacy is not to be questioned, I will accept the interview.

在不問及我的隱私的情況下，我願意接受採訪。

十一、主詞的各種型態

「主詞」就是句子要討論的、要敘述的主角。我們可能會討論人，或是某個現象、某個事件、某個計畫…等不同的主題。如何生動地描寫出討論的「主角」，又不違反英文文法的規定呢？趕快來看看吧！

1. 名詞、代名詞

名詞和代名詞（包含不定代名詞）是最基本的主詞用法，表示各種人、事、物。這時候要多注意主詞與動詞的一致性喔！

emerge [ɪˈmɝdʒ]

動 浮現，形成
His bad temper emerges under pressure.
他的壞脾氣在壓力下就會顯露出來。

eliminate [ɪˈlɪməˌnet]

動 除去，排除
Elena is trying to eliminate junk food from her diet.
艾蓮娜正試著從她的日常飲食中剔除垃圾食物。

elaborate
[ɪ'læbərɪt]

動 精心製作，詳盡闡述
He elaborated on his proposal by giving some examples.
他用舉例的方式來詳述他的提議。

heal
[hil]

動 治癒，癒合
It takes a long time to heal when one's heart is so badly hurt.
如果心被傷得很深，會需要很長的時間來痊癒的。

magnet
['mægnɪt]

名 磁鐵，有吸引力的人或物
Magnets can be used as tools to post messages on the blackboard.
磁鐵可以用來當作在黑板上張貼訊息的道具。

2. The＋分詞（形容詞）

《The＋形容詞》可以表示一個「統稱」，也就是「符合這個形容詞的所有對象」；《The＋分詞》表示「接受這個動作的所有對象」，兩種句型其實是差不多的，因為分詞原本就有形容詞的功能啊！另外，此時的主詞視作複數，所以動詞字尾不用加-s喔！

educate
['ɛdʒə͵ket]

動 教育，訓練
The educated may not always be reasonable.
受過教育的人不見得總是理性的。

needy
['nidɪ]

形 貧窮的，貧困的
The needy are worthy of our attention and help.
貧困的人是值得我們的注意和幫助的。

parking
['pɑrkɪŋ]

名 停車
The handicapped have special parking spaces.
殘障人士有特別的停車空間。

elderly
['ɛldɚlɪ]

形 較年長的，稍老的
The elderly should have priority when it comes to using elevators.
老人家應該享有使用電梯的優先權。

injure
['ɪndʒɚ]

動 傷害，損害
The injured were taken to the nearest hospital immediately.
傷者立刻地被送往最近的醫院去了。

3. 動名詞（片語）

動名詞或是再長一些的動名詞片語，是可以當作名詞來使用的，所以當然也可以當作主詞囉！此時的主詞一律視作單數，因為不管片語之中有多少東西，整個片語都還是「一件事」，除非是有一個以上的動名詞片語做主詞，就變成不止一件事了，那麼當然就可以用複數型動詞囉。

plastic [ˈplæstɪk]

名 塑膠，塑膠製品
形 塑膠的，可塑性的
Recycling plastic can reduce waste.
回收塑膠品可以減少浪費。

horizon [həˈraɪzn̩]

名 地平線，限度
Studying abroad may broaden your horizons.
在國外唸書也許可以讓你長長見識。

lullaby [ˈlʌləˈbaɪ]

名 催眠曲，搖籃曲
Singing a lullaby can help a baby fall asleep.
唱首搖籃曲可以幫助寶寶入睡。

cooperate [koˈɑpəˌret]

動 合作，協調
Cooperating in class can be difficult for children.
在課堂上配合對孩子來說可能是很困難的。

spice [spaɪs]

名 香料，調味料 動 加香料，添趣味
Adding too many spices to your food does your health no good.
在你的食物中加太多香料，對你的健康沒有好處。

4. 不定詞（片語）

不定詞是可以當作名詞來使用的，所以當然也可以當作主詞囉！和動名詞一樣，不定詞片語都視作單數。

enthusiasm [ɪnˈθjuzɪˌæzəm]

名 狂熱，熱心 熱情
To develop enthusiasm takes time.
要培養熱情需要時間。

confront [kənˈfrʌnt]

動 面臨，迎面
To confront one’s failure is not easy.
要面對自己的失敗，並不是件容易的事。

global
['globḷ]

形 全球的，全世界的
To fight global warming is everybody's responsibility.
對抗全球暖化是每個人的責任。

dusty
['dʌstɪ]

形 滿是灰塵的，積灰的
To stay in a dusty room is a nightmare for people with allergies.
對過敏的人來說，待在一個充滿灰塵的房間裡是一場噩夢。

harmony
['hɑrmənɪ]

名 協調，調和
To keep a family in harmony requires tolerance and patience.
要維持家庭的和諧，需要寬容和耐心。

5. That引導的子句

1-49

通常that所帶領的子句都是放在句子中間，當作動詞的補語。不過因為它們也就等於「一件事情」，所以也可以放在開頭當作主詞，通常是表示一種說法或是事實。

accountant
[ə'kaʊntənt]

名 會計師
That Kate became an accountant surprises us all.
凱特成為會計師的這件事，讓我們大家都很驚訝。

personality
[ˌpɝsṇ'ælətɪ]

名 個性，人格特質
That astrological signs can explain one's personality is nonsense to me.
星座可以解析一個人的人格特質，（這種事）對我來說是無稽之談。

goodness
['gʊdnɪs]

名 仁慈，善良
That goodness lies in everyone doesn't make sense to me.
人性本善，（這個說法）對我來說不怎麼有道理。

impact
['ɪmpækt]

名 影響，衝擊 動 衝擊，產生影響
That his parents had divorced seemed to have a great impact on him.
父母離婚這件事，似乎對他造成很大的衝擊。

ignorance
['ɪgnərəns]

名 無知，不知
That he asked me about my private life was done out of complete ignorance.
他尋問我的私生活這件事根本就是無知。

6. 疑問詞＋S＋V

《疑問詞＋S＋V…》又是個名詞片語的句型，可以放在句中，也可以放在句首當作主詞。此外，它也有另一個常見的名稱叫做「間接敘述（問句）」。

nonsense
[ˈnɑnsɛns]

名 無意義，荒謬的言行
What he said was considered nonsense.
他說的話被當作是無稽之談。

mystery
[ˈmɪstərɪ]

名 神秘，謎，秘密
How they built the pyramids remained a mystery.
他們建造金字塔的方法依舊是個謎。

obvious
[ˈɑbvɪəs]

形 明顯的，顯然的
Which you should choose is quite obvious now.
你該選哪一個了，現在已經很明顯了。

postpone
[postˈpon]

動 推遲，延遲
Why they postponed the ceremony is unknown.
不知道他們為何把典禮延後了。

persuasive
[pɚˈswesɪv]

形 善於說服的
What he said during the meeting was quite persuasive.
他在會議中說的話，還滿有說服力的。

十二、介係詞

小小的介係詞常常是高中生們的大困擾，它們可以用來表示「場所」、「時間」、「原因」、「對象」、「方法」…等意思，從具體到抽象都有！同一個介係詞可以表示很多種意思，所以要好好熟悉它們才行喔！

1. In

1-50

表示「在…之中」的意思，除了表示具體的位置和時間（距離）範圍，又可以延伸至抽象的敘述，像是處境、狀態、動作或感情的對象、方法、屬性等。

engineering [ˌɛndʒəˈnɪrɪŋ]

名 工程
Sam is an expert in computer engineering.
山姆是電腦工程方面的專家。

situation [ˌsɪtʃʊˈeʃən]

名 情況，情形，位置
Susie has put herself in a complicated situation.
蘇西讓自己陷入了一個複雜的處境。

desperate
[ˈdɛspərɪt]

形 絕望的，危急的
The mother of the child is in a desperate situation.
那個小孩的母親情況相當危急。

identical
[aɪˈdɛntɪkḷ]

形 同一的
Being identical means to be similar in every detail.
所謂的一樣，意思是指在每個小細節上都相同。

evolve
[ɪˈvɑlv]

動 使發展，進展
In my opinion, society and people are continually evolving.
我認為社會和人類都是一直在進化的。

2. On

表示「在…（平面）之上」的意思，可表示具體的位置、時間，也可延伸至抽象的敘述如：狀態、仰賴的對象、事物的主題、動作發生的時機等。

bride
[braɪd]

名 新娘
The bride has been on a diet for a month.
新娘已經減肥有一個月之久了。

literature
[ˈlɪtərətʃɚ]

名 文學，著作，文藝
Rachel wrote an essay on English literature.
瑞裘寫了一篇關於英國文學的論文。

rely
[rɪˈlaɪ]

動 依靠，依賴
You can't rely on others to do everything for you.
你不能依賴別人替你做所有的事。

tax
[tæks]

名 稅金，稅　動 課稅，徵稅
The government has decided to impose a tax on foreign tobacco.
政府已決定要對國外煙草課稅。

knight
[naɪt]

名 騎士，爵士
On seeing the queen, the knights knelt down by their horses.
一見到皇后，騎士們立刻在馬兒旁跪下。

3. At

表示「在…（點）上」的意思，可表示具體的位置、時間、動作的對象等，又延伸為抽象的敘述如：速率、狀態、回應、情感的原因等。

amazed
[ə'mezd]

形 吃驚的，驚奇的
I was amazed at how well he could play football.
他的足球技術好的讓我感到吃驚。

commander
[kə'mændɚ]

名 司令，指揮官
They assembled quickly at the commander's request.
因應指揮官的要求，他們很快地集合了起來。

urgent
['ɝdʒənt]

形 急迫的，緊急的
I know he's at work, but I have some urgent news to tell him.
我知道他正在工作，但我有緊急的事要告訴他。

rate
[ret]

名 比例，比率
動 評價，估價
The high speed rail travels at a rate of about 300 km per hour.
高鐵以大約每小時三百公里的速度行進。

ease
[iz]

動 使悠閒，減輕
名 安樂，悠閒，安逸
We were able to put our minds at ease after finishing the task.
完成任務之後我們終於可以鬆一口氣了。

4. Through和throughout

Through表示「穿透」的意思，抽象用法方面有：媒介（管道）、現象或動作的遍布、瀏覽、經歷等。另一個相似的介係詞throughout則用來表示「遍布」、「在整個事件期間…」的意思。

suffer
['sʌfɚ]

動 受苦，遭受，忍受
Innocent people suffered throughout the war.
無辜的人們在整場戰爭中飽受苦難。

trend
[trɛnd]

名 趨勢，傾向
We can observe new trends through public media.
我們可以透過大眾媒體來觀察新的趨勢。

legendary
['lɛdʒənd,ɛrɪ]

形 傳說的，傳奇的
Bill Gates's legendary success is known throughout the world.
比爾蓋茲傳奇性的成功廣為世人所知。

memorandum
[,mɛmə'rændəm]

名 備忘錄，便箋
Let's go through the items on our memorandum quickly.
我們快速地討論一下備忘錄上的事項吧。

intimate
['ɪntəmɪt]

形 親密的，私人的
They've developed an intimate relationship after being through the war.
在經歷這場戰爭之後，他們發展出了一段親密的關係。

5. Outside和inside

1-51

Outside（在…外部）和inside（在…內部）是用來說明事物的位置的。此外，outside也可以表示某事物的「範圍之外」、「除外」等意思，inside則可以延伸表示「時間以內」、「人或事物內部」的意思。

native
['netɪv]

形 本國的，自然的
名 原住民，本地人
Outside of Jessica, all of the girls here are natives.
除了傑西卡之外，這裡所有的女孩都是本地人。

conceal
[kən'sil]

動 隱蔽，隱藏
Why is he always concealing his feelings inside?
為什麼他總是要把自己的感受隱藏起來呢？

interfere
[,ɪntə'fɪr]

動 妨礙，衝突，抵觸
I would not interfere with anything you do outside work.
我不會干預你在工作之外做的任何事情。

responsibility
[rɪ,spɑnsə'bɪlətɪ]

名 責任，職責
These duties are outside your range of responsibility.
這些職務並不在你的責任範圍之中。

decade
['dɛked]

名 十，十年
The popularity of hip-hop will not change inside the next decade.
嘻哈的流行在未來十年之內是不會改變的。

6. Out of

Out of除了表示「在…之外」、「離開」的意思，還有許多延伸的用法：行為的「動機」、挑選的「範圍」、「原料」、事物的「匱乏」、「狀況之外」等用法。

fuel [′fjuəl]
名 燃料
動 加燃料，供燃料
I think our truck is out of fuel.
我想我們卡車的燃料已經用完了。

illegal [ɪ′ligḷ]
形 違規的，不合法的
Always stay out of illegal business.
永遠都別牽扯上非法的生意。

generosity [ˌdʒɛnə′rɑsətɪ]
名 慷慨，大方，寬大
Ben did those favors out of generosity.
班幫的那些忙，是出自於寬大的胸懷。

applicant [′æpləkənt]
名 申請人
We shall pick just one out of all the applicants.
我們會從所有的應徵者中，僅選出一位。

recreation [ˌrɛkrɪ′eʃən]
名 消遣，娛樂，遊戲
Lily makes toys out of recycled materials for recreation.
莉莉用回收的材料來做玩具，當作消遣。

7. Above和below

Above（在…上方）和below（在…下方）可以說是一組相反的介係詞。除了表示位置的高低、數字或水準的高低外，還有一些抽象的用法：above表示「排除」、「超出範圍」的意思，beyond則是可以表示「超出範圍」之意思。

description [dɪ′skrɪpʃən]
名 敘述，描述
The beauty of the sunset is beyond description.
日落之美真是難以形容。

nasty [′næstɪ]
形 污穢的，險惡的
I believe I'm above doing such nasty things.
我相信自己不至於做那些陰險的事情。

loyalty [ˈlɔɪəltɪ]

名 忠誠，忠心
Her loyalty to her husband is above suspicion.
她對她丈夫的忠誠是無庸置疑的。

average [ˈævərɪdʒ]

形 平均的，一般的
James' scores have been below average this semester.
詹姆士這學期的分數一直都在平均值以下。

adjust [əˈdʒʌst]

動 調整，校正
That arrogant girl is above adjusting herself to the environment.
那個驕傲的女孩是不會調整自己來適應環境的。

8. Over

Over（越過…）除了表示「從上方越過」的動作、數量的「超過」以及「覆蓋…」的效果外，抽象的用法另有：「優越的情勢」、事物的「主題」或「原因」、「時間流逝」、「現象的遍布」等。

triumph [ˈtraɪəmf]

名 凱旋，勝利
We rejoiced in our triumph over the opposing team.
我們因擊敗對手得到勝利而感到高興。

colony [ˈkɑlənɪ]

名 殖民地，僑民
The Spanish used to have control over many colonies.
西班牙人曾統治過許多殖民地。

sailing [ˈselɪŋ]

名 航海，航行
I will be sailing near Phuket over the next few days.
接下來幾天，我都會在普吉島附近航行。

disease [dɪˈziz]

名 疾病，病
That strange disease has spread all over the country.
那個奇怪的疾病，已經蔓延至全國各地了。

argument [ˈɑrgjəmənt]

名 爭論，論點
An argument over money is possible even between close friends.
即便是和親近的朋友，也可能會有金錢上的糾紛。

9. For

介係詞for的用法有很多，除了表示原因、目標、用途、距離或時間的長度等意思外，還可以表示「代表」、「儘管」、「就…來說」、「相等的互換」、「贊成」等抽象的意思。

tropical
['trɑpɪkl̩]

形 熱帶的，酷熱的
It's quite cool today here for a tropical island.
就一個熱帶島嶼來說，今天已經算很涼爽了。

labor
['lebɚ]

名 （美）勞工，勞動
The man is speaking for the mistreated laborers in town.
這男人是代表鎮上被欺壓的勞工們發言的。

accomplish
[ə'kɑmplɪʃ]

動 實現，達到，完成
For all his efforts, he still failed to accomplish his work.
儘管他很努力，他還是沒辦法完成他的工作。

harsh
[hɑrʃ]

形 粗糙的，嚴厲的 粗略的
I'm for the idea of harsh punishments for drunk driving.
我支持對酒駕進行嚴厲懲處的看法。

reward
[rɪ'wɔrd]

名 報酬，酬謝
動 獎賞，酬謝
Are they offering a reward for any information about the robbery?
他們提供獎賞給任何提供與該搶案相關訊息的人嗎？

10. From

From（從…）常常帶有「起點」的意味在，除了表示動作、時間、狀態的起始點，還可以表示事物的由來。進階的用法包括「預防」、「隔離」、「判斷的依據」、「區別」、「立場或觀點」等。

organic
[ɔr'gænɪk]

形 器官的，組織的，有機的
Most organic fruits are free from pesticides.
大部分的有機水果都沒有農藥。

dignity
['dɪgnətɪ]

名 尊嚴，尊貴
Dignity is definitely different from arrogance.
尊嚴和傲慢絕對是不同的。

amateur
[ˈæmə,tʃʊr]

形 業餘的，外行的
名 業餘者，外行人
Judging from his moves, I think he's an amateur.
從他的動作來看，我判斷他是個外行人。

destroy
[dɪˈstrɔɪ]

動 毀滅，毀壞
We tried to stop that earthquake from destroying our homes.
我們試著不讓地震摧毀我們的家園。

allowance
[əˈlaʊəns]

名 零用錢
From my point of view, it's necessary to give kids allowance.
我認為給小孩子零用錢是有必要的。

11. Against

Against是表示「反」、「逆」的一個介係詞。除了表示「倚靠」外（因為物體和倚靠的對象為兩個相反的作用力），又可以表示「預防」、「違反」、「對照」的意思。

will
[wɪl]

名 意志，意向
You must not act against your own will.
你做事絕不能違背自己的意願。

injection
[ɪnˈdʒɛkʃən]

名 注射劑，注射
Injections against rabies are necessary.
注射抗狂犬病的疫苗是必要的。

lean
[lin]

動 依靠，倚賴，傾斜
The lady leaned against the wall holding a drink.
那位女士拿著一杯飲料，倚靠在牆上。

penalty
[ˈpɛnl̩tɪ]

名 刑罰，報應，罰款
Many people are against the death penalty.
很多人都反對死刑。

dim
[dɪm]

形 微暗的，暗淡的
動 變暗淡，變模糊
The dim light became bright against the darkness of night.
微光在黑夜的襯托之下變得明亮。

12. By

By最常出現的地方，就是被動語態的句子（表示動作者），此外也常用來表示「工具」、「方法」、「鄰近」的意思。進階的用法包括「依據」、「接觸的身體部位」、「單位（速率）」，還可以當作四則運算的專用語喔！

fake
[fek]

形 假的，冒充的
名 仿造品，冒充者
I bought a fake by mistake.
我不小心買到了仿冒品。

multiply
[ˈmʌltəplaɪ]

動 相乘，增加
Multiply ten by two and you'll get twenty.
用二去乘十，就會得到二十。

forth
[forθ]

副 往前，向外
The army must move forth by all means.
用盡一切方法，軍隊都一定要往前進。

grab
[græb]

動 攫取，抓取
名 抓住，掠奪物
The security guard grabbed the man by his arm.
警衛抓住了那個男人的手臂。

petal
[ˈpɛtl̩]

名 花瓣
He plucked the petals off the flower one by one.
他把花瓣一片一片地摘下來。

13. Into和onto

Into和onto其實就是in和on與「to」的組合，綜合了兩種介係詞的特性，比原來的用法更強調「動態」的感覺：into表示「進入到…之中」、「撞上」、「改變成…」、「使他人…」等意思，onto則表示「到…（平面）的上面」。

dive
[daɪv]

動 跳水，俯衝
名 跳水，俯衝
The fisherman dived into the water.
漁夫潛入了水中。

threaten
[ˈθrɛtn̩]

動 恐嚇，威脅
He was threatened into telling a lie.
他被威脅說了一個謊言。

van [væn]

名 休旅車，小貨車
How exactly did he bump into that van?
他到底是怎麼撞上那輛休旅車的呢？

witch [wɪtʃ]

名 巫婆，女巫
The witch turned the princess into a statue.
女巫把公主變成了一座雕像。

vase [ves]

名 花瓶，瓶
I accidentally knocked the vase onto the floor.
我不小心把花瓶弄倒在地上了。

14. With和without

1-54

With帶有「一起」的意思，可用來表示「同伴」、「事物的特性」、「工具」、「動作的情緒」等意思。而with和without是兩個相反的介係詞，所以without主要表示的是「沒有一起」的意思，甚至可以用《without＋V-ing（或名詞）》的句型來表示「排除在外的狀況」。

intention [ɪn'tɛnʃən]

名 意圖，目的，意向
I believe she did so with good intentions.
我相信她是出自好意才這麼做的。

offensive [ə'fɛnsɪv]

形 討厭的，無禮的
Billy was upset with Ana's offensive words.
比利對安娜無禮的言詞感到生氣。

infant ['ɪnfənt]

名 嬰兒，幼童
Infants should not be left alone without any care.
嬰兒不該被丟下一個人，沒人照顧的。

permission [pɚ'mɪʃən]

名 允許，許可
He used my belongings without asking for my permission.
他沒有徵求我的同意，就使用我的東西。

professional [prə'fɛʃənl̩]

形 專業的，職業的 名 專業人才
With my professional assistance, there's nothing for you to worry about.
有我專業的協助，您沒有什麼好擔心的。

15. With的特殊用法

With除了上述的幾個用法外，還可以用來說明「附帶狀況」，此時會使用《with＋受詞＋受詞補語》的句型，表示在主詞做前面的動作時，同時又有什麼樣的狀況。

neat
[nit]

形 整潔的，整齊的
It was a neat bedroom with no dust at all.
那是一間一塵不染的乾淨房間。

salary
['sælərɪ]

名 薪資，薪水，工資
Kevin ran away with all his employees' salaries unpaid.
凱文逃跑了，所有的員工薪水都沒有支付。

injured
['ɪndʒɚd]

形 受損害的，受傷的
The injured man is lying on the bed with his eyes shut.
那個受傷的男人正閉著雙眼躺在床上。

fireplace
['faɪr,ples]

名 壁爐
Grandma sat beside the fireplace with the fire burning.
祖母坐在火爐旁，火正燃燒著。

miserable
['mɪzərəbl̩]

形 悲慘的，不幸的
She talked about her miserable past with her eyes full of tears.
她訴說著自己悲慘的過去，眼中滿是淚水。

16. As

As同時具有連接詞、副詞、介係詞等三種特性。當作介係詞時，可表示「像是…」、「以…身份」、「因為是…身份」等意思。

rival
['raɪvl̩]

名 競爭者，敵手，對手
Think of your rivals as your teachers.
把你的對手當作你的老師。

slave
[slev]

名 奴隸，卑鄙的人
There are still some people who treat Blacks as slaves.
還是有人會把黑人當作奴隸對待的。

last
[læst]

動 持續，持久
I'm telling you as a friend that such luck won't last long.
我以一個朋友的身份告訴你，這樣的運氣不會持續太久的。

neglect
[nɪg'lɛkt]

動 疏忽，怠慢，忽略
As someone with experience, you should not have neglected that.
以一個有經驗的人來說，你不應該忽略那點的。

executive
[ɪg'zɛkjʊtɪv]

名 執行者，經理 形 執行的，有執行權的
As the executive director, Gary makes important decisions every day.
身為執行總監，蓋瑞每天都要做些重大的決策。

17. Of

Of（屬於）這個介係詞常用來表示非生命體的所有格，另外也搭配數量形容詞或是不定代名詞，來說明事物的多寡。除此之外也可以表示「屬性」、「剝奪」、「主題」、「與…相關」、「原料」之意。

wisdom
['wɪzdəm]

名 智慧，學識
Prof. Roosevelt is a man of wisdom.
羅斯福教授是個有智慧的人。

achievement
[ə'tʃivmənt]

名 完成，達成
Do you think Dad will be proud of my achievements?
你覺得爸爸會為我的成就感到驕傲嗎？

lifetime
['laɪf,taɪm]

名 一生，終生
He was deprived of his freedom for a lifetime.
他被剝奪了終生的自由。

dusk
[dʌsk]

名 黃昏，傍晚
I enjoyed a moment of clarity at dusk on a beach.
我在黃昏的海邊享受神清氣爽的片刻。

theme
[θim]

名 主題，話題，題目
The theme of tonight's party is "exotic elegance."
今晚派對的主題是「優雅的異國風情」。

18. Beyond

Beyond（到…之外）可以用來形容具體的位置，不過更常被使用的卻是它的抽象用法，就是「超出…的範圍」、「除了…以外」、「在…之後（時間）」等意義。

stretch [stretʃ]
動 伸直，伸長
名 伸展，張開
His ranch stretches beyond the hills.
他的莊園一直延伸到丘陵的另一邊。

suspicion [sə'spɪʃən]
名 懷疑，猜疑
His loyalty to his wife is beyond suspicion.
他對妻子的愛是無可懷疑的。（超出可懷疑的範圍）

estate [ɪs'tet]
名 不動產，階層
The old man has nothing beyond some real estate.
那個老人除了他的不動產之外，一無所有。

landscape ['lænd,skep]
名 風景，山水
Those beautiful landscapes were beyond description.
那些山水景觀的美麗，真非筆墨所能形容。

retire [rɪ'taɪr]
動 退休，退出，收回
I'm planning to retire at sixty, but I haven't thought beyond that.
我計畫在六十歲退休，不過還沒想到在那之後的事。

19. 其他介係詞

除了前面提到的幾個用法較為多元的介系詞，還有不少好用的介系詞喔！配合例句，趕快把它們學起來吧！

modesty ['mɑdɪstɪ]
名 謙虛，虛心，中肯
She still has a lot more besides her modesty.
她除了謙虛之外，還有很多（優點）呢。

amid [ə'mɪd]
介 在…之間，在…之中
We managed to get some rest amid all the turmoil.
我們企圖在這場騷動之中，得到一些喘息空間。

absence ['æbsn̩s]

名 缺席，不在
The team has been a disaster during the coach's absence.
教練不在的時候，隊伍整個是一團糟。

despite [dɪ'spaɪt]

介 儘管，不管
Despite all of our efforts, we weren't able to fix the problem.
儘管我們已作出所有的努力，我們還是無法解決問題的。

regarding [rɪ'gɑrdɪŋ]

介 關於，就…而論
They're having a private meeting regarding yesterday's events.
他們正針對昨天的活動舉行私人會議。

20. 實用介係詞片語

顧名思義，所謂的介係詞片語，就是功能和介係詞一樣的片語囉！以下列出常見的幾個介係詞片語給讀者們參考。

legend ['lɛdʒənd]

名 傳說，圖例，神話
According to the legend, the ship sank right here.
根據傳說，那艘船就是這在這裡沈沒的。

opera ['opərə]

名 歌劇，歌劇院，歌劇藝術
His cell phone rang loudly in the middle of the opera.
他的手機在歌劇進行中大聲響了。

opponent [ə'ponənt]

名 對手，敵手，反對者
You should respect your opponent instead of hating him.
你應該尊重而非是憎恨你的對手。

oral ['orəl]

形 口頭上的，口述的
There's an oral presentation in addition to a written test.
除了一次筆試之外，還有一個口頭報告。

regardless [rɪ'gɑrdlɪs]

副 不論如何，不管怎樣
I shall marry him regardless of what everyone else says.
不管別人怎麼說，我都會嫁給他。

21. 補充用法（1）：形容詞與介系詞的搭配

有時候形容詞和介系詞的搭配，實在沒有什麼固定的邏輯去推敲，以下再補充一些高中常考的組合，要背起來喔！

capable ['kepəbl̩]	形 有才華的，有能力的 Dan is capable of completing the assignment. 丹是有能力完成這個工作的。
envious ['ɛnvɪəs]	形 嫉妒的，羨慕的 You shouldn't always be envious of other people. 你不應該總是忌妒別人。
sculpture ['skʌlptʃɚ]	名 雕刻，雕塑品 This artist is world-famous for his sculptures. 這位藝術家以他的雕塑而聞名世界。
exclaim [ɪks'klem]	動 呼喊，大叫 The customer exclaimed that he was unsatisfied with the product. 顧客大聲嚷著說他對產品感到不滿。
aspect ['æspɛkt]	名 方面，外觀，外表 The aspect he focused on was different from mine. 他所關注的面向和我的並不相同。

22. 補充用法（2）：動詞與介系詞的搭配

如果不知道要使用哪個介系詞，有時候就算知道動詞是什麼也沒辦法運用自如。補充幾個動詞與介系詞搭配的組合，趕快記住吧！

associate [ə'soʃɪˌet]	動 聯想，聯合 名 夥伴，同事 Most people would associate basketball with the United States. 大部分的人都會把籃球和美國聯想在一起。
earthquake ['ɝθˌkwek]	名 地震 Some scholars have warned us of a coming earthquake. 有些學者已經警告過我們，地震即將來臨。

alcohol
['ælkə,hɔl]

名 酒精，酒
I've never approved of your drinking alcohol.
我從沒允許過你喝酒。

analysis
[ə'næləsɪs]

名 分析，解析
Did he compliment you on your thorough analysis?
他有因為你透徹的分析而誇獎你嗎？

enhance
[ɪn'hæns]

動 提高，加強，增加
She succeeded in enhancing her presentation skills.
她成功地提升了自己的簡報技巧。

十三、倒裝

英文基本的語序是「主詞→動作（事件）→時間、地點、同伴等附加形容」。所謂倒裝就是顛覆這樣的順序，把本來放在後面的元素，移到句子的最前面。這樣的句法除了可以增加句子的變化性之外，通常也可以讓移到句首的部分受到注意。

1. Only…

表示「條件」的only，常常搭配副詞片語，倒裝在句子最前面，強調「只有…，才會…」的語氣。要注意主要句子的結構喔！在這樣倒裝的情況下，句子的結構和疑問句是一樣的，變成《Only＋條件＋疑問句結構》的形態。

improvement
[ɪm'pruvmənt]

名 改進，進步
Only by practicing can there be improvement.
只有靠練習，才有可能進步。

observation
[ˌɑbzɝ'veʃən]

名 觀察，觀察力
Only with keen observation can you learn quickly.
只有靠敏銳的觀察力，你才可以學得更快。

proof
[pruf]

名 證據，試驗
形 證明用的，防…的
Only when you find more proof can the case be clarified.
只有等你找到更多證據，案情才能被釐清。

sacrifice
['sækrə,faɪs]

動 犧牲，獻祭
名 祭品，獻祭
Only for his daughter would he sacrifice his own benefits.
只有為了他女兒，他才會願意犧牲自己的利益。

independence
[,ɪndɪ'pɛndəns]

名 獨立，自立，自主
Only through independence will our country gain true freedom.
唯有透過獨立，我們的國家才會獲得真正的自由。

2. 副詞置前（1）介副詞 → V → S

當主詞是一般的名詞而非代名詞時，句子可以從《S→V→介副詞》變成《介副詞 →V→S》。相反地，如果不是代名詞，則可以不用倒裝。常見的介副詞包括up、down、out、away、here、there等，用來說明方位的變化。

worse
[wɝs]

形 較差的，更壞的 副 更壞的，更惡劣地
The situation grew worse.
→Worse grew the situation.
情況變得更糟糕了。

fountain
['faʊntɪn]

名 泉水，噴泉
The girl plunged into the fountain.
→Into the fountain plunged the girl.
女孩跳進了噴泉裡。

properly
['prɑpɚlɪ]

副 恰當地，正確地
They sent the boy out. He didn't behave properly..
→Out they sent the boy. He didn't behave properly.
他們把男孩叫出去了，他表現得很不得體。

technician
[tɛk'nɪʃən]

名 技術人員，技師
The technician comes here. Let's ask him for advice.
→Here comes the technician. Let's ask him for advice.
技師來了，我們來問他的意見吧。

remote
[rɪ'mot]

形 遙遠的，疏遠的
The bird flew away. I guess it's going somewhere remote.
→Away flew the bird. I guess it's going somewhere remote.
鳥兒飛走了。我想牠要飛到很遠的地方去吧。

3. 副詞置前（2）情態副詞 / 頻率副詞→S→V

1-57

副詞有分很多種類，其中，具體形容動作樣貌的副詞又稱作「情態副詞」，說明動作發生頻率的叫作「頻率副詞」。此時，句子可以從《S→V→adv.》變成《adv. →S→V》的順序。然而有一個頻率副詞事不能這樣倒裝的，就是always（總是）。

obviously [ˈɑbvɪəslɪ]

副 明顯地，顯而易見地
Obviously, you have made a huge mistake.
很顯然地，你已經犯了個天大的錯誤。

hiking [haɪkɪŋ]

名 健行，徒步旅行
Sometimes we go hiking on the weekend.
有時候我們會在周末去健行。

immediately [ɪˈmidɪɪtlɪ]

副 立刻，立即，馬上
Immediately, the ice started to melt from the heat.
因為熱，冰塊立刻就開始融化了。

hopefully [ˈhopfəlɪ]

副 懷希望地，但願
Hopefully I'll be able to come home for Christmas.
希望我可以回家過聖誕節。

invention [ɪnˈvɛnʃən]

名 發明，創作
Drastically, the invention of the computer changed the world.
電腦的發明徹底地改變了世界。

4. 有「儘管」意味的as

1-58

As除了當作介系詞（表示「當作」）外，也可以當作連接詞，表示「當」、「因為」的意思。還有一種連接詞用法，則是和though/although一樣，表示「雖然」的意思，通常以倒裝的形式出現，變成《形容詞（副詞）＋as＋S＋V》的句型，再用逗點連接主要子句。

tough [tʌf]

形 堅實的；強硬的
Tough as the meat is, we can turn it into a delicacy.
雖然肉很硬，但我們還是能將它變成美味的料理。

economical [ˌikəˈnɑmɪkl̩]

形 經濟的，划算的，節儉的
Economical as I am, I spent a lot of money in Tokyo.
儘管我很省，我在東京還是花了很多錢。

impatient
[ɪm'peʃənt]

形 不耐煩的，急切的
Impatient as he is, they still made him wait for a long time.
儘管他很不耐煩，他們還是讓他等了很長的一段時間。

shallow
['ʃælo]

形 膚淺的，淺的
Shallow as the conversation was, I learned something from him.
雖然對話很膚淺，我還是從他那裡學到了東西。

tiresome
['taɪrsəm]

形 無聊的，煩人的
Tiresome as the meeting was, we had to maintain clear thoughts.
雖然會議很累人，我們還是得保持清晰的思路。

5. 否定性質的副詞

副詞之中，有一些是特別用來表示否定的意味的，倒裝放在句首，更可以加強它們否定的語氣喔！

reality
[ri'ælətɪ]

名 現實，事實，真實
Never can you escape from reality.
你不能從現實中逃脫的。

photography
[fə'tɑgrəfɪ]

名 攝影，攝影術
Little do I know about photography.
我對攝影的了解很少。

frustrate
['frʌsˌtret]

動 挫敗，沮喪
Seldom does she feel frustrated about life.
她很少對人生感到沮喪。

detect
[dɪ'tɛkt]

動 發覺，察覺
Hardly can we detect the signal during a storm.
在暴風雨中，我們幾乎偵測不到訊號。

rarely
['rɛrlɪ]

副 很少，難得
Rarely have we got the opportunity to go on vacation.
我們（這段時間以來）很少有機會去度假。

6. 包含否定詞的常用語

1-58

某些慣用語法會使用not（不）、no（沒有）等表示否定的字眼，並且常以倒裝的形式出現，以下列出常見的幾個句型喔！

circumstance [ˈsɝkəmˌstæns]
名 情況，情勢
Under no circumstances will I help you do this.
不管什麼情況，我都不會幫你做這種事的。

athlete [ˈæθlit]
名 運動員
Not only is he a good athlete but also a gentleman.
他不只是個好運動員，還是個紳士。

frightening [ˈfraɪtn̩ɪŋlɪ]
形 令人恐懼的
By no means can she forget that frightening experience.
她不可能忘記那次駭人的經驗。

habitual [həˈbɪtʃʊəl]
形 習慣的，慣常的
Not that I don't want to trust her, but she's a habitual liar!
並不是我不想相信她，而是她習慣撒謊。

funeral [ˈfjunərəl]
名 葬禮，出殯
Not until being invited to the funeral did he learn about her death.
一直到被邀請參加喪禮，他才知道她的死訊。

7. 地方副詞片語

1-59

配合介系詞來表現事物的「地點」的片語，就叫做地方副詞片語，可以倒裝到句子的最前面。這樣的句型有《S→V》和《V→S》的兩種順序，前者應用在「代名詞」的主詞上，後者則搭配「一般名詞」的主詞。

beauty [ˈbjutɪ]
名 美麗，美女
On the bed lies a sleeping beauty.
在床上正躺著一個睡著的美女。

beneath [bɪˈniθ]
介 在…之下，向…下面
Beneath the car we found a shivering cat.
在車子底下，我們發現了一隻發抖的貓咪。

grocery ['grosərɪ]

名 食品雜貨
In the basement are the groceries.
雜貨在地下室。

canvas ['kænvəs]

名 帆布，油畫
Behind the canvas they found a key and a note.
在油畫後面，他們找到了一把鑰匙和一張便條。

railway ['rel,we]

名 鐵路，鐵道，鐵路公司
Next to the railway is the house we used to live in.
在鐵路旁的是我們以前住的房子。

8. 假設語的倒裝

與現在（或過去）事實相反的假設語，都可以省略if，變成倒裝的句子，從《If＋S＋had (not)＋p.p.》變成《Had＋S (not)＋p.p.》，或是從《If it＋were not＋for＋名詞》變成《Were＋it＋not for＋名詞》。

economy [ɪ'kɑnəmɪ]

名 經濟，節約，理財
Were it not for my wife's economy, we couldn't save so much money.
如果不是我老婆的節儉，我們現在沒辦法存這麼多錢。

immediate [ɪ'midɪɪt]

形 立刻的，直接的，馬上的
Were it not for her immediate aid, I may have died from my injury.
如果不是她的急救，我現在可能就因為我的傷勢而死了。

inadequate [ɪn'ædəkwɪt]

形 不適當的，不充分的
Had he not helped, our information would have been inadequate.
當時若沒有他的幫忙，我們的資訊就會顯得不充足。

explorer [ɪk'splorɚ]

名 探險家，探測者
Had it not been for the queen's support, the explorers could not have made it.
當初若沒有女王的支持，探險家們就不可能成功了。

dare [dɛr]

動 敢於，膽敢 助動 敢，竟敢
Had she dared to speak in the meeting, the conclusion might have been different.
當時如果她敢於在會議中發言，結論可能就不同了。

9. So…that…

常用的《so…that…》（如此…以致於…）句型，也常常以倒裝的形式出現，將《S→be→so→形容詞》的順序變成《So→形容詞→be》的句法。其中so也可以換成such喔！只不過句子就要變成《Such→be→one's→名詞》的模式喔！

bravery
['brevərɪ]

名 勇氣，勇敢
Such was her bravery that we all admired her.
她是如此的勇敢，以致於我們都很仰慕她。

breeze
[briz]

名 微風，和風
動 微風吹拂
So gentle was the breeze that I began to feel sleepy.
風是如此的柔和，以致於我開始有點睡意了。

pessimistic
[ˌpɛsə'mɪstɪk]

形 悲觀的，悲觀主義的
Such is his pessimistic attitude that he can't make himself happy.
他是如此的悲觀，以致於他無法讓自己快樂。

imitation
[ˌɪmə'teʃən]

名 模仿，冒充，效法
Such were his imitations that the audience laughed with big applause.
他的模仿是這麼地棒，以致於觀眾不但大笑，也大大地鼓掌。

mysterious
[mɪs'tɪrɪəs]

形 神秘的，不可思議的
So mysterious are the crop circles that some people are scared of going there.
作物圈是如此地神秘，以致於有些人會害怕去那裡。

十四、字首與字尾

英文的單字，常常是有跡可循的。許多字首、字尾都有他們固定的含意，因此即使是看到一個陌生的單字，也有可能根據他們的字首、字尾來推測出它們的意義！熟識常見的字首和字尾，不僅能更容易看懂句子，也可以幫助記憶喔！

1. 名詞字尾（1）- ism

常見的名詞字根-ism，常常是用來表示「主義」、「體系」等符合某些特定表徵和特質的群體，常常拿來討論的racism（種族主義）、heroism（英雄主義）等，都是典型的例子。

symbolize
[ˈsɪmbḷˌaɪz]

動 象徵，使用符號
The Star of David symbolizes Judaism.
大衛之星象徵猶太民族。

capitalism
[ˈkæpətḷˌɪzəm]

名 資本主義
Today, more and more countries are adopting capitalism.
現在越來越多的國家接受了資本主義。

criticism ['krɪtə,sɪzəm]

名 批評，評論
Constructive criticism should always be given to help people to improve.
給予有建設性的評語，應該是為了幫助他人進步。

horror ['hɔrɚ]

名 驚駭，恐怖
The Americans have been haunted by the horror of terrorism.
美國人一直受恐怖主義的可怕所苦。

tourism ['tʊrɪzəm]

名 旅遊，觀光
The tourism industry has really picked up in the last few years.
過去幾年觀光業的景氣的確有好轉。

2. 名詞字尾（2）-ist

1-60

常用名詞字尾-ist代表的是「人」，也就是符合前半段字彙所描述的事物的「執行或信奉...者」、「相關人物」等。像是常見的scientist（科學家），不就是「研究科學 （science）的人」嗎？

capitalist ['kæpətl̩ɪst]

名 資本家，資本主義者
Taiwan is a capitalist country.
台灣是一個資本主義的國家。

tourist ['tʊrɪst]

名 遊客，觀光客
There are too many tourists here.
這裡有太多觀光客了。

cyclist ['saɪkl̩ɪst]

名 自行車騎士
Lance Armstrong is a world-champion cyclist.
蘭斯•阿姆斯壯是世界冠軍級的自行車手。

naturalist ['nætʃərəlɪst]

名 自然主義者，博物學者
Jamie only eats organic foods because she's a naturalist.
詹米只吃有機食物，因為她是自然主義者。

novelist ['nɑvl̩ɪst]

名 小說家，作家
Jane Austin is considered one of the most important novelists ever.
珍奧斯汀被認為是有史以來最重要的小說家之一。

3. 名詞字尾（3）-er、-or

想要表示「做…的人」的意思，就會常用到-er、-or這兩個字尾，前面總是搭配動詞，結合後成為「做此動作的人」的意思。例如teacher，不就是教書（teach）的人嗎？

follower
[ˈfɑləwɚ]

名 追隨者，屬下
Leo is a follower of Jesus Christ.
李奧是耶穌基督的追隨者（門徒）。

instructor
[ɪnˈstrʌktɚ]

名 教師，講師，指導書
My swimming instructor is very helpful.
我的游泳教練對我幫助不少。

supporter
[səˈportɚ]

名 支持者，援助者
He is a supporter of the right to bear arms.
他是人民擁有攜帶武器權利的支持者。

supervisor
[ˌsupɚˈvaɪzɚ]

名 監督人，管理人
My supervisor is a very reasonable man.
我的督導是個非常講理的人。

hiker
[ˈhaɪkɚ]

名 健行者，徒步旅行者
The hikers spent weeks in the mountains.
登山客在山區裡待了數週。

4. 名詞字尾（4）-ian

-ian身兼名詞字根和形容詞字根兩種角色。當名詞時，象徵「…的人」的意思，而當形容詞時，則表示「…的」之意。像是Brazil（巴西）→ Brazilian（巴西人/巴西的），就是最簡單的例子。

Christian
[ˈkrɪstʃən]

形 基督教的，基督精神的，高尚的
名 基督徒，正派的人
Jim is a very devoted Christian.
吉姆是一位虔誠的基督教徒。

comedian
[kəˈmidɪən]

名 喜劇演員，丑角人物
Adam Sandler is my favorite comedian.
亞當山德勒是我最喜歡的喜劇演員。

historian
[hɪs'torɪən]

名 歷史學家，史家
The museum curator is a famous historian.
博物館館長是一位知名的歷史學家。

guardian
['gɑrdɪən]

名 監護人，保護人
A guardian angel must be watching over me.
守護天使一定在看顧著我。

electrician
[ˌilɛk'trɪʃən]

名 電學家，電氣工
The electrician came over and installed a light.
電工來這裡安裝電燈。

5. 名詞字尾（5）-ness

1-61

只要看到-ness結尾，八九不離十就是一種「抽象名詞」，關括感情、關係、病痛等事物。

illness
['ɪlnɪs]

名 疾病，生命
She died from a chronic illness.
她因為慢性病而死亡。

wilderness
['wɪldɚnɪs]

名 荒野，荒地
We hiked around in the wilderness for weeks.
我們在荒野長途跋涉了好幾個星期。

sickness
['sɪknɪs]

名 生病，嘔吐
The sickness has caused him to feel tired all of the time.
生病使他總是很疲倦。

kindness
['kaɪndnɪs]

名 仁慈，友善，和藹
The host family treated us with kindness and hospitality.
接待家庭親切殷勤地招待我們。

loneliness
['lonlɪnɪs]

名 孤獨，寂寞
The old man was overwhelmed with loneliness after the death of his dog.
他的狗死後，老男人極為孤單。

6. 名詞字尾（6）-ship

別誤會，-ship這個字尾和「船隻」可沒有甚麼關係喔！而是表示「資格」、「關係」、「身分」等意思，例如champoinship（冠軍資格），就是champion結合-ship的結果呢。

membership
['mɛmbɚ͵ʃɪp]

名 會員資格
There is a NT$5,000 membership fee to join the club.
加入社團要五千元台幣的會費。

partnership
['partnɚ͵ʃɪp]

名 合夥，合股
They are entering into a partnership to open a new business.
他們合夥成立新公司。

sportsmanship
['sportsmən͵ʃɪp]

名 運動員精神，運動道德
It's important to have good sportsmanship when competing.
比賽時有良好的運動精神是很重要的。

hardship
['hardʃɪp]

名 辛苦，苦難 艱難
We have experienced many hardships over the past few years.
我們在過去數年內經歷了許多苦難。

ownership
['onɚ͵ʃɪp]

名 所有權，所有者
The landowners went to court to battle over ownership of the land.
地主們去法院爭奪土地所有權。

7. 名詞字尾（7）-tion

看到-tion結尾，差不多百分之百可以確定是名詞囉！配合前面的動詞，這樣的組合字通常象徵一種「總稱」。

competition
[͵kampə'tɪʃən]

名 競爭，角逐
I've entered the city-wide speech competition.
我晉級了全國性的演講比賽。

combination
[͵kambə'neʃən]

名 聯合體，結合物
This drink is a combination of different fruit juices.
這杯飲料由各種不同的果汁混合而成的。

concentration
[ˌkɑnsɛnˈtreʃən]

名 集中，專注
The neighbor's loud music keeps disturbing my concentration.
鄰居大聲的音樂不斷地影響我的專注力。

classification
[ˌklæsəfəˈkeʃən]

名 分類，分級
We need to design a classification system to organize these papers.
我們必須設計一套分類系統，來組織這些文件。

communication
[kəˌmjunəˈkeʃən]

名 傳達，交流，通訊
The Internet provides us with many convenient means of communication.
網路提供了我們許多方便的聯絡及交流方法。

8. 名詞字尾（8）-sion

1-62

和-tion相當類似的-sion，在功能上也是一樣的，是象徵「總稱」、「概念」的一種名詞字尾。

expression
[ɪkˈsprɛʃən]

名 表達，措辭，語法 表情
He's got a silly expression on his face.
他臉上表現出愚蠢的表情。

expansion
[ɪkˈspænʃən]

名 擴充，膨脹
The highway expansion project took three years to complete.
高速公路擴展計畫花了三年才完成。

confusion
[kənˈfjuʒən]

名 混亂，混淆，困惑
In order to avoid confusion, everyone needs to read the handout.
為了避免混淆，每個人都必須閱讀這份傳單。

impression
[ɪmˈprɛʃən]

名 印象，意念
The way she handled the situation left a deep impression upon me.
我對她處理狀況的方法，留下深刻的印象。

explosion
[ɪkˈsploʒən]

名 爆發，爆炸
There was a massive explosion that killed hundreds of people yesterday.
昨天發生一場大爆炸，造成數百人死亡。

9. 名詞字尾（9）-ment

名詞字尾-ment表示「…的結果」、「…的方法或活動」的意思，像是manage→management、require→requirement等變化。

settlement [ˈsɛtl̩mənt]
名 殖民，定居
The two sides finally reached a settlement.
雙方終於達成和解。

amusement [əˈmjuzmənt]
名 樂趣，娛樂
We are going to an amusement park this weekend.
我們這個週末要去遊樂園玩。

arrangement [əˈrendʒmənt]
名 安排，排列
I've made arrangements to be picked up at eight o'clock.
我安排了一個要在八點整開始進行的計畫。

management [ˈmænɪdʒmənt]
名 經營，管理
His new book reveals the importance of time management.
他的新書闡述了時間管理的重要性。

requirement [rɪˈkwaɪrmənt]
名 需求，要求
You must make your requirements clear at the very beginning.
你一定要在一開始就清楚說明你的要求。

10. 名詞字尾（10）-cy

常常與名詞或形容詞結合成名詞的-cy，象徵「狀態」、「性質」等意思。

tendency [ˈtɛndənsɪ]
名 趨勢，傾向
He has a tendency to overwork himself.
他有工作過度的傾向。

emergency [ɪˈmɝdʒənsɪ]
名 緊急事件，緊急狀況
We are in a national state of emergency.
我們正處於全國緊急狀態中。

pregnancy
['prɛgnənsɪ]

名 懷孕，豐富
Pregnancy is a difficult and tiring process.
懷孕是辛苦而疲憊的過程。

frequency
['frikwənsɪ]

名 頻率，發生次數
The frequency of her absences have increased.
她缺席的頻率增加了。

accuracy
['ækjərəs]

名 正確，準確
He answered all of the questions with incredible accuracy.
他以一種不可思議的準確度，回答了所有的問題。

11. 名詞字尾（11）學科

1-63

表示「學科、學門」的字尾有很多種，包括-ology、-ics、-ry、-my等，看過一次就把它們記起來吧！

economics
[ˌikə'nɑmɪks]

名 經濟學
Macro-economics is a complex subject.
總體經濟學是一門複雜的科目。

psychology
[saɪ'kɑlədʒɪ]

名 心理學，心理狀態
Have you ever heard of color psychology?
你聽過色彩心理學嗎？

electronics
[ɪlɛk'trɑnɪks]

名 電子學
I don't know the first thing about electronics.
我對電子學一竅不通。

chemistry
['kɛmɪstrɪ]

名 化學，化學性質
She wasn't able to pass chemistry this semester.
她這個學期的化學無法及格了。

politics
['pɑlətɪks]

名 政治，政治學，政見
I don't like discussing politics because everyone gets too worked up.
我不喜歡討論政治，因為大家會變得太過於激動。

12. 形容詞字尾（1）-ary

搭配名詞，-ary字尾可以組合成形容詞或是名詞，其中以形容詞最常見，表示「有關…的」的意思，像是literary就表示「與文學（literature）有關的」的意思。

contrary ['kɑntrɛrɪ]

形 相反的，對立的

Contrary to popular belief, he is a nice man.

與現在眾所周知的相反，他是個非常好的人。

literary ['lɪtəˌrɛrɪ]

形 文學的，文藝的

The *Iliad* is my favorite piece of literary work.

伊里亞德是我最喜愛的文學作品。

primary ['praɪˌmɛrɪ]

形 主要的;基本的

Our primary concern is the safety of the children.

我們主要關心的問題是兒童安全。

voluntary ['vɑlənˌtɛrɪ]

形 自動的，主動的，自願的

The business dinner is voluntary; you don't have to go if you don't want to.

這商務晚餐會是自願參加，你如果不想去，可以不要去。

revolutionary [ˌrɛvə'luʃənˌɛrɪ]

形 革命的，革命性的

The invention of the Internet was a revolutionary change in human history.

網路的發明是人類史上一個革命性的改變。

13. 形容詞字尾（2）-ous

形容詞字尾-ous表示「有...的性質」的意思，像是vigour（精力）→vigorous（精力旺盛的）、ambition（野心）→ambitious（有野心的）、anxiety（焦慮）→anxious（焦慮的）等都是實例。

anxious ['æŋkʃəs]

形 焦慮的，掛念的

I feel very anxious about the job interview.

我對這個工作的面試感到極為焦慮不安。

vigorous ['vɪgərəs]

形 精力旺盛的，健壯的

Paul is a very vigorous and focused worker.

包爾是一位精力充沛而且專注的工作者。

unconscious [ʌn'kɑnʃəs]
形 無意識的，沒知覺的
The man fell down unconscious after I punched him.
我揍了他之後，他就昏倒了。

ambitious [æm'bɪʃəs]
形 有雄心的
Ben does well in school because he's very ambitious.
班因為抱有雄心壯志，而在學校表現得很好。

numerous ['njumərəs]
形 很多的，多數的
There are numerous reasons why I don't think this is wise.
有很多原因讓我覺得這不是個明智之舉。

14. 形容詞字尾（3）-cal

1-64

形容詞字尾-cal其實就是-al的延伸，配合前面的名詞，表示「…相關的」的意思，像是medicine（醫學）→medical（醫學的）。

typical ['tɪpɪkḷ]
形 典型的，代表性的；特有的，特色
The way he is acting is very typical for him.
這是他特有的舉止。

mathematical [ˌmæθə'mætɪkḷ]
形 數學的，精確的
I just don't like solving mathematical equations.
我就是不喜歡解數學方程式。

electrical [ɪ'lɛktrɪkḷ]
形 電的，用電的
The house burned down due to an electrical fire.
由於電器走火，導致房子被燒毀了。

magical ['mædʒɪkḷ]
形 魔術的，魔幻的
Harry Potter is a magical story about a young wizard.
哈利波特一書是關於一位年輕巫師的神奇故事。

critical ['krɪtɪkḷ]
形 批評的，批判的
The professor encourages us to develop our critical thinking skills.
教授鼓勵我們提升批判性思維的技巧。

15. 形容詞字尾（4）-ic

最常見的形容詞字尾之一就是-ic了。前面通常是名詞，加上-ic變成「…的」的意思。有時候因為單字字尾的關係，在和-ic組合的時候會增減一些字母以利發音，不過通常還是可以看出來原本的字根是什麼喔！

tragic
['trædʒɪk]

形 悲慘的，悲劇的
That is a tragic story.
那是個悲慘的故事。

alcoholic
[ˌælkə'hɔlɪk]

名 酒精中毒的人，酒鬼
形 酒精的，含酒精的
He can't keep a job because he's an alcoholic.
因為他是個酒鬼，所以一直無法保住工作。

academic
[ˌækə'dɛmɪk]

形 學術的，理論的
Dong Hai University is an academic institution.
東華大學是一個學術機構。

systematic
[ˌsɪstə'mætɪk]

形 有系統的，分類的
They have a very systematic way of dealing with this kind of problem.
他們以極有系統的方式處理這類問題。

sympathetic
[ˌsɪmpə'θɛtɪk]

形 有同情心的，贊成的，合意的
The judge wasn't sympathetic when the criminal tried to explain his actions.
當罪犯試圖解釋他的行為時，法官並不表示同情。

16. 形容詞字尾（5）-less

放在尾巴的否定詞-less，表示「沒有…」的意思，前面總是名詞，結合後變成「沒有…的」這樣的形容詞。有時候還會在以結合後的形容詞加上-ly變成副詞喔！

useless
['juslɪs]

形 無用的，無效的
This thing is useless to me if it's broken.
若是壞了，這東西對我來說就毫無價值了。

stubborn
['stʌbɚn]

形 頑固的，倔強的
It is meaningless to be stubborn over this matter.
對這件事這麼堅持，實在很沒意義。

powerless
['paʊɚlɪs]

形 無力的，無權的
She cried because she was powerless to change the situation.
她哭了，因為她無力改變情況。

worthless
['wɝθlɪs]

形 無價值的，無益的
I felt worthless after my boss yelled at me in front of everyone.
老闆當著眾人面前對我咆哮，讓我覺得自己很沒用。

restless
['rɛstlɪs]

形 不安寧的，不平靜的
He was restless while waiting for the results of the examination.
他焦躁不安地等待考試成績的公佈。

17. 形容詞字尾（6）-able

還記得《be able + to + V》這個句型嗎？Able本身就表示「有能力做…」的意思，因此變成字尾的時候，可以用來對前半段的字彙表示肯定、允許、有能力如此等意義，變成「可以…的」的意思喔！

imaginable
[ɪ'mædʒɪnəbḷ]

形 可能的，想像得到的
They had the best vacation imaginable.
他們度過了一個所能想像到的最愉快的假期。

inevitable
[ɪn'ɛvətəbḷ]

形 不可避免的，必然的
I hate to admit it, but defeat is inevitable.
我真不願承認，但失敗確實是無可避免的。

dependable
[dɪ'pɛndəbḷ]

形 可靠的，可信任的
I like working with him because he's very dependable.
我喜歡跟他工作，因為他非常可靠。

durable
['djʊrəbḷ]

形 耐用的，持久的
This brand is more expensive, but it's also more durable.
這牌子比較貴，但也比較耐用。

honorable
['ɑnərəbḷ]

形 可敬的，光榮的
The honorable student didn't cheat when he had the opportunity.
那位可敬的學生有機會作弊卻沒這麼做。

18. 動詞字尾（1）-ize

動詞字尾-ize象徵「把事物…化」、「把事物變成…」、的意思，例如表示記憶的memorize，不就是要把事物變成記憶（memory）嗎？

sympathize
['sɪmpə,θaɪz]

動 同情，憐憫
I can sympathize with you in your situation.
我能理解你的情況。

specialized
['spɛʃəl,aɪzd]

形 專門的，專業的
This hospital offers specialized care for cancer patients.
這家醫院提供癌症病患特別的照顧。

summarize
['sʌmə,raɪz]

動 作總結，總括
Can you please summarize the main points of the meeting?
你能否總結會議的主要重點？

civilize
['sɪvə,laɪz]

動 使文明，使開化
Foreign explorers helped to civilize that area of the world.
外來的探險者幫助開化啟迪了那個地區。

memorize
['mɛmə,raɪz]

動 記住，記下，記錄
I have to memorize forty vocabulary words before tomorrow.
我明天以前得背完四十個單字。

19. 動詞字尾（2）-fy（-ify）

動詞字尾-fy表示「使事物變成…」的意思，配合前面的名詞，成為「讓…變成…」的動詞，例如clarify（澄清）就是要把事情變得「清晰」（clarity）的意思。

clarify
['klærə,faɪ]

動 澄清，闡明
Could you please clarify what you just said?
可以請你把你剛剛說的話講清楚一點嗎？

identify
[ai'dɛntə,faɪ]

動 認同，識別，認明
Can you identify the man who stole your purse?
你可以認出偷你錢包的男人嗎？

intensify
[ɪn'tɛnsə,faɪ]

動 加強，強化
The tension between the two countries has intensified.
兩國之間的緊張關係加劇了。

qualify
['kwɑlə,faɪ]

動 具有資格，合格，限定
Do I qualify for any type of scholarship or financial aid?
我有資格申請任何獎學金或費用補助嗎？

horrify
['hɔrə,faɪ]

動 使恐懼，使驚懼
She looked horrified when you jumped out and startled her.
當你跳出來嚇她的時候，她看起來很害怕。

20. 動詞字尾（3）-en

1-66

動詞字尾-en與前面名詞搭配，表示「使事物有...的性質」的意思，像是weaken（削弱），不就是「使事物變得虛弱（weak）」的意思嗎？

strengthen
['strɛŋθən]

動 加強，變強大
Swimming strengthens your entire body.
游泳會增強你全身的體能。

tighten
['taɪtn̩]

動 使變緊，繃緊
I need a wrench so I can tighten this bolt.
我需要扳手好拴緊這個螺絲。

harden
['hɑrdn̩]

動 變硬，使堅強，使冷酷
As the temperature dropped, the liquid hardened.
溫度下降時，液體變硬了。

shorten
['ʃɔrtn̩]

動 弄短，減少，縮短
We decided to shorten our stay at the resort due to the typhoon.
由於颱風，我們決定縮短在渡假村的行程。

lengthen
['lɛŋθən]

動 加長，延長
The woman went to the tailor to see about getting her skirt lengthened.
那女士到了裁縫那裡，看看要不要把裙子加長。

21. 形容詞、名詞字尾 -ive

1-66

同時為名詞和形容詞字尾的-ive表示「有…特質的」、「有…傾向的」之意。像是動詞alter（交替）就變成了alternative（交替的、替代選擇）。

alternative
[ɔl'tɝnətɪv]

名 二擇一，選擇
形 替代的，二擇一的，另類的
Is there an alternative plan?
有其他的計畫嗎？

progressive
[prə'grɛsɪv]

形 前進的，改革的，進步的
名 改革論者，進步論者
This is a small country with a progressive economy.
這是一個經濟發展中的小國。

objective
[əb'dʒɛktɪv]

名 受格，客體，目的
形 客觀的，受詞的，外在的
Those were objective opinions from other group members.
那些是其他組員的客觀意見。

sensitive
['sɛnsətɪv]

形 敏感的，神經質的
Be careful about what you say to her because she's overly sensitive.
你跟她說話時要小心，因為她太敏感了。

primitive
['prɪmətɪv]

形 原始的，上古的
The archeologists uncovered ancient artifacts from a primitive civilization.
考古學家從某個上古文明中，發現古老的工藝品。

22. 否定字首（1）Un-

1-67

常用在形容詞或副詞中，並且表示否定的就是un-囉！例如expected（預期的）→unexpected（預期之外的）、known（已知的）→unknown（未知的）等。

unexpected
[ˌʌnɪk'spɛktɪd]

形 意外的，料想不到的
Your surprise visit was unexpected.
你的突然造訪，令人感到意外。

unbelievable
[ˌvnbɪ'livəbl̩]

形 不可置信，難以置信的
The way he treated me was unbelievable!
他對待我的方式，令人無法置信！

unknown
[ʌn'non]

形 未知的，陌生的
The author of this ancient text is unknown.
這篇古文的作者不詳。

unfortunate
[ʌn'fɔrtʃənɪt]

形 不幸的，不吉利的
It's unfortunate that you couldn't stay longer.
你無法待久一點，真令人遺憾。

unusual
[ʌn'juʒuəl]

形 不尋常的，罕見的
It is quite unusual for it to be this cool in June.
六月天，天氣這麼冷，真是異常。

23. 否定字首（2）Dis-

1-67

帶有否定意味的字首中，其中一個就是dis-，常常表示對於後半段字彙意義的否定，名詞、形容詞、動詞等都常看到它的蹤跡。

disconnect
[ˌdɪskə'nɛkt]

動 切斷，分離
I think our phone has been disconnected.
我想我們的電話被斷線了。

disabled
[dɪs'ebḷd]

形 傷殘的，有缺陷的
Today, public places must have facilities for the disabled.
現在，公共場所必須設置殘障人士專用設施。

disapprove
[ˌdɪsə'pruv]

動 不贊成，不同意
The finance department disapproved of our financial plan for the year.
財務部沒有核准我們的年度財務計畫。

disadvantage
[ˌdɪsəd'væntɪdʒ]

名 不利條件，損失
Playing away from home usually puts a team at a disadvantage.
在外地比賽通常會讓一個隊伍陷入劣勢之中。

dissatisfaction
[ˌdɪssætɪs'fækʃən]

名 不滿，不平
I quit my job because of the dissatisfaction of doing the same thing every day.
我辭職是因為不滿每天做同樣的事。

24. 否定字首（3）Mis-

另一個否定字根mis-，則帶有「錯誤」的意思，和單純的「不…」有些不同喔！像是lead（引導）→mislead（誤導），understand（了解）→misunderstand（誤解）等。

mislead
[mɪs'lid]

動 誤導
The media often misleads the general public.
媒體經常誤導大眾。

misunderstand
['mɪsʌndɚ'stænd]

動 誤解，誤會
I think you've misunderstood what I've been saying.
我認為你誤會了我說的話。

mischief
['mɪstʃɪf]

名 傷害；胡鬧，惡作劇
The boys got themselves into mischief last night.
男孩們昨晚又在搗蛋了。

consequence
['kɑnsə,kwɛns]

名 結果，後果
You must suffer the consequences of your actions.
你必須要承擔你的行為所造成的後果。

misfortune
[mɪs'fɔrtʃən]

名 不幸，災禍
We have experienced the misfortune of a tropical storm.
我們經歷過熱帶風暴的災難。

25. 否定字首（4）

除了前面提到的幾個un-，以下再列出幾個常用來表示否定意義的字根。但要記得喔！並不是所有以這些字首開頭的單字，都可以這樣來解釋的，例如important表示「重要」，可是personal（個人的）→impersonal卻表示「非個人的」呢！

abnormal
[æb'nɔrml̩]

形 反常的，例外的
Not coming to the meeting is abnormal for him.
他沒有出席會議，是很反常的一件事。

irregular
[ɪ'rɛgjəlɚ]

形 不規則的，不合規定的
The weather is quite irregular for a midsummer day.
仲夏的天氣，變化極不穩定。

impersonal [ɪm'pɝsn̩l]

形 客觀的，非個人的
The service at this hospital seems very impersonal.
這家醫院的服務看起來很不近人情。

inconvenient [ˌɪnkən'vinjənt]

形 不方便的，困難的
Getting a flat tire on the way here was very inconvenient.
在往這裡的路上，車子爆胎，實在很不方便。

informal [ɪn'fɔrml̩]

形 非正式的，通俗的，不拘禮的
You can wear whatever you'd like because tonight's event is informal.
你可以隨意打扮，因為今晚的活動是非正式的。

26. 常用字首（1）re-和pre-

常見並且只相差一字的re-和pre-兩個字首，分別表示「重複」和「預先」的意思，常常是動作的修飾詞。

remove [rɪ'muv]

動 移開，搬開
Would you please remove that sofa?
能不能請你把那張沙發移走？

restore [rɪ'stor]

動 恢復，修復
The man apologized in order to restore their friendship.
這男人道歉，為的是要修復他們的友誼。

predict [prɪ'dɪkt]

動 說預言，預報，預料
The fortuneteller predicted that I would get married this year.
算命師算我今年會結婚。

preview ['priˌvju]

名 預習，預看
動 預習，預演
It will be better if you both preview and review your textbook.
如果你預習並且複習你的課本，會比較好。

reunite [ˌrijuˌnaɪt]

動 再結合，再聯合
The man was reunited with his son after thirty years of being apart.
這男人與他兒子分離了三十年後重聚了。

27. 常用字首（2）Over-

Over在當作介系詞使用時，原本就可以用來說明「越過…上方」、「超越（數量、程度）」的意思，因此變成字首的時候，也帶有同樣的意味喔！

overflow [ˌovɚˈflo]

動 泛濫，淹沒
名 溢出，泛濫
The lake overflowed due to the torrential rains.
由於豪雨，湖水氾濫。

overthrow [ˌovɚˈθro]

動 打倒，推翻
The revolutionaries overthrew the tyrant king.
革命者推翻了暴君。

overnight [ˈovɚˈnaɪt]

副 整夜，在前一夜
形 整夜的，通宵的
I sent the important package via overnight delivery.
我用隔夜抵達的送貨方式，寄出重要包裹。

overweight [ˈovɚwet]

形 過重的，超重的
We had to pay extra because our baggage was overweight.
我們得額外付費，因為我們的行李超重了。

overhead [ˈovɚˈhɛd]

形 在頭上的，高架的 副 在頭上的，在高處的
I left my bag inside the overhead compartment on the airplane.
我把我的袋子留在飛機座位上方的置物櫃裡了。

28. 常用字首（3）Trans-

Trans-這個字根常代表「橫越」、「轉換」的意思，舉例來說，transplant（移植）這個字就是將另一件事物「轉換」（trans-）並且「植入」（plant）另一個地方的意思啊！

transfer [trænsˈfɝ]

名 遷移，移動
動 轉移，調任
We have to transfer at the next station.
我們得在下一站轉車。

transplant [trænsˈplænt]

名 移植，移居者
動 移居，遷移，移植
He has to get a liver transplant in order to survive.
他必須接受肝移植才能存活。

transform
[træns′fɔrm]

動 轉換，改變，變換
That vacation transformed him into a happier person.
他渡完假變得更快樂了。

translate
[træns′let]

動 翻譯，轉化
We need somebody to translate this into Mandarin.
我們需要一個人來把這個翻譯成中文。

transportation
[ˌtrænspɚ′teʃən]

名 運輸，交通業
Public transportation in this city is really convenient.
這個城市的大眾運輸系統非常方便。

29. 其他常用字首

再補充以下幾個常用字首：sub-（…底下的）、non-（沒有…的）、mini-（微小的）、inter-（交互的）以及co-（共同的、合作的）。

submarine
[′sʌbməˌrin]

名 潛艇，海底生物
形 海中的，生長在海中的
Have you ever been in a submarine before?
你坐過潛水艇嗎？

corporation
[ˌkɔrpə′reʃən]

名 公司，法人，社團法人
She works for a major cosmetics corporation.
她在一家大型的化妝品公司上班。

minimum
[′mɪnəməm]

形 最小的，最低的
名 最小量
They will pay me a minimum of $10,000 for the job.
這份工作他們最少會付我一萬元。

interpret
[ɪn′tɝprɪt]

動 解釋，詮釋，闡釋
She didn't make herself clear, so let me interpret for you.
她自己無法說清楚，因此我來代替她解釋給你聽。

non-stop
[nɑn□stɑp]

形 繼續的，持續的副 繼續地，持續地
Our vacation was two weeks of non-stop fun and excitement.
我們連續過了兩週快樂又興奮的假期。

其他單字

1-69

★ A

aboard	[ə'bord]	〈副〉 在船（交通工具）上，上（交通工具）
absolutely	['æbsə,lutlɪ]	〈副〉 絕對地，完全地
abstract	['æbstrækt]	〈形〉 抽象的，難懂的 〈名〉 摘要，概要
acceptance	[ək'sɛptəns]	〈名〉 接受，容忍
accepted	[ək'sɛptɪd]	〈形〉 公認的，被接受的
accidental	[,æksə'dɛntḷ]	〈形〉 意外的，偶然的
accommodation	[ə'kɑmə'deʃən]	〈名〉 適應，調節；住宿
accord	[ə'kɔrd]	〈動〉 調解，使一致 〈名〉 調和，一致
accustomed	[ə'kʌstəmd]	〈形〉 習慣的，慣常的
acid	['æsɪd]	〈名〉 酸 〈形〉 酸的，酸味的
acquaint	[ə'kwent]	〈動〉 介紹，使認識
acquire	[ə'kwaɪr]	〈動〉 取得，獲得
acre	['ekɚ]	〈名〉 英畝
adjective	['ædʒɪktɪv]	〈名〉 形容詞 〈形〉 形容詞的
administration	[əd,mɪnə'streʃən]	〈名〉 行政，管理
admission	[əd'mɪʃən]	〈名〉 許可，入場券
adopt	[ə'dɑpt]	〈動〉 過繼；採納，採用，批准
advertise	['ædvɚ,taɪz]	〈動〉 廣告，宣傳
afterwards	['æftɚwɚdz]	〈副〉 之後，後來
agency	['edʒənsɪ]	〈名〉 代理，仲介
agreeable	[ə'griəbḷ]	〈形〉 適當的，適合的，令人愉快的

A

agriculture	[ˈægrɪˌkʌltʃɚ]	〈名〉 農業，農耕
air-conditioned	[ˈɛrkənˌdɪʃənd]	〈形〉 調節空氣的
airmail	[ˈɛrˌmel]	〈名〉 航空郵件
allergic	[əˈlɝdʒɪk]	〈形〉 過敏的
alley	[ˈælɪ]	〈名〉 小巷，小徑
alongside	[əˈlɔŋˈsaɪd]	〈副〉 在旁邊
altitude	[ˈæltəˌtjud]	〈名〉 高，高處，高度
aluminum	[ˌæljəˈmɪnɪəm]	〈名〉 鋁　〈形〉 鋁製的
ambition	[æmˈbɪʃən]	〈名〉 抱負，野心
amused	[əˈmjuzd]	〈形〉 感到有趣的、開心的
amusing	[əˈmjuzɪŋ]	〈形〉 有趣的，好玩的
analyst	[ˈænḷɪst]	〈名〉 分析師
ancestor	[ˈænsɛstɚ]	〈名〉 祖先，祖宗
angle	[ˈæŋgḷ]	〈名〉 角度
anniversary	[ˌænəˈvɝsərɪ]	〈名〉 週年日，週年紀念日
announcer	[əˈnaʊnsɚ]	〈名〉 播音員，播報員
annoyed	[əˈnɔɪd]	〈形〉 惱怒的，氣惱的
annoying	[əˈnɔɪɪŋ]	〈形〉 討厭的，惱人的
annual	[ˈænjʊəl]	〈形〉 一年一次的　〈名〉 年鑑，年刊
anxiety	[æŋˈzaɪətɪ]	〈名〉 焦慮，掛念
anyhow	[ˈɛnɪˌhaʊ]	〈副〉 無論如何；總之
ape	[ep]	〈名〉 猿類，大猩猩　〈動〉 模仿，學…的樣子

A

其他單字

apparent	[ə'pærənt]	〈形〉 明顯的，顯見的
appeal	[ə'pil]	〈名〉 呼籲，訴求 〈動〉 呼籲，求助
appliance	[ə'plaɪəns]	〈名〉 器具，裝置
appoint	[ə'pɔɪnt]	〈動〉 任命，指派
appointment	[ə'pɔɪntmənt]	〈名〉 職位，任命
appreciation	[əˌpriʃɪ'eʃən]	〈名〉 感謝
appropriate	[ə'proprɪˌet]	〈形〉 適當的，恰當的
apron	['eprən]	〈名〉 圍裙
aquarium	[ə'kwɛrɪəm]	〈名〉 水族箱，魚缸
arch	[ɑrtʃ]	〈名〉 拱門，弓形 〈動〉 拱起，成弧形
architecture	['ɑrkəˌtɛktʃɚ]	〈名〉 建築風格，建築樣式
arise	[ə'raɪz]	〈動〉 上升，升起
arithmetic	[ə'rɪθmətɪk]	〈名〉 算術，計算 〈形〉 算術的
armed	[ɑrmd]	〈形〉 武裝的
arrival	[ə'raɪvḷ]	〈名〉 到達，到來
arrow	['æro]	〈名〉 箭，箭號
artistic	[ɑr'tɪstɪk]	〈形〉 藝術的；有藝術天分的
ascend	[ə'sɛnd]	〈動〉 上升，登高
ascending	[ə'sɛndɪŋ]	〈形〉 上升的
ash	[æʃ]	〈名〉 灰，灰燼
ashamed	[ə'ʃemd]	〈形〉 羞愧的，難為情的
aside	[ə'saɪd]	〈副〉 在旁邊，到旁邊

A

aspect	[ˈæspɛkt]	〈名〉	方面；容貌；方位
assassinate	[əˈsæsɪnˌet]	〈動〉	暗殺，刺殺
assembly	[əˈsɛmblɪ]	〈名〉	集會，集合，與會者
asset	[ˈæsɛt]	〈名〉	資產，財產
assign	[əˈsaɪn]	〈動〉	分配，指定
assist	[əˈsɪst]	〈動〉	幫助，協助
assistance	[əˈsɪstəns]	〈名〉	援助，幫助
association	[əˈsosɪˈeʃən]	〈名〉	協會，公會
assurance	[əˈsʊrənʃ]	〈名〉	保證，信心
astonished	[əˈstɑnɪʃt]	〈形〉	驚訝的，驚愕的
astronaut	[ˈæstrəˌnɔt]	〈名〉	太空人
athletic	[æθˈlɛtɪk]	〈形〉	運動的，體育的
atmosphere	[ˈætməsˌfɪr]	〈名〉	大氣，大氣層
atom	[ˈætəm]	〈名〉	原子
atomic	[əˈtɑmɪk]	〈形〉	原子的，原子能的
attach	[əˈtætʃ]	〈動〉	裝上，附上
attain	[əˈten]	〈動〉	獲得，實現，達到
attraction	[əˈtrækʃən]	〈名〉	吸引，吸引力
audio	[ˈɔdɪˌo]	〈形〉	聽覺的，聲音的
authority	[əˈθɔrətɪ]	〈名〉	權力，權威
autobiography	[ˌɔtəbaɪˈɑgrəfɪ]	〈名〉	自傳，自傳文學
automatic	[ˌɔtəˈmætɪk]	〈形〉	自動的，自動裝置的

A

其他單字

automobile	[ˈɔtəmə͵bɪl]	〈名〉 汽車
auxiliary	[ɔgˈzɪljərɪ]	〈名〉 助手，輔助者 〈形〉 輔助的
avenue	[ˈævə͵nju]	〈名〉 大街，大道
await	[əˈwet]	〈動〉 等候，期待
awake	[əˈwek]	〈形〉 清醒的，醒著的 〈動〉 喚醒，意識到
awaken	[əˈwekən]	〈動〉 弄醒；引起
ax	[æks]	〈名〉 斧頭 〈動〉 消除；解雇

★ B

1-70

B.C.	[bi□si]	〈縮〉 西元前 〈同〉 Before Christ
babysitter	[ˈbebɪsɪtɚ]	〈名〉 保姆
background	[ˈbæk͵graʊnd]	〈名〉 背景
bacon	[ˈbekən]	〈名〉 培根肉
bacteria	[bækˈtɪrɪə]	〈名〉 細菌 〈單〉 bacterium
badly	[ˈbædlɪ]	〈副〉 拙劣地；非常地
baggy	[ˈbægɪ]	〈形〉 鬆弛的
bait	[bet]	〈名〉 餌，圈套 〈動〉 引誘，誘惑
bald	[bɔld]	〈形〉 禿頭的，光禿的
ballet	[ˈbæle]	〈名〉 芭蕾舞
ban	[bæn]	〈動〉 禁止，取締 〈名〉 禁止，禁令
bandage	[ˈbændɪdʒ]	〈名〉 繃帶 〈動〉 用繃帶包紮
bang	[bæŋ]	〈名〉 猛擊，猛撞 〈動〉 砰砰作響，猛擊
bankrupt	[ˈbæŋkrʌpt]	〈形〉 破產的 〈動〉 破產

bare	[bɛr]	〈形〉 裸露的，赤裸的　〈動〉 裸露，透露
barely	[ˈbɛrlɪ]	〈副〉 幾乎沒有，僅僅
bargain	[ˈbɑrgɪn]	〈名〉 協議，交易　〈動〉 達成協議
barn	[bɑrn]	〈名〉 穀倉，倉庫
barrel	[ˈbærəl]	〈名〉 大桶子，水桶
barrier	[ˈbærɪr]	〈名〉 障礙物，路障
based	[best]	〈形〉 有根基的，有基礎的
basin	[ˈbesn̩]	〈名〉 臉盆，盆
bathe	[beð]	〈動〉 浸入，浸洗
battery	[ˈbætərɪ]	〈名〉 電池
bay	[be]	〈名〉 灣
bead	[bid]	〈名〉 珠子，水珠　〈動〉 串成珠，用珠裝飾
beak	[bik]	〈名〉 鳥嘴
beam	[bim]	〈名〉 橫樑，光線　〈動〉 笑容滿面，照射
beast	[bist]	〈名〉 野獸
bedtime	[ˈbɛdˌtaɪm]	〈名〉 就寢時間　〈形〉 睡前的
beg	[bɛg]	〈動〉 請求，懇求
beggar	[ˈbɛgɚ]	〈名〉 乞丐，叫化子
being	[ˈbiɪŋ]	〈名〉 物，生物
believable	[bɪˈlivəbl̩]	〈形〉 可信的
belly	[ˈbɛlɪ]	〈名〉 腹部，肚子
bend	[bɛnd]	〈動〉 彎曲，折彎　〈名〉 彎，彎腰

其他單字

beneficial	[ˌbɛnəˈfɪʃəl]	〈形〉 有助益的
benefit	[ˈbɛnəfɪt]	〈名〉 利益，好處 〈動〉 使受益
berry	[ˈbɛrɪ]	〈名〉 莓果，莓類
bet	[bɛt]	〈名〉 打賭，賭金 〈動〉 打賭
bid	[bɪd]	〈名〉 出價，投標 〈動〉 命令，吩咐
bike	[baɪk]	〈名〉 腳踏車
billion	[ˈbɪljən]	〈名〉 十億
bin	[bɪn]	〈名〉 箱子，容器
bind	[baɪnd]	〈動〉 捆綁
bingo	[ˈbɪŋgo]	〈名〉 賓果
biography	[baɪˈɑgrəfɪ]	〈名〉 傳記，傳記文學
birth	[bɝθ]	〈名〉 出生，誕生
biscuit	[ˈbɪskɪt]	〈名〉 小餅乾
bleed	[blid]	〈動〉 流血，出血
bless	[blɛs]	〈動〉 祈福，保佑 〈名〉 保佑
blink	[blɪŋk]	〈動〉 眨眼睛 〈名〉 眨眼
bloody	[ˈblʌdɪ]	〈形〉 流血的，血腥的
bloom	[blum]	〈名〉 花 〈動〉 開花，生長茂盛
blossom	[ˈblɑsəm]	〈名〉 花 〈動〉 開花，發展
blush	[blʌʃ]	〈動〉 臉紅，發窘 〈名〉 臉紅，羞愧
boast	[bost]	〈動〉 自誇，吹噓 〈名〉 吹牛
bond	[bɑnd]	〈名〉 聯結，契約 〈動〉 作保，抵押

bony	[ˈbonɪ]	〈形〉 似骨的，瘦骨如柴的
bookshelf	[ˈbʊkˌʃɛlf]	〈名〉 書架，書櫃
bookstore	[ˈbʊkˌstor]	〈名〉 書店
boot	[but]	〈名〉 長靴，靴子 〈動〉 猛踢
bore	[bor]	〈動〉 令人覺得無聊
bounce	[baʊns]	〈動〉 反彈，彈跳 〈名〉 彈力，跳躍
boyfriend	[ˈbɔɪˌfrɛnd]	〈名〉 男朋友
bra	[brɑ]	〈名〉 胸罩
bracelet	[ˈbreslɪt]	〈名〉 手鐲，臂鐲
brake	[brek]	〈名〉 煞車 〈動〉 煞住，煞車，抑制
brass	[bræs]	〈名〉 黃銅，黃銅色，銅器 〈形〉 黃銅製的，黃銅色的
breast	[brɛst]	〈名〉 乳房，胸部 〈動〉 抵抗，承當
breath	[brɛθ]	〈名〉 呼吸，氣息
breathe	[brið]	〈動〉 呼吸，吸氣
breed	[brid]	〈名〉 品種，種類
bridegroom	[ˈbraɪdˌgrʊm]	〈名〉 新郎
briefcase	[ˈbrifˌkes]	〈名〉 公事包
brilliant	[ˈbrɪljənt]	〈形〉 明亮的；很棒的
broke	[brok]	〈形〉 一文不值的，破產的
brook	[brʊk]	〈名〉 小河，小溪
broom	[brum]	〈名〉 掃帚
brownie	[ˈbraʊnɪ]	〈名〉 布朗尼（巧克力蛋糕）

B

browse	[brauz]	〈動〉 瀏覽，隨意翻閱　〈名〉 瀏覽
brutal	['brutḷ]	〈形〉 殘忍的，冷酷的
bubble	['bʌbḷ]	〈名〉 氣泡，水泡　〈動〉 冒泡，沸騰
bud	[bʌd]	〈名〉 葉芽，花蕾　〈動〉 發芽
buffalo	['bʌfḷ,o]	〈名〉 水牛
bulb	[bʌlb]	〈名〉 球莖；電燈泡
bull	[bʊl]	〈名〉 公牛
bullet	['bʊlɪt]	〈名〉 子彈，槍彈
bump	[bʌmp]	〈動〉 碰，撞　〈名〉 碰撞；隆起物
bunch	[bʌntʃ]	〈名〉 串，束，群
bureau	['bjʊro]	〈名〉 事務所，詢問處
burger	['bɝgɚ]	〈名〉 漢堡
bush	[bʊʃ]	〈名〉 灌木，灌木叢
butcher	['bʊtʃɚ]	〈名〉 肉販，屠夫　〈動〉 屠宰，屠殺
buzz	[bʌz]	〈動〉 嗡嗡叫，唧唧響　〈名〉 嗡嗡聲，噪音聲

★ C

1-71

café	[kə'fe]	〈名〉 咖啡廳，飲食店
calculator	['kælkjə,letɚ]	〈名〉 計算機
camel	['kæmḷ]	〈名〉 駱駝
canal	[kə'næl]	〈名〉 運河，渠道
cane	[ken]	〈名〉 拐杖，手杖
canoe	[kə'nu]	〈名〉 獨木舟，皮划　〈動〉 划獨木舟

canyon	[ˈkænjən]	〈名〉 峽谷
capacity	[kəˈpæsətɪ]	〈名〉 容量，能量
cape	[kep]	〈名〉 斗篷，披肩
capital	[ˈkæpətl̩]	〈名〉 資金
capital	[ˈkæpətl̩]	〈名〉 首都，首府　〈形〉 首都，主要的
caption	[kæpʃən]	〈名〉 標題，字幕　〈動〉 下標題
carbon	[ˈkɑrbən]	〈名〉 碳，副本
cargo	[ˈkɑrgo]	〈名〉 貨物
carriage	[ˈkærɪdʒ]	〈名〉 馬車
cart	[kɑrt]	〈名〉 小車，手推車　〈動〉 運送，裝運
carve	[kɑrv]	〈動〉 雕刻，刻
cashier	[kæˈʃɪr]	〈名〉 出納
casual	[ˈkæəʊəl]	〈形〉 非正式的，隨便的
casualty	[ˈkæʒjʊəltɪ]	〈名〉 意外事故，意外
catalog	[ˈkætəlɔg]	〈名〉 目錄，型錄　〈動〉 編入目錄，登記
caterpillar	[ˈkætɚˌpɪlɚ]	〈名〉 毛毛蟲
cattle	[ˈkætl̩]	〈名〉 牛，家畜
cave	[kev]	〈名〉 洞穴，洞窟　〈動〉 塌坍，塌倒
cease	[sis]	〈動〉 停止，結束　〈名〉 停息
ceremony	[ˈsɛrəˌmonɪ]	〈名〉 儀式，典禮
chain	[tʃən]	〈名〉 項鏈，鏈子　〈動〉 鏈住，拘禁
challenge	[ˈtʃælɪndʒ]	〈名〉 挑戰，質疑　〈動〉 提出挑戰，提出異議

其他單字

chamber	['tʃembɚ]	〈名〉 會場，會議室
changeable	['tʃendʒəbl̩]	〈形〉 善變的，不定的
characteristic	[ˌkærəktə'rɪstɪk]	〈名〉 特性，特色 〈形〉 獨特的，特有的
chat	[tʃæt]	〈動〉 閒聊，聊天 〈名〉 閒談，聊天
check	[tʃɛk]	〈名〉 檢查，支票
checkout	['tʃɛkˌaut]	〈名〉 付款台，結帳離開時間
cheek	[tʃik]	〈名〉 臉頰，厚臉皮
cheerful	['tʃɪrfəl]	〈形〉 愉快的，開心的，樂意的
chemist	['kɛmɪst]	〈名〉 化學家
cherish	['tʃɛrɪʃ]	〈動〉 珍愛，愛護，懷有
cherry	['tʃɛrɪ]	〈名〉 櫻桃，櫻桃樹 〈複〉 cherries
chest	[tʃɛst]	〈名〉 胸膛，胸
chew	[tʃu]	〈動〉 咀嚼，嚼 〈名〉 咀嚼，咀嚼物
chick	[tʃɪk]	〈名〉 小雞，小鳥
childbirth	['tʃaɪldˌbɝθ]	〈名〉 分娩
chill	['tʃaɪldˌbɝθ]	〈名〉 寒冷，風寒 〈形〉 冷的，冷淡的
chimney	['tʃɪmnɪ]	〈名〉 煙囪
china	['tʃaɪnə]	〈名〉 瓷器，陶瓷
chip	[tʃɪp]	〈名〉 碎片，薄片 〈動〉 削，切成薄片
choke	[tʃok]	〈動〉 哽住，堵塞，窒息 〈名〉 窒息
chop	[tʃɑp]	〈動〉 砍，劈，猛擊 〈名〉 肋骨肉，排骨
chore	[tʃor]	〈名〉 雜務，例行工作

C

chorus	['korəs]	〈名〉 合唱團，合唱
cigar	[sɪ'gɑr]	〈名〉 雪茄煙
cinema	['sɪnəmə]	〈名〉 電影院，電影
circulate	['sɝkjə,let]	〈動〉 循環；發行；流通
circulation	[,sɝkjə'leʃən]	〈名〉 循環，發行量，流通
circus	['sɝkəs]	〈名〉 馬戲團
civil	['sɪvḷ]	〈形〉 市民的，公民的，國民的
classify	['klæsə,faɪ]	〈動〉 將…分類，將…納入某類
classroom	['klæs,rʊm]	〈名〉 教室
claw	[klɔ]	〈名〉 爪子，腳爪 〈動〉 用爪子抓
clay	[kle]	〈名〉 泥土，黏土
click	[klɪk]	〈動〉 發出卡嗒聲；按（滑鼠） 〈名〉 卡嗒聲
climber	['klaɪmɚ]	〈名〉 登山者，攀登者
climbing	['klaɪmɪŋ]	〈名〉 攀登
clip	[klɪp]	〈名〉 迴紋針，夾 〈動〉 夾住，夾緊
cloth	[klɔθ]	〈名〉 布，布塊
clothe	[kloð]	〈動〉 穿衣，披上
clothed	[kloðd]	〈形〉 穿…衣服的，披著…的
cloud	[klaʊd]	〈名〉 雲，雲狀物 〈動〉 掩飾，覆蓋
clown	[klaʊn]	〈名〉 小丑，丑角 〈動〉 扮小丑，裝傻
clue	[klu]	〈名〉 線索，跡象
coal	[kol]	〈名〉 煤，煤塊，木炭

其他單字

coarse	[kors]	〈形〉 粗的，粗糙的
cock	[kɑk]	〈名〉 公雞，雄鳥
cocktail	[ˈkɑkˌtel]	〈名〉 雞尾酒
coconut	[ˈkokəˌnət]	〈名〉 椰子，椰子肉
code	[kod]	〈名〉 規則，代號，代碼 〈動〉 編碼，譯碼
coincidence	[koˈɪnsɪdəns]	〈名〉 巧合，巧事
collar	[ˈkɑlɚ]	〈名〉 衣領；項圈
colored	[ˈkʌlɚd]	〈形〉 有顏色的，有色人種
combined	[kəmˈbaɪnd]	〈形〉 聯合的，相加的
comfortably	[ˈkʌmfɚtəblɪ]	〈副〉 安逸地，舒適地
coming	[ˈkʌmɪŋ]	〈形〉 即將到來的，接著的
commerce	[ˈkɑmɝs]	〈名〉 商業，貿易，交易
commission	[kəˈmɪʃən]	〈名〉 佣金，委任，委員會 〈動〉 委任，任命
communicate	[kəˈmjunəˌket]	〈動〉 傳播，傳達，交際
community	[kəˈmjunətɪ]	〈名〉 社區，共同體，公眾
commute	[kəˈmjut]	〈動〉 通勤
comparative	[kəmˈpærətɪv]	〈形〉 比較的，相對的
compare	[kəmˈpɛrd]	〈動〉 比較，對照
comparison	[kəmˈpærəsn̩]	〈名〉 比較，對照，類似
competitor	[kəmˈpɛtətɚ]	〈名〉 競爭者，對手，敵手
complaint	[kəmˈplent]	〈名〉 抱怨，抗議，怨言
complex	[ˈkɑmplɛks] [kɑmˈplɛks]	〈名〉 複合物，複合體 〈形〉 複雜的，複合的

C

complicate	[ˈkɑmpləˌket]	〈動〉 複雜化，使費解
complicated	[ˈkɑmpləˌketɪd]	〈形〉 複雜的，難懂的
compose	[kəmˈpoz]	〈動〉 組成，構成
composition	[ˌkɑpəˈzɪʃən]	〈名〉 組合；作文
compound	[ˈkaupaʊnd]	〈名〉 混合物，化合物，複合物 〈形〉 合成的，複合的，化合的 〈動〉 混合，合成
compute	[kəmˈpjut]	〈動〉 計算，估算
concept	[ˈkɑnsɛpt]	〈名〉 概念，觀念
concerning	[kənˈsɝnɪŋ]	〈介〉 關於
conclude	[kənˈklud]	〈動〉 結束，推斷
concrete	[ˈkɑnkrit]	〈名〉 混凝土，凝結物 〈形〉 有形的，具體的，實在的
condition	[kənˈdɪʃən]	〈名〉 情況，狀態，條件
conduct	[ˈkəndʌkt] [kənˈdʌkt]	〈名〉 行為，品行 〈動〉 引導，帶領
cone	[kon]	〈名〉 圓錐體，圓錐形
conference	[ˈkɑnfərəns]	〈名〉 會議，協商會
confidence	[ˈkɑnfədəns]	〈名〉 自信，信心
confine	[kənˈfaɪn]	〈動〉 限制，局限
confrontation	[ˌkɑnfrʌnˈteʃən]	〈名〉 對抗，對質，比較
congratulate	[kənˈgrætʃəˌlet]	〈動〉 祝賀，恭禧
congress	[ˈkɑŋgrəs]	〈名〉 會議，代表大會，協會
conjunction	[kənˈdʒʌŋkʃən]	〈名〉 結合，連接；連接詞
connect	[kəˈnɛkt]	〈動〉 連接，連結
connection	[kəˈnɛkʃən]	〈名〉 連接，關聯

其他單字

conscience	['kɑnʃəns]	〈名〉 良心，道德觀念
conscious	['kɑnʃəs]	〈形〉 意識上的，有知覺的
consequent	['kɑnsə,kwɛnt]	〈形〉 隨之發生的，起因於
consequently	['kɑnsə,kwɛntlɪ]	〈副〉 結果，因此
considerable	[kən'sɪdərəbḷ]	〈形〉 相當大的，值得考慮的
consideration	[kənsɪdə'reʃən]	〈名〉 考慮；體貼
consistent	[kən'sɪstənt]	〈形〉 前後一致的，符合的
consonant	['kɑnsənənt]	〈名〉 子音，子音字母
constant	['kɑnstənt]	〈形〉 恆常的，持續的，堅定的
constitute	['kɑnstə,tjut]	〈動〉 構成，組成
construct	[kən'strʌkt]	〈動〉 構成，建構
consult	[kən'sʌlt]	〈動〉 商量，磋商
consume	[kən'sjum]	〈動〉 消耗，花費
content	['kɑntɛnt] [kən'tɛnt]	〈名〉 內容 〈形〉 滿足的，甘願的 〈動〉 使滿足
contest	['kɑntɛst]	〈名〉 競爭，競賽 〈動〉 競爭，角逐
context	['kɑntɛskst]	〈名〉 文章脈胳，背景
continent	['kɑntənənt]	〈名〉 大陸，陸地
continental	[,kɑntə'nɛntḷ]	〈形〉 大陸的，洲的
continuous	[kən'tɪnjuəs]	〈形〉 連續的，不斷的
contrast	['kɑn,træst] [kɑn'træst]	〈名〉 對比，對照 〈動〉 對比，對照
contribute	[kən'trɪbjut]	〈動〉 捐助，貢獻，提供
controversial	[kɑntrə'vɝʃəl]	〈形〉 有爭議的

C

convenience	[kən'vinjəns]	〈名〉 方便，便利
convention	[kən'vɛnʃən]	〈名〉 會議；慣例
conventional	[kən'vɛnʃənḷ]	〈形〉 習慣的，慣例的
converse	['kɑnvɝs] [kən'vɝs]	〈名〉 相反的事物 〈形〉 相反的
convey	[kən've]	〈動〉 表現，運送，搬運
cooker	['kʊkɚ]	〈名〉 廚具
cope	[kop]	〈動〉 應付
cord	[kɔrd]	〈名〉 細繩
correspondent	[ˌkɔrɪ'spɑndənt]	〈名〉 通訊員，特派記者；通信者
corridor	['kɔrɪdɚ]	〈名〉 走廊，通道
costly	['kɔstlɪ]	〈形〉 貴重的，昂貴的
costume	['kɑstjum]	〈名〉 服裝，套裝
cottage	['kɑtɪdʒ]	〈名〉 農舍，小屋
counter	['kaʊntɚ]	〈名〉 櫃台 〈動〉 反抗 〈副〉 相反地
courageous	[kə'redʒəs]	〈形〉 英勇的，勇敢的
courteous	['kɝtjəs]	〈形〉 有禮貌的，謙恭的
courtesy	['kɝtəsɪ]	〈名〉 禮貌，客氣
coward	['kaʊɚd]	〈名〉 懦夫，膽小鬼
cowboy	['kaʊbɔɪ]	〈名〉 牛仔
crack	[kræk]	〈名〉 裂縫，裂痕 〈動〉 猛擊，爆裂，裂開
cradle	['kredḷ]	〈名〉 搖籃；發源地
craft	[kræft]	〈名〉 工藝；船舶

C

其他單字

cram	[kræm]	〈動〉 塞滿，填滿
crane	[kren]	〈名〉 起重機，鶴 〈動〉 伸長
crawl	[krɔl]	〈動〉 爬行，爬 〈名〉 爬行
creation	[krɪ'eʃən]	〈名〉 創作，創造物
creature	['kritʃɚ]	〈名〉 生物，動物
creep	[krip]	〈動〉 爬行，緩慢前進 〈名〉 爬行，蠕動
crew	[kru]	〈名〉 組員，工作人員
cricket	['krɪkɪt]	〈名〉 板球，蟋蟀
criminal	['krɪmənl̩]	〈形〉 犯罪的，犯法的 〈名〉 罪犯
cripple	['krɪpl̩]	〈名〉 跛子，癱瘓的人 〈動〉 使癱瘓
crisp	[krɪsp]	〈形〉 酥脆的；涼爽的 〈名〉 炸薯片
crispy	['krɪspɪ]	〈形〉 酥脆的，清脆的
crop	[krɑp]	〈名〉 作物，收成 〈動〉 收穫
crossroad	['krɔs,rod]	〈名〉 十字路口，交叉路
crow	[kro]	〈名〉 烏鴉
crown	[kraʊn]	〈名〉 王冠，王位 〈動〉 加冕，加冠
cruelty	['kruəltɪ]	〈名〉 殘酷，殘忍行為
crush	[krʌʃ]	〈動〉 壓碎，碾碎 〈名〉 壓碎，毀壞
crutch	[krʌtʃ]	〈名〉 拐杖，支撐架；支持
crystal	['krɪstl̩]	〈名〉 水晶，結晶
cub	[kʌb]	〈名〉 幼獸，新手
cue	[kju]	〈名〉 提示，暗示 〈動〉 提示，暗示

C

cultural	['kʌltʃərəl]	〈形〉 人文的，文化的
cupboard	['kʌbɚd]	〈名〉 碗櫃，櫥櫃
curl	[kɝl]	〈動〉 捲曲，纏繞 〈名〉 捲髮，捲毛
cushion	['kʊʃən]	〈名〉 墊子，靠墊，坐墊 〈動〉 墊著，緩和，衝擊
custom	['kʌstəm]	〈名〉 風俗，習慣
cycle	['saɪkl̩]	〈名〉 循環，週期；自行車，摩托車 〈動〉 騎自行車

★ D

1-72

dairy	['dɛrɪ]	〈名〉 牛奶店，乳牛場
dam	[dæm]	〈名〉 水壩，水堤 〈動〉 築壩，築壩攔
damn	[dæm]	〈動〉 批評，指責；貶下地獄 〈名〉 不在意
dancer	['dænsɚ]	〈名〉 舞者，舞蹈家
dancing	['dænsɪŋ]	〈名〉 跳舞
darling	['dɑrlɪŋ]	〈名〉 親愛的人，心愛的人 〈形〉 親愛的，心愛的
daylight	['deˌlaɪt]	〈名〉 日光，白晝，黎明
debate	[dɪ'bet]	〈名〉 辯論 〈動〉 辯論，討論
decay	[dɪ'ke]	〈動〉 腐朽，衰敗，衰退 〈名〉 腐朽，衰敗，衰退
deck	[dɛk]	〈名〉 甲板，底板
declaration	[ˌdɛklə'reʃən]	〈名〉 宣佈，聲明
declare	[dɪ'klɛr]	〈動〉 宣佈，聲明
decline	[dɪ'klaɪn]	〈動〉 下降，衰退；婉拒
decoration	[ˌdɛkə'reʃən]	〈名〉 裝飾，裝潢，裝飾品
decrease	[dɪ'kris] ['dɪkris]	〈動〉 減少，下降 〈名〉 減少，下降

其他單字

deed	[did]	〈名〉	行為，行動
defense	[dɪ'fɛns]	〈名〉	防禦，保衛
deficit	['dɛfɪsɪt]	〈名〉	赤字，虧損
define	[dɪ'faɪn]	〈動〉	解釋，下定義
delegate	[ˌdɛləgɪt] ['dɛləˌget]	〈名〉	代表，會議代表　〈動〉　委派代表，委託
delete	[dɪ'lit]	〈動〉	刪除，劃掉
deliberately	[dɪ'lɪbərɪtlɪ]	〈副〉	故意地
delicate	['dɛləkət]	〈形〉	脆弱的；柔和的；精巧的
delight	[dɪ'laɪt]	〈名〉	欣喜；樂趣　〈動〉　使高興；喜愛
delighted	[dɪ'laɪtɪd]	〈形〉	高興的，快樂的
delightful	[dɪ'laɪtfəl]	〈形〉	令人愉快的
delivery	[dɪ'lɪvərɪ]	〈名〉	投遞，傳送
demand	[dɪ'mænd]	〈名〉	要求，請求，需求　〈動〉　要求，請求
demanding	[dɪ'mændɪŋ]	〈形〉	苛求的，高要求的
democrat	['dɛməˌkræt]	〈名〉	民主主義者
demonstration	[ˌdɛmən'streʃən]	〈名〉	論證；示範
dense	[dɛns]	〈形〉	密集的，稠密的
depart	[dɪ'pɑrt]	〈動〉	起程，離去，出發
departure	[dɪ'pɑrtʃɚ]	〈名〉	離開，出發
deposit	[dɪ'pɑzɪt]	〈名〉	保證金，存款　〈動〉　寄存，放下
depress	[dɪ'prɛs]	〈動〉	使沮喪，壓低
depressing	[dɪ'prɛsɪŋ]	〈形〉	壓抑的，鬱悶的

deputy	[ˈdɛpjətɪ]	〈名〉 代表，代理人
deserve	[dɪˈzɝv]	〈動〉 應得，該得
despair	[dɪˈspɛr]	〈名〉 絕望 〈動〉 絕望
destination	[ˌdɛstəˈneʃən]	〈名〉 目的地
destruction	[dɪˈstrʌkʃən]	〈名〉 破壞，毀滅
destructive	[dɪˈstrʌktɪv]	〈形〉 破壞的，毀滅的
detailed	[ˈdiˈteld]	〈形〉 詳細的，精細的
detergent	[dɪˈtɝdʒənt]	〈名〉 洗潔劑，洗衣粉 〈形〉 去漬的，清潔用的
determination	[dɪˌtɝməˈneʃən]	〈名〉 堅定，決心；確立
determined	[dɪˈtɝmɪnd]	〈形〉 下定決心的，堅定的
development	[dɪˈvɛləpmənt]	〈名〉 發展，發達，生長
devil	[ˈdɛvḷ]	〈名〉 魔鬼；頑皮鬼
devise	[dɪˈvaɪz]	〈動〉 設計，策劃
devoted	[dɪˈvotɪd]	〈形〉 投入的；虔誠的
devotion	[dɪˈvoʃən]	〈名〉 獻身，奉獻；熱愛
dialect	[ˈdaɪəlɛkt]	〈名〉 方言，土話
dialog	[ˈdaɪəˌlɑg]	〈名〉 對話，交談，對白
dictate	[ˈdɪktet]	〈動〉 要求，指定，命令
dictation	[dɪkˈteʃən]	〈名〉 命令；聽寫、口述的文字
diet	[ˈdaɪət]▯	〈名〉 飲食，節食
differ	[ˈdɪfɚ]	〈動〉 不同，相異
digest	[daɪˈdʒɛst]	〈動〉 消化，領會 〈名〉 摘要，文摘

D

其他單字

digit	[ˈdɪdʒɪt]	〈名〉 數字；手指，腳趾
dip	[dɪp]	〈動〉 浸泡，下降 〈名〉 浸泡，下降
diploma	[dɪˈplomə]	〈名〉 文憑；畢業證書
dirt	[dɝt]	〈名〉 灰塵，污物
disadvantaged	[ˌdɪsədˈvæntɪdʒd]	〈形〉 弱勢的，貧困的
discard	[dɪsˈkɑrd] [ˈdɪskɑrd]	〈動〉 拋棄，丟棄 〈名〉 （遊戲中）丟棄的牌
disco	[ˈdɪsko]	〈名〉 舞廳
discount	[dɪsˈkaʊnt] [ˈdɪskaʊnt]	〈動〉 不重視，不相信 〈名〉 折扣，打折
discovery	[dɪsˈkʌvərɪ]	〈名〉 發現，發掘
disguise	[dɪsˈgaɪz]	〈名〉 假裝 〈動〉 假裝，隱藏
disgust	[dɪsˈgʌst]	〈動〉 作嘔，厭惡 〈名〉 嘔心，作嘔
disk	[dɪsk]	〈名〉 光碟
dismiss	[dɪsˈmɪs]	〈動〉 遣散；不理會；允許離開
disorder	[dɪsˈɔrdɚ]	〈名〉 混亂；疾病 〈動〉 使混亂，擾亂
dispute	[dɪˈspjut]	〈動〉 爭論，對…提出質疑 〈名〉 爭論，爭執
distinct	[dɪˈstɪŋkt]	〈形〉 清楚的，明顯的
distinction	[dɪˈstɪŋkʃən]	〈名〉 區分；傑出
distinguish	[dɪˈstɪŋgwɪʃ]	〈動〉 區別，辨認出
distinguished	[dɪˈstɪŋgwɪʃt]	〈形〉 卓越的，高貴的
distribution	[ˌdɪstrəˈbjuʃən]	〈名〉 分配，配給物
district	[ˈdɪstrɪkt]	〈名〉 地方，行政區
disturbance	[dɪsˈtɝbəns]	〈名〉 擾亂，阻礙

ditch	[dɪtʃ]	〈名〉 溝渠 〈動〉 掘溝，開溝
divine	[dəˈvaɪn]	〈形〉 神的，神聖的
domestic	[dəˈmɛstɪk]	〈形〉 家庭的；本國的
dominant	[ˈdɑmənənt]	〈形〉 支配的，佔優勢的
dominate	[ˈdɑməˌnet]	〈動〉 支配，控制
dose	[dos]	〈名〉 劑量，服用量
dove	[dʌv]	〈名〉 鴿子
downwards	[ˈdaʊnwɚdz]	〈副〉 向下
doze	[doz]	〈動〉 打瞌睡 〈名〉 瞌睡
draft	[dræft]	〈名〉 草稿 〈動〉 起草，設計
drag	[dræg]	〈動〉 拖，拉，拖曳 〈名〉 拖；累贅
dragonfly	[ˈdrægənˌflaɪ]	〈名〉 蜻蜓
drain	[dren]	〈動〉 耗盡，排水 〈名〉 排水溝，排水，消耗
dreadful	[ˈdrɛdfəl]	〈形〉 可怕的
drift	[drɪft]	〈動〉 漂流 〈名〉 漂流，漂流物
drill	[drɪl]	〈名〉 鑽，鑽頭 〈動〉 鑽，鑽孔
drought	[draʊt]	〈名〉 乾旱，缺乏
drowsy	[ˈdraʊzɪ]	〈形〉 沈寂的，昏昏欲睡的
duckling	[ˈdʌklɪŋ]	〈名〉 小鴨子
dull	[dʌl]	〈形〉 鈍的，呆滯的，無趣的
duration	[djʊˈreʃən]	〈名〉 持續時間，為期
dust	[dʌst]	〈名〉 灰塵，塵埃 〈動〉 拂去灰塵，弄成粉末

dye	[daɪ]	〈名〉 染色，染料 〈動〉 染色，著色，染
dynasty	[ˈdaɪnəstɪ]	〈名〉 朝代，王朝

★ E

1-73

eager	[ˈigɚ]	〈形〉 熱心的，熱望的，渴望的
earnest	[ˈɝnɪst]	〈形〉 認真的，重要的，熱心的
earnings	[ˈɝnɪŋz]	〈名〉 收入，收益
earring	[ˈɪrˌrɪŋ]	〈名〉 耳環，耳飾
easily	[ˈizɪlɪ]	〈副〉 容易地，輕易地
echo	[ˈɛko]	〈名〉 回音，回聲 〈動〉 反射，發回聲
economic	[ˌikəˈnɑmɪk]	〈形〉 經濟上的，經濟學的
economist	[iˈkɑnəmɪst]	〈名〉 經濟學者
edible	[ˈɛdəbl̩]	〈形〉 可食用的
edit	[ˈɛdɪt]	〈動〉 編輯，校訂
edition	[ɪˈdɪʃən]	〈名〉 版本
editor	[ˈɛdɪtɚ]	〈名〉 編輯，編者，主筆
editorial	[ˌɛdəˈtɔrɪəl]	〈形〉 編輯的，社論的，主筆的 〈名〉 社論，評論
educational	[ˌɛdʒʊˈkeʃənl̩]	〈形〉 教育的，有教育意義的
elastic	[ɪˈlæstɪk]	〈形〉 有彈性的；可通融的
elbow	[ˈɛlbo]	〈名〉 手肘，扶手 〈動〉 用肘推
election	[ɪˈlɛkʃən]	〈名〉 選舉；當選
electricity	[ˌilɛkˈtrɪsətɪ]	〈名〉 電，電流，電學
electronic	[ɪlɛkˈtrɑnɪk]	〈形〉 電子的

elevator	[ˈɛlə͵vetɚ]	〈名〉	電梯，起重機
emotional	[ɪˈmoʃənl̩]	〈形〉	情感的，情緒化的；感性的
emphasis	[ˈɛmfə͵sɪs]	〈名〉	強調，加強
emphasize	[ˈɛmfə͵saɪz]	〈動〉	強調
empire	[ˈɛmpaɪr]	〈名〉	帝國
employment	[ɪmˈplɔɪmənt]	〈名〉	雇用，職業
enable	[ɪnˈebl̩]	〈動〉	使能夠
enclose	[ɪnˈkloz]	〈動〉	圍繞，裝入，附寄
encounter	[ɪnˈkaʊntɚ]	〈動〉	遇見，邂逅　〈名〉 相遇，邂逅
encouragement	[ɪnˈkɝɪdʒmənt]	〈名〉	鼓勵，嘉獎
endanger	[ɪnˈdendʒɚ]	〈動〉	危及
energetic	[͵ɛnɚˈdʒɛtɪk]	〈形〉	精力充沛的
enforce	[ɪnˈfors]	〈動〉	強迫，厲行實施
enjoyment	[ɪnˈdʒɔɪmənt]	〈名〉	樂趣，享受
enlargement	[ɪnˈlɑrdʒmənt]	〈名〉	放大，擴大
enormous	[ɪˈnɔrməs]	〈形〉	巨大的，龐大的
enroll	[ɪnˈrol]	〈動〉	登記，招收
ensure	[ɪnˈʃʊr]	〈動〉	擔保，保證
enterprise	[ˈɛntɚ͵praɪz]	〈名〉	事業心，事業
entertain	[͵ɛntɚˈten]	〈動〉	娛樂，招待
entertainer	[͵ɛntɚˈtenɚ]	〈名〉	款待者，表演者
entertainment	[͵ɛntɚˈtenmənt]	〈名〉	娛樂，娛樂表演

其他單字

entitle	[ɪn'taɪtl̩]	〈動〉	取名為；給與權力、資格
entry	['ɛntrɪ]	〈名〉	登錄，進入；記錄事項
environmental	[ɪn,vaɪrən'mɛntl̩]	〈形〉	環境的
equip	[ɪ'kwɪp]	〈動〉	裝備，使有能力
equipment	[ɪ'kwɪpmənt]	〈名〉	裝備，器材
equivalent	[ɪ'kwɪvələnt]	〈形〉	相等的，同等的　〈名〉　同等物，相等物
era	['ɪrə]	〈名〉	年代，時代，紀元
erase	[ɪ'res]	〈動〉	抹去，擦掉
errand	['ɛrənd]	〈名〉	任務，差事
essential	[ɪ'sɛnʃəl]	〈形〉	必要的，本質的
essentially	[ɪ'sɛnʃəlɪ]	〈副〉	實質上，本來
esteem	[ɪs'tim]	〈名〉	尊嚴，尊敬
estimate	['ɛstə,met]	〈動〉	估計，判斷　〈名〉　估計，判斷
etc.	[ɛt'sɛtərə]	〈副〉	等等
evaluate	[ɪ'væljʊ,et]	〈動〉	評估，評價
even	['ivən]	〈形〉	平坦的，平等的
eventual	[ɪ'vɛntʃʊəl]	〈形〉	最後的，可能的
eventually	[ɪ'vɛntʃʊəlɪ]	〈副〉	最後，終於
evident	['ɛvədənt]	〈形〉	顯然的，明顯的
evolution	[,ɛvə'luʃən]	〈名〉	進化，發展
examination	[ɪg,zæmə'neʃən]	〈名〉	考試，測驗
examiner	[ɪg'zæmɪnɚ]	〈名〉	主考員，審查員

excellence	['ɛksḷəns]	〈名〉 優秀，傑出
exception	[ɪk'sɛpʃən]	〈名〉 例外，異議
exchange	[ɪks'tʃendʒ]	〈名〉 交換，匯兌 〈動〉 交換，兌換
excitedly	[ɪk'saɪtɪdlɪ]	〈副〉 興奮地，激動地
excursion	[ɪk'skɝʒən]	〈名〉 遠足，遊覽
exhaust	[ɪg'zɔst]	〈動〉 用盡，耗盡
exhaust	[ɪg'zɔst]	〈名〉 廢氣，排氣
exhibit	[ɪg'zɪbɪt]	〈動〉 展現，陳列，顯出 〈名〉 展覽品，展覽
experimental	[ɪkˌspɛrə'mɛntḷ]	〈形〉 實驗的，根據實驗的
explicit	[ɪk'splɪsɪt]	〈形〉 詳細的，明確的；直率的
explode	[ɪk'splod]	〈動〉 爆炸，激發
exploit	['ɛksplɔɪt]	〈動〉 剝削，利用；開發
explore	[ɪk'splor]	〈動〉 探索，探究
explosive	[ɪk'splosɪv]	〈形〉 暴躁的；易爆發的 〈名〉 炸藥，爆裂物
expose	[ɪk'spoz]	〈動〉 使暴露，揭露
exposure	[ɪk'spoʒɚ]	〈名〉 暴露，揭露
extend	[ɪk'stɛnd]	〈動〉 延長，延伸
extent	[ɪk'stɛnt]	〈名〉 範圍，程度
extinct	[ɪk'stɪŋkt]	〈形〉 熄滅的，滅亡的
extreme	[ɪk'strim]	〈形〉 極端的，狂熱的 〈名〉 極端，末端
eyebrow	['aɪˌbraʊ]	〈名〉 眉毛
eyesight	['aɪˌsaɪt]	〈名〉 視力，眼力

其他單字

★ F

fable	['febl̩]	〈名〉 寓言，神話
facial	['feʃəl]	〈形〉 臉部的
facility	[fə'sɪlətɪ]	〈名〉 設備
faint	[fent]	〈形〉 微弱的，頭暈的〈動〉 昏倒，變得微弱〈名〉 昏倒
fairy	['fɛrɪ]	〈名〉 仙女，精靈 〈形〉 仙女的
faithful	['feθfəl]	〈形〉 忠實的，可靠的
fantasy	['fæntəsɪ]	〈名〉 幻想，白日夢
fare	[fɛr]	〈名〉 費用，旅費
farewell	['fɛr'wɛl]	〈名〉 辭別，再見 〈形〉 再會，別了
fate	[fet]	〈名〉 命運，運氣
faulty	['fɔltɪ]	〈形〉 有過失的，有缺點的
favorable	['fevərəbl̩]	〈形〉 贊成的，有利的
feast	[fist]	〈名〉 宴會，酒席 〈動〉 請客，款待
feather	['fɛðɚ]	〈名〉 羽毛
feature	[fitʃɚ]	〈名〉 特色，特徵 〈動〉 由…主演
federal	['fɛdərəl]	〈形〉 聯邦的，同盟的，聯合的 〈名〉 聯邦
feedback	['fid͵bæk]	〈名〉 回饋，回應
ferry	['fɛrɪ]	〈名〉 渡口，渡船 〈動〉 擺渡，渡運
fertile	['fɝtl̩]	〈形〉 肥沃的，多產的
fighter	['faɪtɚ]	〈名〉 鬥士，戰士
festival	['fɛstəvl̩]	〈名〉 節慶，慶典

finance	[fɪ'næns] ['faɪnæns]	〈名〉 財政，財務管理 〈動〉 供給經費，負擔經費
finished	['fɪnɪʃt]	〈形〉 完成的，完結的
fit	[fɪt]	〈形〉 合適的；健康的 〈動〉 合適，合身；容納
flame	[flem]	〈名〉 火焰，熱情 〈動〉 燃燒，閃耀
flash	[flæʃ]	〈名〉 閃光，閃爍 〈動〉 閃光，反射
flatter	['flætɚ]	〈動〉 諂媚，奉承
flavor	['flevɚ]	〈名〉 味道，香料，調味料
flea	[fli]	〈名〉 跳蚤
flee	[fli]	〈動〉 逃跑，逃避
flesh	[flɛʃ]	〈名〉 肉體，肉
flock	[flɑk]	〈名〉 羊群，人群，信徒 〈動〉 聚集，成群
flood	[flʌd]	〈名〉 洪水，漲潮，水災 〈動〉 泛濫，淹沒
flooding	['flʌdɪŋ]	〈名〉 泛濫，溢流
flush	[flʌʃ]	〈動〉 沖刷；漲紅 〈名〉 紅暈
foam	[fom]	〈名〉 泡沫，水沫 〈動〉 吐白沫，起泡沫
fold	[fold]	〈動〉 折疊，交疊 〈名〉 折疊，褶痕
fond	[fɑnd]	〈形〉 喜歡的，寵愛的
forehead	['fɔr,hɛd]	〈名〉 前額，額
forgetful	[fɚ'gɛtfəl]	〈形〉 健忘的，易忘的
formation	[fɔr'meʃən]	〈名〉 構造，形成
formula	['fɔrmjələ]	〈名〉 公式，規則
fort	[fort]	〈名〉 堡壘，要塞

其他單字

fortunately	[ˈfɔɪtʃənɪtlɪ]	〈副〉 幸運地，僥倖的
fortune	[ˈfɔrtʃən]	〈名〉 運氣
found	[faʊnd]	〈動〉 建立，創立
foundation	[faʊnˈdeʃən]	〈名〉 基礎，建立；地基
founder	[ˈfaʊndɚ]	〈名〉 創立者，奠基者
frame	[frem]	〈動〉 錶框；制定；陷害 〈名〉 結構；框架
freeway	[ˈfrɪˌwe]	〈名〉 高速公路
freezing	[ˈfrizɪŋ]	〈形〉 冷凍的，冰凍的
freshman	[ˈfrɛʃmən]	〈名〉 新生，大學新鮮人
fridge	[frɪdʒ]	〈名〉 電冰箱
fright	[fraɪt]	〈名〉 驚怕，驚駭
frost	[frɑst]	〈名〉 霜，冰凍 〈動〉 結霜，凍結
frosty	[ˈfrɔstɪ]	〈形〉 下霜的，嚴寒的
frown	[fraʊn]	〈動〉 皺眉，蹙眉 〈名〉 皺眉，蹙眉
frozen	[ˈfrozn̩]	〈形〉 冰凍的，結冰的
fulfill	[fʊlˈfɪl]	〈動〉 滿足，完成
fully	[ˈfʊlɪ]	〈副〉 完全地，充分地；十分地
functional	[ˈfʌŋkʃənl̩]	〈形〉 功能的
fundamental	[ˌfʌndəˈmɛntl̩]	〈形〉 基本的，重要的
fur	[fɝ]	〈名〉 毛皮製品，毛皮
furnished	[ˈfɝnɪʃɪd]	〈形〉 裝潢過的；附傢俱的
furthermore	[ˈfɝðɚˈmor]	〈副〉 此外，而且

gambling	[ˈgæmblɪŋ]	〈名〉 賭博
gangster	[ˈgæŋstɚ]	〈名〉 歹徒，盜匪
gap	[gæp]	〈名〉 缺口，縫隙
gardener	[ˈgɑrdənɚ]	〈名〉 園丁，花匠
garlic	[ˈgɑrlɪk]	〈名〉 大蒜，蒜頭
gay	[ge]	〈形〉 同性戀的；開心的 〈名〉 同性戀
gaze	[gez]	〈動〉 凝視，注視 〈名〉 凝視，注視
gear	[gɪr]	〈名〉 裝備；齒輪
gene	[dʒin]	〈名〉 因數，基因
generally	[ˈdʒɛnərəlɪ]	〈副〉 通常，普遍的
generous	[ˈdʒɛnərəs]	〈形〉 慷慨大方的；寬厚的
genuine	[ˈdʒɛnjʊɪn]	〈形〉 真實的，誠懇的，真誠的
germ	[dʒɝm]	〈名〉 細菌；胚芽
gigantic	[dʒaɪˈgæntɪk]	〈形〉 巨大的，巨人般的
giggle	[ˈgɪgl̩]	〈動〉 傻笑，咯咯笑 〈名〉 傻笑，玩笑
giraffe	[dʒəˈræf]	〈名〉 長頸鹿
girlfriend	[ˈgɝlˌfrɛnd]	〈名〉 女朋友
glance	[glæns]	〈動〉 掃視，匆匆一瞥 〈名〉 瞥見，掃視
glasses	[ˈglæsɪz]	〈名〉 眼鏡，雙眼望遠鏡
glide	[glaɪd]	〈動〉 滑動，滑行 〈名〉 滑動，滑過
glimpse	[glɪmps]	〈名〉 瞥見 〈動〉 瞥見，投以一瞥

其他單字

globe	[glob]	〈名〉 地球，球，地球儀
glory	['glorɪ]	〈名〉 光榮，榮耀 〈動〉 驕傲，喜悅
glow	[glo]	〈名〉 熱情，光輝 〈動〉 發熱，紅光煥發
goddess	['gɑdɪs]	〈名〉 女神；受尊敬的女子
grace	[gres]	〈名〉 恩典；優雅，風度；祈禱 〈動〉 使優美
gradual	['grædʒʊəl]	〈形〉 逐漸的，漸增的
gradually	['grædʒʊəlɪ]	〈副〉 漸漸地，逐漸地
graduation	[,grædʒʊ'eʃən]	〈名〉 畢業
grain	[gren]	〈名〉 穀物
grandchild	['grænd,tʃaɪld]	〈名〉 （外）孫子女
grandparent	['grænd,pɛrənt]	〈名〉 （外）祖父母
grant	[grænt]	〈動〉 允許，授與 〈名〉 授予，允許
grapefruit	['grep,frut]	〈名〉 葡萄柚
gravity	['grævətɪ]	〈名〉 重力，地心引力
greasy	['grizɪ]	〈形〉 油膩的，滑溜溜的
greatly	['gretlɪ]	〈副〉 很，非常地
greeting	['gritɪŋ]	〈名〉 祝賀，問候
grin	[grɪn]	〈動〉 露齒笑，齜牙咧嘴 〈名〉 開口笑，露齒笑
guidance	['gaɪdṇs]	〈名〉 指導，領導
gulf	[gʌlf]	〈名〉 海灣，漩渦
gum	[gʌm]	〈名〉 口香糖，膠，樹脂

★ H

1-76

hairdresser	[ˈhɛr,drɛsɚ]	〈名〉 美髮師，理髮師
halfway	[ˈhæfˈwe]	〈副〉 半路地，半途中
halt	[hɔlt]	〈動〉 停止 〈名〉 暫停，停頓
handbag	[ˈhænd,bæg]	〈名〉 手提包
handful	[ˈhændfəl]	〈名〉 少數，一點點，一把
handicap	[ˈhændɪ,kæp]	〈名〉 障礙，困難 〈動〉 妨礙，設障礙
handy	[ˈhændɪ]	〈形〉 方便的；手邊的
happily	[ˈhæpɪlɪ]	〈副〉 幸福地，快樂地
harbor	[ˈhɑrbɚ]	〈名〉 海港，避難所，港灣 〈動〉 提供庇護，躲藏
hardware	[ˈhɑrd,wɛr]	〈名〉 硬體，零件
harmful	[ˈhɑrmfəl]	〈形〉 有害的，傷害的
harvest	[ˈhɑrvɪst]	〈名〉 收穫，收成，產量 〈動〉 收割，獲得
hassle	[ˈhæsḷ]	〈名〉 激戰，論證 〈動〉 爭論，爭辯
hasty	[ˈhestɪ]	〈形〉 匆匆的，急忙的
hatch	[hætʃ]	〈動〉 孵化，出殼 〈名〉 艙口，天窗
hawk	[hɔk]	〈名〉 鷹；騙子
hay	[he]	〈名〉 乾草，秣
headline	[ˈhɛd,laɪn]	〈名〉 標題，摘要，頭條新聞 〈動〉 下標題，以…做標題
headphones	[ˈhɛd,fon]	〈名〉 頭戴式耳機
headquarters	[ˈhɛdˈkwɔrtɚz]	〈名〉 總部，司令部
headset	[ˈhɛd,sɛt]	〈名〉 免持聽筒，耳掛式聽筒

H

其他單字

heap	[hip]	〈名〉 堆，大量 〈動〉 堆積，大量給予
heartbreak	[ˈhɑrtˌbrek]	〈名〉 心碎
heaven	[ˈhɛvən]	〈名〉 天堂，天空
heavenly	[ˈhɛvənlɪ]	〈形〉 天國的，天上的
heel	[hil]	〈名〉 腳後跟
hell	[hɛl]	〈名〉 地獄，陰間
hence	[hɛns]	〈副〉 因此，如此一來
herd	[hɝd]	〈名〉 獸群，人群 〈動〉 群集，聚集
heroine	[ˈhɛroˌɪn]	〈名〉 女英雄；女主人翁
hesitation	[ˌhɛzəˈteʃən]	〈名〉 躊躇，猶豫
highly	[ˈhaɪlɪ]	〈副〉 非常，高度地
high-rise	[ˈhaɪˈraɪz]	〈名〉 高樓 〈形〉 高樓的，有多層的
hijacker	[ˈhaɪˌdʒækɚ]	〈名〉 強盜，搶匪
hijacking	[ˈhaɪdʒækɪŋ]	〈名〉 劫持，搶劫
hint	[hɪnt]	〈名〉 暗示，提示 〈動〉 暗示，示意
hire	[ˈhaɪr]	〈動〉 雇用，租用 〈名〉 租金，工錢；租用，雇用
historic	[hɪsˈtɔrɪk]	〈形〉 有歷史性的，歷史上著名的
hive	[haɪv]	〈名〉 蜂房，蜂巢
hollow	[ˈhɑlo]	〈形〉 空的，空洞的
holy	[ˈholɪ]	〈形〉 神聖的，至善的
homeland	[ˈhomˌlænd]	〈名〉 故鄉，本國
hook	[hʊk]	〈名〉 鉤狀物，鉤子 〈動〉 掛在鉤上，鉤住；喜愛

H

hopeful	['hopfəl]	〈形〉 有希望的，抱有希望的
horn	[hɔrn]	〈名〉 角；喇叭，號角
hose	[hoz]	〈名〉 水管，塑膠管 〈動〉 用水管沖洗
hourly	['aʊrlɪ]	〈形〉 每小時的，頻繁的 〈副〉 每小時地，頻繁地
household	['haʊs,hold]	〈名〉 家庭，家族 〈形〉 家庭的，家族的
housekeeper	['haʊs,kipɚ]	〈名〉 家庭主婦；管家
housewife	['haʊs,waɪf]	〈名〉 家庭主婦
housework	['haʊs,wɝk]	〈名〉 家事，家務
housing	['haʊzɪŋ]	〈名〉 房屋，住宅
hug	[hʌg]	〈動〉 擁抱，緊抱 〈名〉 擁抱，緊抱
hum	[hʌm]	〈動〉 發出嗡嗡聲 〈名〉 雜音，嗡嗡聲
humanity	[hju'mænətɪ]	〈名〉 人性，人類
humidity	[hju'mɪdətɪ]	〈名〉 濕氣，濕度
hush	[hʌʃ]	〈動〉 安靜下來，沈默 〈名〉 沈默，安靜
hut	[hʌt]	〈名〉 小屋，茅屋
hydrogen	['haɪdrədʒən]	〈名〉 氫

★ I

icy	['aɪsɪ]	〈形〉 冰冷的，多冰的
ideal	[aɪ'diəl]	〈形〉 理想的，完美的 〈名〉 理想，典範
idiom	['ɪdɪəm]	〈名〉 方言，成語
idol	['aɪdl̩]	〈名〉 偶像，崇拜對象

其他單字

ignorant	['ɪgnərənt]	〈形〉	無知的，幼稚的
ignore	[ɪg'nor]	〈動〉	忽略，不予理會
imaginative	[ɪ'mædʒə͵netɪv]	〈形〉	想像的，虛構的
imitate	['ɪmə͵tet]	〈動〉	模仿，冒充
immigrant	['ɪməgrənt]	〈名〉	移民
immigration	[͵ɪmə'greʃən]	〈名〉	移入者，移居入境
imperial	[ɪm'pɪrɪəl]	〈形〉	帝王的，至尊的
implement	['ɪmpləmənt]	〈動〉	實現，執行
implication	[͵ɪmplɪ'keʃən]	〈名〉	含意，暗示
imply	[ɪm'plaɪ]	〈動〉	暗示，意味
impressive	[ɪm'prɛsɪv]	〈形〉	讓人印象深刻的，感人的
increase	[ɪn'kris]	〈動〉	增加，上升
increasingly	[ɪn'krisɪŋli]	〈副〉	逐漸地，漸增的
indeed	[ɪn'did]	〈副〉	當然，確實
Indian	['ɪndɪən]	〈形〉 〈名〉	印度的，印度群島的，印第安的 印度人，印第安人
indication	[͵ɪndə'keʃən]	〈名〉	指示，跡象
indoor	['ɪn͵dor]	〈形〉	室內的，戶內的
indoors	['ɪn'dorz]	〈副〉	在戶內
industrial	[ɪn'dʌstrɪəl]	〈形〉	工業的，產業的
infer	[ɪn'fɝ]	〈動〉	推論，推論出
inflation	[ɪn'fleʃən]	〈名〉	脹大，通貨膨脹
influential	[͵ɪnflʊ'ɛnʃəl]	〈形〉	有影響力的，有勢力的

I

informative	[ɪn'fɔrmətɪv]	〈形〉 有益的，教育性的，見聞廣博的t
informed	[ɪn'fɔrmd]	〈形〉 見聞廣博的
initial	[ɪ'nɪʃəl]	〈形〉 開始的，最初的；字首的 〈名〉 首字母 〈動〉 簽姓名的首字母
inject	[ɪn'dʒɛkt]	〈動〉 注入，注射
inn	[ɪn]	〈名〉 旅館，客棧
inner	['ɪnɚ]	〈形〉 內部的，內心的
innocence	['ɪnəsn̩s]	〈名〉 純真，清白
innovative	['ɪno,vetɪv]	〈形〉 創新的，革新的
input	['ɪn,pʊt]	〈名〉 輸入 〈動〉 輸入
inquiry	[ɪn'kwaɪrɪ]	〈名〉 質詢，調查
inspect	[ɪn'spɛkt]	〈動〉 檢查，審查，視察
inspector	[ɪn'spɛktɚ]	〈名〉 審查員，巡視員
inspiration	[,ɪnspə'reʃən]	〈名〉 靈感，妙計；激勵
install	[ɪn'stɔl]	〈動〉 安裝，安置
instead	[ɪn'stɛd]	〈副〉 更換，替代
instinct	['ɪnstɪŋkt]	〈名〉 本能，直覺
institute	['ɪnstətjut]	〈名〉 學會，協會
institution	[,ɪnstə'tjuʃən]	〈名〉 機構，創立
instruct	[ɪn'strʌkt]	〈動〉 教導，教
insult	[ɪn'sʌlt] ['ɪnsʌlt]	〈動〉 侮辱，傲慢 〈名〉 侮辱，無禮
intellectual	[,ɪntl̩'ɛktʃʊəl]	〈形〉 智力的，善思考的，知性的 〈名〉 知識份子
intelligence	[ɪn'tɛlədʒəns]	〈名〉 智力，聰明

I

其他單字

intend	[ɪn'tɛnd]	〈動〉 意向，打算，計劃
intense	[ɪn'tɛns]	〈形〉 非常的；緊張的；強烈的
intensive	[ɪn'tɛnsɪv]	〈形〉 加強的，透徹的
interference	[ˌɪntɚ'fɪrəns]	〈名〉 衝突，干涉
intermediate	[ˌɪntɚ'midɪət]	〈形〉 中等的，中間的，中級的
internal	[ɪn'tɝnl̩]	〈形〉 國內的，內在的
interpretation	[ɪnˌtɝprɪ'teʃən]	〈名〉 解釋，翻譯
interval	['ɪntɝvl̩]	〈名〉 間隔，暫停
introduction	[ˌɪntrə'dʌkʃən]	〈名〉 介紹，引言
intrude	[ɪn'trud]	〈動〉 闖入，侵入
intruder	[ɪn'trudɚ]	〈名〉 入侵者，妨礙者
invade	[ɪn'ved]	〈動〉 侵略，侵犯
invasion	[ɪn'veʒən]	〈名〉 侵犯，侵入
invest	[ɪn'vɛst]	〈動〉 投資，花費
involve	[ɪn'vɑlv]	〈動〉 包括，沈溺於
involved	[ɪn'vɑlvd]	〈形〉 複雜的，糾纏的
isolate	['aɪsl̩ˌet]	〈動〉 孤立，隔離
issue	['ɪʃjʊ]	〈名〉 發行，後果 〈動〉 發行，造成…的結果
itch	[ɪtʃ]	〈動〉 發癢，搔癢 〈名〉 癢，疥癬
ivory	['aɪvərɪ]	〈名〉 象牙；乳白色

★ J

1-78

jam	[dʒæm]	〈動〉 擠滿，塞住

jar	[dʒɑr]	〈名〉 水壺，罐子，瓶子
jaw	[dʒɔ]	〈名〉 下巴，顎 〈動〉 閒聊，嘮叨
jelly	[ˈdʒɛlɪ]	〈名〉 果凍
jet	[dʒɛt]	〈名〉 噴射器，噴口 〈動〉 噴出，射出
jewelry	[ˈdʒuəlrɪ]	〈名〉 珠寶，首飾
journey	[ˈdʒɝnɪ]	〈名〉 旅行，旅程 〈動〉 旅行，遊覽
joyful	[ˈdʒɔɪfəl]	〈形〉 歡喜的，高興的
judgment	[ˈdʒʌdʒmənt]	〈名〉 判斷力；看法；裁決
juicy	[ˈdʒusɪ]	〈形〉 多汁的，水份多的
jungle	[ˈdʒʌŋgl̩]	〈名〉 叢林
junior	[ˈdʒunjɚ]	〈形〉 年少的；地位較低的 〈名〉 年少者；地位較低者
junk	[dʒʌŋk]	〈名〉 垃圾；無用的事物

K

★ K

1-79

keen	[kin]	〈形〉 熱心的，熱衷的，喜愛的
keeper	[ˈkipɚ]	〈名〉 管理人，看守人
kettle	[ˈkɛtl̩]	〈名〉 茶壺，罐
keyboard	[ˈkiˌbord]	〈名〉 鍵盤
kidnap	[ˈkɪdnæp]	〈動〉 綁架，誘拐
kidney	[ˈkɪdnɪ]	〈名〉 腎
kindly	[ˈkaɪndlɪ]	〈形〉 和藹的，溫和的 〈副〉 溫和的，親切的
kit	[kɪt]	〈名〉 裝備，工具箱
kneel	[nil]	〈動〉 跪下

其他單字

knob	[nɑb]	〈名〉 把手，（收音機等的）旋鈕
knot	[kɑt]	〈名〉 結，蝴蝶結　〈動〉 打結，捆紮
knowledgeable	[ˈnɑlɪdʒəbl̩]	〈形〉 有知識的，有見識的，博學的

★ L

1-80

label	[ˈlebl̩]	〈名〉 商標，標籤　〈動〉 貼標籤，分類
lace	[les]	〈名〉 蕾絲，花邊　〈動〉 滾花邊，結帶子
ladder	[ˈlæbɚ]	〈名〉 梯
ladybug	[ˈledɪˌbʌg]	〈名〉 瓢蟲
lag	[læg]	〈動〉 落後，延遲　〈名〉 落後，衰退
landlady	[ˈlændˌledɪ]	〈名〉 女房東，女地主，女老闆
landslide	[ˈlændˌslaɪd]	〈名〉 山崩
lane	[len]	〈名〉 小路，車道
lap	[læp]	〈名〉 膝部
largely	[ˈlɑrdʒlɪ]	〈副〉 大量地，多半地
laser	[ˈlezɚ]	〈名〉 雷射
lately	[ˈletlɪ]	〈副〉 最近，近來
latitude	[ˈlætəˌtjud]	〈名〉 緯度
latter	[ˈlætɚ]	〈形〉 後者的，近來的
laughter	[ˈlæftɚ]	〈名〉 笑，笑聲
launch	[lɔntʃ]	〈動〉 發射；實施　〈名〉 下水，發行，遊艇
lavatory	[ˈlævəˌtorɪ]	〈名〉 洗手間，廁所
lawful	[ˈlɔfəl]	〈形〉 合法的，守法的，法律許可的

layer	[ˈleɚ]	〈名〉 地層，層，階層
lead	[lid] [lɛd]	〈動〉 領導 〈名〉 鉛
leading	[ˈlidɪŋ]	〈形〉 帶領的，領導的，主要的
leaflet	[ˈliflɪt]	〈名〉 傳單
league	[lig]	〈名〉 同盟，聯盟
leak	[lik]	〈動〉 洩漏，滲漏 〈名〉 漏洞，裂縫
learned	[ˈlɝnɪd]	〈形〉 有學問的，學術上的
learner	[lɝnɚ]	〈名〉 學員，初學者
learning	[ˈlɝnɪŋ]	〈名〉 學習，學問
leather	[ˈlɛðɚ]	〈名〉 皮革，皮革製品
lecturer	[ˈlɛktʃərɚ]	〈名〉 演講者，講師
leisurely	[ˈliʒɚlɪ]	〈形〉 悠閒的，從容的 〈副〉 悠閒地，從容地
lemonade	[ˌlɛnənˈed]	〈名〉 檸檬水
lens	[lɛnz]	〈名〉 鏡片，鏡頭，透鏡
liar	[ˈlaɪɚ]	〈名〉 騙子，說謊的人
liberty	[ˈlɪbɚtɪ]	〈名〉 自由，隨意
librarian	[laɪˈbrɛrɪən]	〈名〉 圖書館員
license	[ˈlaɪsn̩s]	〈動〉 許可 〈名〉 許可，執照
lighten	[ˈlaɪtn̩]	〈動〉 使發光，照亮
lighthouse	[ˈlaɪtˌhaʊs]	〈名〉 燈塔
lily	[ˈlɪlɪ]	〈名〉 百合，百合花
limb	[lɪm]	〈名〉 腳，肢，臂

其他單字

limit	['lɪmɪt]	〈動〉 限制 〈名〉 限制，極限
limitation	[ˌlɪmə'teʃən]	〈名〉 限制，限度，局限
lipstick	['lɪpˌstɪk]	〈名〉 口紅，唇膏
liquor	['lɪkɚ]	〈名〉 酒，酒精飲料
listener	['lɪsn̩ɚ]	〈名〉 聽衆，收聽者
litter	['lɪtɚ]	〈名〉 垃圾 〈動〉 亂丟，丟垃圾
live	[lɪv] [laɪv]	〈動〉 生活，活著 〈形〉 活的，實況的
lively	['laɪvlɪ]	〈形〉 活潑的，生動的
liver	['lɪvɚ]	〈名〉 肝臟，肝
load	[lod]	〈名〉 負荷，裝載量，重擔 〈動〉 裝載，負擔
loan	[lon]	〈名〉 貸款，借出，債權人 〈動〉 借出，貸與
lobby	['lɑbɪ]	〈名〉 大廳，休息室
locker	['lɑkɚ]	〈名〉 置物櫃，冷藏格
log	[lɔg]	〈名〉 圓木，木料 〈動〉 伐木，鋸木
logic	['lɑdʒɪk]	〈名〉 邏輯，理則學，推理法
long	[lɔŋ]	〈動〉 期盼，渴望
long-term	[lɔŋ'tɝm]	〈形〉 長程的
loop	[lup]	〈名〉 圈，環，環狀物 〈動〉 用環扣住，打成環
loose	[lus]	〈形〉 寬鬆的，不牢固的
loosen	['lusn̩]	〈動〉 釋放
lord	[lɔrd]	〈名〉 貴族，君主
lorry	['lɔrɪ]	〈名〉 （英）卡車，鐵路貨車

L

loudspeaker	[ˈlaʊdˈspikɚ]	〈名〉	擴音器，喇叭
lower	[ˈloɚ]	〈動〉	放下，降下，放低
luggage	[ˈlʌgɪdʒ]	〈名〉	行李，皮箱
lunar	[ˈlunɚ]	〈形〉	陰曆的，月的

★ M

machinery	[məˈʃinərɪ]	〈名〉	機器，機關
madam	[ˈmædəm]	〈名〉	夫人，女士
magnetic	[mægˈnɛtɪk]	〈形〉	有磁性的，有吸引力的
magnificent	[mægˈnɪfəsənt]	〈形〉	華麗的，豐富的
maid	[med]	〈名〉	少女；女僕
mainland	[ˈmenlənd]	〈名〉	大陸
mainly	[ˈmenlɪ]	〈副〉	主要的，大概，大抵
maintain	[menˈten]	〈動〉	保持，維持；保養
maker	[ˈmekɚ]	〈名〉	製造者，上帝
make-up	[ˈmekˌʌp]	〈名〉	化妝，虛構，彌補
manage	[ˈmænɪdʒ]	〈動〉	管理，維持
manageable	[ˈmænɪdʒəbl̩]	〈形〉	易管理的，易控制的
mankind	[mænˈkaɪnd]	〈名〉	人類；男性
man-made	[mænmed]	〈形〉	人造的，人為的
manner	[ˈmænɚ]	〈名〉	規矩，禮貌，方式
mansion	[ˈmænʃən]	〈名〉	大廈，公寓

其他單字

manual	['mænjʊəl]	〈名〉 手冊，指南 〈形〉 手的，手工的
manufacture	[,mænjə'fæktʃɚ]	〈動〉 製造，加工 〈名〉 製品，製造業
marathon	['mærə,θɑn]	〈名〉 馬拉松賽；難以忍受卻持續很久的事
marble	['mɑrbl̩]	〈名〉 大理石，玻璃珠
march	[mɑrtʃ]	〈動〉 前進，通過 〈名〉 行進，行軍
master	['mæstɚ]	〈名〉 大師；主人；教師；碩士 〈動〉 控制；精通
mate	[met]	〈名〉 伴侶，夥伴 〈動〉 交配
maturity	[mə'tjʊrətɪ]	〈名〉 成熟，到期
mean	[min]	〈形〉 吝嗇的；低劣的
meaningful	['minɪŋfəl]	〈形〉 意味深長的，有意義的
meantime	['min,taɪm]	〈名〉 此時
meanwhile	['min,hwaɪl]	〈副〉 同時，於此時
measurable	['mɛʒərəbl̩]	〈形〉 可測量的，可衡量的
mechanical	[mə'kænɪkl̩]	〈形〉 機械的，力學的
memorable	['mɛmərəbl̩]	〈形〉 值得紀念的，難忘的
mention	['mɛnʃən]	〈動〉 提及，說起 〈名〉 提到，陳述
merchant	['mɝtʃənt]	〈名〉 店主，商人
mere	[mɪr]	〈形〉 僅僅的，只是的
merit	['mɛrɪt]	〈名〉 優點，價值；值得讚賞的事情
mess	[mɛs]	〈名〉 混亂 〈動〉 搞亂，弄亂
messenger	['mɛsn̩dʒɚ]	〈名〉 使者，報信者
messy	['mɛsɪ]	〈形〉 混亂的，凌亂的

meter	[ˈmitɚ]	〈動〉 測量，計量
metro	[ˈmɛtro]	〈名〉 地鐵，捷運
microphone	[ˈmaɪkrəˌfon]	〈名〉 麥克風，擴音器
microscope	[ˈmaɪkrəˌskop]	〈名〉 顯微鏡
might	[maɪt]	〈名〉 力氣，力量　〈助〉可能
mighty	[ˈmaɪtɪ]	〈形〉 強大的，有力的
milkshake	[ˌmɪlkˈʃek]	〈名〉 奶昔
mill	[mɪl]	〈名〉 磨坊，磨臼　〈動〉 碾碎，研磨
mine	[maɪn]	〈名〉 礦，礦坑
mineral	[ˈmɪnərəl]	〈名〉 礦物；礦物質　〈形〉 礦物的
minister	[ˈmɪnɪstɚ]	〈名〉 部長；牧師
ministry	[ˈmɪnɪstrɪ]	〈名〉 部會，內閣
minority	[maɪˈnɔrətɪ]	〈名〉 少數，少數民族
minute	[ˈmɪnɪt] [maɪˈnjut]	〈名〉 分鐘　〈形〉 極細微的，微小的
misery	[ˈmɪzərɪ]	〈名〉 悲慘，不幸
missile	[ˈmɪsḷ]	〈名〉 發射物，飛彈，導彈
mist	[mɪst]	〈名〉 薄霧，水氣　〈動〉 降霧，蒙霧
mister	[ˈmɪstɚ]	〈名〉 先生
mixture	[ˈmɪkstʃɚ]	〈名〉 混合，混合物
mobile	[ˈmobɪl]	〈形〉 移動的，機動的
moderate	[ˈmɑdərɪt]	〈形〉 適度的，中等的
modest	[ˈmɑdɪst]	〈形〉 謙遜的，謙和的

其他單字

moist	[mɔɪst]	〈形〉 潮濕的
moisture	[ˈmɔɪstʃɚ]	〈名〉 濕氣，水氣
monitor	[ˈmɑnətɚ]	〈動〉 監控，監視 〈名〉 監視器，螢幕
monk	[mʌŋk]	〈名〉 修士，僧侶，和尚
monument	[ˈmɑnjəmənt]	〈名〉 紀念碑，石碑
mood	[mud]	〈名〉 心情，情緒
moonlight	[ˈmunˌlaɪt]	〈名〉 月光
moral	[ˈmɔrəl]	〈形〉 道德的，品行的；有道德的 〈名〉 道德，倫理；寓意，教訓
moreover	[morˈovɚ]	〈副〉 此外，而且
mortgage	[ˈmɔrgɪdʒ]	〈名〉 抵押，押款 〈動〉 抵押
mostly	[ˈmostlɪ]	〈副〉 主要地，大部分
motel	[moˈtɛl]	〈名〉 汽車旅館
moth	[mɔθ]	〈名〉 蛾
motivate	[ˈmotəˌvet]	〈動〉 激發動機
motor	[ˈmotɚ]	〈名〉 馬達，汽車，發動機
mountainous	[ˈmaʊntənəs]	〈形〉 巨大的；多山的
mourn	[morn]	〈動〉 哀悼，悲慟
moustache	[məsˈtæʃ]	〈名〉 嘴唇上方的鬍鬚；髭
movable	[ˈmuvəbl̩]	〈形〉 不定的；可動的；動產的
mow	[mo]	〈動〉 刈草，刈
muddy	[ˈmʌdɪ]	〈形〉 泥濘的，髒污的
mug	[mʌg]	〈名〉 大杯子，鬼臉 〈動〉 搶劫，扮鬼臉

murderer	[ˈmɝdərɚ]	〈名〉 殺人犯，兇手
murmur	[ˈmɝmɚ]	〈動〉 低語，喃喃自語 〈名〉 低語，低聲怨言
muscle	[ˈmʌsḷ]	〈名〉 肌肉，臂力
mushroom	[ˈmʌʃrʊm]	〈名〉 蘑菇 〈動〉 採蘑菇；迅速生長
musical	[ˈmjuzɪkḷ]	〈形〉 音樂的，愛音樂的 〈名〉 歌舞劇，歌舞片
mutual	[ˈmjutʃʊəl]	〈形〉 相互的；共有的

★N

1-82

naked	[ˈnekɪd]	〈形〉 裸體的，裸的，無遮蓋的
namely	[ˈnemlɪ]	〈副〉 亦即，也就是
nationality	[ˌnæʃəˈnælətɪ]	〈名〉 國籍，民族性
naval	[ˈnevḷ]	〈形〉 海軍的，軍艦的
nearby	[ˈnɪrˌbaɪ]	〈形〉 附近的，近旁的
necessarily	[ˈnɛsəsɛrɪlɪ]	〈副〉 必然地，必須地
necessity	[nəˈsɛsətɪ]	〈名〉 需要，必需品
neighborhood	[ˈnebɚˌhʊd]	〈名〉 鄰近地區，鄰居
nerve	[nɝv]	〈名〉 神經；緊張；膽量 〈動〉 鼓起勇氣
net	[nɛt]	〈形〉 純粹的，淨餘的 〈名〉 網，網狀物；網路 〈動〉 用網子捕捉
network	[ˈnɛtˌwɝk]	〈名〉 網路，廣播網
nevertheless	[ˌnɛvɚðəˈlɛs]	〈副〉 然而，但是，儘管
newcomer	[ˈnjuˈkʌmɚ]	〈名〉 新來的人
newscaster	[ˈnjuzˌkæstɚ]	〈名〉 新聞播報員
nickname	[ˈnɪkˌnem]	〈名〉 暱稱，綽號 〈動〉 取小名，取綽號

其他單字

noble	[ˈnobḷ]	〈形〉 高尚的，高貴的 〈名〉 貴族
nonetheless	[ˌnʌnðəˈlɛs]	〈副〉 但是，儘管如此
normal	[ˈnɔrmḷ]	〈形〉 常態的，正常的，標準的
normally	[ˈnɔrmḷɪ]	〈副〉 正規地，正常地
northeast	[nɔrθˈist]	〈名〉 東北方，東北地區 〈副〉 向東北方的 〈形〉 東北的，東北部的
northwest	[nɔrθˈwɛst]	〈名〉 西北方，西北地區 〈副〉 向西北方的 〈形〉 西北的，西北部的
notify	[ˈnotəˌfaɪ]	〈動〉 告知，通知
nourish	[ˈnɝɪʃ]	〈動〉 滋養；抱持（情緒）
nowadays	[ˈnaʊəˌdez]	〈副〉 當今，時下
nowhere	[ˈnoˌhwɛr]	〈副〉 無處
nursery	[ˈnɝsərɪ]	〈名〉 托兒所，溫床
nut	[nʌt]	〈名〉 堅果
nutrition	[njuˈtrɪʃən]	〈名〉 營養學，營養
nylon	[ˈnaɪlɑn]	〈名〉 尼龍

★O

1-83

oak	[ok]	〈名〉 橡樹，橡木
obedient	[əˈbidjənt]	〈形〉 服從的，順服的
obesity	[oˈbisətɪ]	〈名〉 肥胖
obstacle	[ˈɑbstəkḷ]	〈名〉 障礙，阻礙
obtain	[əbˈten]	〈動〉 得到，獲得
occasional	[əˈkeʒənḷ]	〈形〉 偶爾的；應景的
odd	[ɑd]	〈形〉 奇數的；怪異的

offense	[ə'fɛns]	〈名〉 冒犯；攻方
oh	[o]	〈嘆〉哦，喂，哎呀
oneself	[wʌn'sɛlf]	〈代〉自己，自身，本人
onto	['ɑntu]	〈介〉 到…之上，向…之上
opener	['opənɚ]	〈名〉 開端；開啓者，開啓的工具
opening	['opənɪŋ]	〈名〉 開始，開幕 〈形〉 開始的，開幕的
oppose	[ə'poz]	〈動〉 反抗，反對，對立
opposite	['ɑpəzɪt]	〈形〉 相對的，對立的 〈名〉 對立面，對立物
orbit	['ɔrbɪt]	〈名〉 軌道；勢力範圍 〈動〉 繞軌而行
orderly	['ɔrdɚlɪ]	〈形〉 有秩序的，順序的 〈名〉 勤務兵
organ	['ɔrgən]	〈名〉 風琴；器官
origin	['ɔrədʒɪn]	〈名〉 起源，起因
orphan	['ɔrfən]	〈名〉 孤兒
orphanage	['ɔrfənɪdʒ]	〈名〉 孤兒院
otherwise	['ʌðɚ,waɪz]	〈副〉 否則；其他方面
ought	[ɔt]	〈動〉 應當，應該
ounce	[aʊns]	〈名〉 盎司，英兩
ourselves	[,aʊr'sɛlvz]	〈名〉 我們自己
outer	['aʊtɚ]	〈形〉 外部的
outline	['aut,laɪn]	〈動〉 抓重點，描述要點 〈名〉 外形，輪廓；要點
output	['aʊt,pʊt]	〈名〉 輸出，生產量
outstanding	['aʊt'stændɪŋ]	〈形〉 傑出的，突出的

O

outward	[ˈaʊtwɚd]	〈形〉 外在的，公開的 〈副〉 向外，表面
oval	[ˈovl̩]	〈形〉 橢圓形 〈名〉 橢圓形的
overall	[ˈovɚˌɔl]	〈形〉 全面的，整體的 〈副〉 總體上 〈名〉 工作褲，工作服
overcoat	[ˈovɚˌkot]	〈名〉 外套大衣
overcome	[ˌovɚˈkʌm]	〈動〉 戰勝，克服，得勝
overlook	[ˌovɚˈlʊk]	〈動〉 俯瞰；忽視
overtake	[ˌovɚˈtek]	〈動〉 趕上，壓倒
overwhelming	[ˌovɚˈhwɛlmɪŋ]	〈形〉 強大的，無法抵擋的
owe	[o]	〈動〉 欠；感恩
owl	[aʊl]	〈名〉 貓頭鷹
oxygen	[ˈɑksədʒən]	〈名〉 氧，氧氣

P

★ P

1-84

Pacific	[pəˈsɪfɪk]	〈名〉 太平洋 〈形〉 太平洋的
packet	[ˈpækɪt]	〈名〉 小包，封套
pad	[pæd]	〈名〉 墊子，襯墊 〈動〉 填塞，襯填
pal	[pæl]	〈名〉 朋友，同志，夥伴
palm	[pɑm]	〈名〉 手掌，手心 〈動〉 藏於手中，握手
pancake	[ˈpænˌkek]	〈名〉 鬆餅
panel	[ˈpænl̩]	〈名〉 嵌板，鑲板
parade	[pəˈred]	〈名〉 遊行，閱兵 〈動〉 遊行，列隊行進
paradise	[ˈpærəˌdaɪs]	〈名〉 天堂，樂園
paragraph	[ˈpærəˌgræf]	〈名〉 段落，短篇報導

parallel	[ˈpærə͵lɛl]	〈形〉 平行的；相似的 〈名〉 平行；對比 〈動〉 與…平行，與…對比
parcel	[ˈpɑrsl̩]	〈名〉 小包，包裹 〈動〉 打包，捆紮
parliament	[ˈpɑrləmənt]	〈名〉 國會，議會
part	[pɑrt]	〈動〉 分開，分離；分居
partial	[ˈpɑrʃəl]	〈形〉 部分的，偏愛的，偏袒的
participle	[ˈpɑrtəsəpl̩]	〈名〉 分詞
particularly	[pɚˈtɪkjəlɚlɪ]	〈副〉 獨特地，顯著地
passage	[ˈpæsɪdʒ]	〈名〉 通行，通路
pasta	[ˈpɑstə]	〈名〉 通心粉，通心麵
pat	[pæt]	〈動〉 輕拍 〈名〉 輕拍
pave	[pev]	〈動〉 鋪設，安排
paw	[pɔ]	〈名〉 手掌，爪子 〈動〉 抓，扒
pea	[pi]	〈名〉 豌豆
peak	[pik]	〈名〉 山頂，高峰〈形〉最高點的，頂端的〈動〉達到高峰
peanut	[ˈpi͵nʌt]	〈名〉 花生
pearl	[pɝl]	〈名〉 珍珠，珠子 〈動〉 用珍珠裝飾，使成珠狀
peasant	[ˈpɛzn̩t]	〈名〉 農夫；老粗
pebble	[ˈpɛbl̩]	〈名〉 小圓石，小鵝卵石
peculiar	[pɪˈkjuljɚ]	〈形〉 特殊的；獨有的
pedal	[ˈpɛdl̩]	〈名〉 踏板 〈動〉 踩踏板，騎腳踏車
peep	[pip]	〈動〉 偷看 〈名〉 窺視
peer	[pɪr]	〈動〉 凝視，盯著看 〈名〉 同等，同輩

其他單字

penny	[ˈpɛnɪ]	〈名〉 一分，小錢
per	[pɚ]	〈介〉 每…
percent	[pɚˈsɛnt]	〈名〉 百分比
percentage	[pɚˈsɛntɪdʒ]	〈名〉 百分比，比例
perform	[pɚˈfɔrm]	〈動〉 表演；履行，執行
performance	[pɚˈfɔrməns]	〈名〉 表演；履行，執行
perfume	[ˈpɝfjum]	〈名〉 香水，香味 〈動〉 灑香水，發出香味
persist	[pɚˈsɪst]	〈動〉 堅持，持續，繼續
persuasion	[pɚˈsweʒən]	〈名〉 說服，說服力
pest	[pɛst]	〈名〉 害蟲，討厭的人，有害動物
phenomenon	[fəˈnɑməˌnɑn]	〈名〉 現象，非凡的人
philosopher	[fəˈlɑsəfɚ]	〈名〉 哲學家，哲人
philosophical	[ˌfɪləˈsɑfɪkl̩]	〈形〉 哲學的
photographic	[ˌfotəˈgræfɪk]	〈形〉 照相的
physician	[fɪˈzɪʃən]	〈名〉 醫師，內科醫師
physicist	[ˈfɪzɪsɪst]	〈名〉 物理學家，唯物論者
pilgrim	[ˈpɪlgrɪm]	〈名〉 朝聖者，香客
pine	[paɪn]	〈名〉 松樹
pine	[paɪn]	〈動〉 痛苦；渴望
ping-pong	[pɪŋ□pɑŋ]	〈名〉 乒乓球，桌球
pint	[paɪnt]	〈名〉 品脫
pioneer	[ˌpaɪəˈnɪr]	〈名〉 先鋒，拓荒者 〈動〉 拓荒，開闢

P

pit	[pɪt]	〈名〉 凹處，窪坑 〈動〉 凹陷，留下凹痕
pitch	[pɪtʃ]	〈名〉 瀝青〈動〉 投擲；定調
plentiful	['plɛntɪfəl]	〈形〉 許多的，豐富的，豐饒的
plenty	['plɛntɪ]	〈代〉 充分，豐富 〈副〉 足夠，充分地
plug	[plʌg]	〈名〉 塞子，插頭 〈動〉 插上，堵住
plum	[plʌm]	〈名〉 洋李，梅子，葡萄乾 〈形〉 （工作）待遇好；出色的
plumber	['plʌmɚ]	〈名〉 水管工人
plural	['plʊrəl]	〈形〉 複數的 〈名〉 複數
poet	['poɪt]	〈名〉 詩人
poetry	['poɪtrɪ]	〈名〉 詩，詞，詩歌
pole	[pol]	〈名〉 極，地極，電極；竿
polish	['pɑlɪʃ]	〈名〉 光澤，精良 〈動〉 磨光，擦亮
poll	[pol]	〈名〉 民調，投票 〈動〉 民意測驗，投票
ponder	['pɑndɚ]	〈動〉 考慮，深思
pony	['ponɪ]	〈名〉 小馬；小型物
pop	[pɑp]	〈名〉 流行音樂；砰的一聲 〈動〉 發出砰一聲
port	[port]	〈名〉 港口
portable	['portəbl̩]	〈形〉 可攜帶的，可移動的
porter	['portɚ]	〈名〉 搬運工，清潔工
portion	['porʃən]	〈名〉 部分，一分
pose	[poz]	〈動〉 擺姿勢，裝腔作勢；引起 〈名〉 姿勢，姿態
possess	[pə'zɛs]	〈動〉 擁有，佔有；具有某種特質

P

其他單字

possession	[pə'zɛʃən]	〈名〉 擁有物，所有物，財產
possibly	['pɑsəblɪ]	〈副〉 可能地，也許
post	[post]	〈名〉 柱子 〈動〉 公布，張貼
postage	['postɪdʒ]	〈名〉 郵資
postal	['postl̩]	〈形〉 郵政的，郵局的
poster	['postɚ]	〈名〉 海報
postman	['postmən]	〈名〉 郵差
pottery	['pɑtɚrɪ]	〈名〉 陶器，陶具
pound	[paʊnd]	〈動〉 猛烈敲擊
pour	[por]	〈動〉 倒，注入，傾注
precise	[prɪ'saɪs]	〈形〉 精確的，明白的，嚴謹的
prediction	[prɪ'dɪkʃən]	〈名〉 預言，預報
preferable	['prɛfərəbl̩]	〈形〉 較好的，較喜愛的
preparation	[ˌprɛpə'reʃən]	〈名〉 準備，預備
prepared	[prɪ'pɛrd]	〈形〉 準備好的，有準備的
presently	['prɛzn̩tlɪ]	〈副〉 目前，不久
preserve	[prɪ'zɝv]	〈動〉 保存，保護，保藏 〈名〉 蜜餞，果醬
presidential	['prɛzədɛndʃəl]	〈形〉 總統的，首長的
prestige	[prɛ'tiʒ]	〈名〉 威信，名望，影響力
pride	[praɪd]	〈名〉 驕傲，自豪 〈動〉 以…為榮
prime	[praɪm]	〈形〉 最初的，基本的，首要的 〈名〉 最初，初期 〈動〉 灌注，裝填
privilege	['prɪvl̩ɪdʒ]	〈名〉 基本人權；特權

P

process	[ˈprasɛs]	〈名〉 過程，進程，程式 〈動〉 加工，處理
profound	[prəˈfaund]	〈形〉 深刻的，極度的，深奧的
progress	[ˈpragrɛs]	〈名〉 行進；進展，進步 〈動〉 前進，進步
prompt	[prampt]	〈動〉 促進，引起；激勵 〈形〉 立刻的，迅速的
pronounce	[prəˈnauns]	〈動〉 發音
proportion	[prəˈporʃən]	〈名〉 比例，部分
prosperity	[prasˈpɛrətɪ]	〈名〉 繁榮，成功
proverb	[ˈpravɝb]	〈名〉 格言，諺語，箴言
province	[ˈpravɪns]	〈名〉 省，州
psychological	[ˌsaɪkəˈladʒɪkl̩]	〈形〉 心理學的，精神上的
psychologist	[saɪˈkalədʒɪst]	〈名〉 心理學者
pub	[pʌb]	〈名〉 酒館，酒吧
publication	[ˌpʌblɪˈkeʃən]	〈名〉 出版，出版物，刊物
publicity	[pʌbˈlɪsətɪ]	〈名〉 公開；宣傳
publish	[ˈpʌblɪʃ]	〈動〉 出版，發行
publisher	[ˈpʌblɪʃɚ]	〈名〉 出版社，發行人
pudding	[ˈpʊdɪŋ]	〈名〉 布丁
punch	[pʌntʃ]	〈名〉 拳打，力量 〈動〉 打拳，用力擊
pupil	[ˈpjʊpl̩]	〈名〉 門生，學徒
pure	[pjʊr]	〈形〉 純淨的，純的，純粹的
pursuit	[pɚˈsʊt]	〈名〉 追蹤，追求

P

其他單字

★ Q

1-85

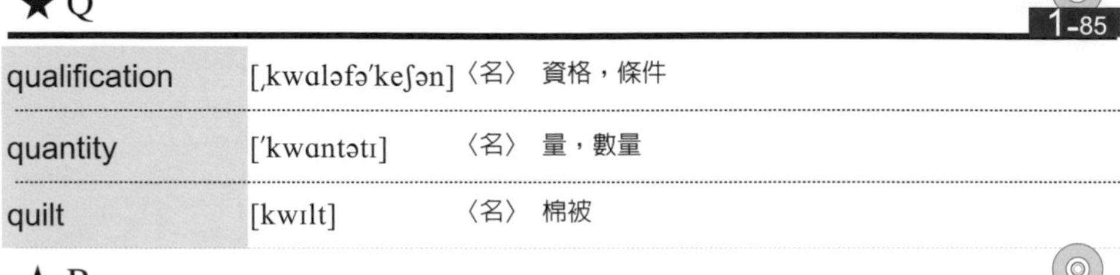

qualification	[ˌkwɑləfəˈkeʃən]	〈名〉	資格，條件
quantity	[ˈkwɑntətɪ]	〈名〉	量，數量
quilt	[kwɪlt]	〈名〉	棉被

★ R

1-86

radar	[ˈredɑr]	〈名〉	雷達，電波探測器
radiation	[ˌredɪˈeʃən]	〈名〉	發光，輻射，發熱
radical	[ˈrædɪkl̩]	〈形〉	基本的；激進的
raincoat	[ˈrenˌkot]	〈名〉	雨衣
raisin	[ˈrezn̩]	〈名〉	葡萄乾，深紫紅色
rational	[ˈræʃənl̩]	〈形〉	理智的，具推理能力的，合理的
ray	[re]	〈名〉	射線
razor	[ˈrezɚ]	〈名〉	剃刀
react	[rɪˈækt]	〈動〉	反應；反抗；起化學作用
rear	[rɪr]	〈形〉 〈動〉	後面的，背後的　〈名〉　後面，後方 培養，撫養；栽種
receiver	[rɪˈsivɚ]	〈名〉	接收者，接收器
reception	[rɪˈsɛpʃən]	〈名〉	接待；招待會
recession	[rɪˈsɛʃən]	〈名〉	撤退；衰退
recognition	[ˌrɛkəgˈnɪʃən]	〈名〉	認出，識別；承認
recorder	[rɪˈkɔrdə]	〈名〉	錄音機，記錄者
reduce	[rɪˈdjʊs]	〈動〉	減少，降低
reduction	[rɪˈdʌkʃən]	〈名〉	縮小，減少

refer	[rɪ'fɝ]	〈動〉 提及，歸因，論及
reflection	[rɪ'flɛkʃən]	〈名〉 反射，回響；沉思，回憶
regional	['ridʒənḷ]	〈形〉 地方的，地域性的
registration	[ˌrɛdʒɪ'streʃən]	〈名〉 登記，註冊
regret	[rɪ'grɛt]	〈名〉 懊悔，遺憾，痛惜 〈動〉 婉惜，懊悔，遺憾
regulate	['rɛgjəˌlet]	〈動〉 管理，控制
rehearse	[rɪ'hɝs]	〈動〉 預演，排演
reject	[rɪ'dʒɛlt]	〈動〉 拒絕，排斥；怠慢
relate	[rɪ'let]	〈動〉 有關連；將事物聯繫；理解，同情
related	[rɪ'letɪd]	〈形〉 有關的，相關的
relation	[rɪ'leʃən]	〈名〉 關係；聯繫
relatively	['rɛlətɪvlɪ]	〈副〉 相對的，相較而言
relax	[rɪ'læks]	〈動〉 鬆弛，放鬆
relaxation	[ˌrilæks'eʃən]	〈名〉 放鬆，放寬，鬆弛
relief	[rɪ'lif]	〈名〉 減輕，解除
religion	[rɪ'lɪdʒən]	〈名〉 宗教
remark	[rɪ'mɑrk]	〈名〉 備註，注意，評論 〈動〉 評論，談及，注意
remedy	['rɛmdədɪ]	〈名〉 藥物，補救 〈動〉 治療，矯正，補救
reminder	[rɪ'maɪndɚ]	〈名〉 提示；催單
renew	[rɪ'nju]	〈動〉 更新；恢復
repeatedly	[rɪ'pitɪdlɪ]	〈副〉 重複地，一再地
represent	[ˌrɛprɪ'zɛnt]	〈動〉 表現；代表，象徵

其他單字

representation	[ˌrɛprɪzɛnˈteʃən]	〈名〉 代表，代理；抗議
republic	[rɪˈpʌblɪk]	〈名〉 共合國，共合政體
republican	[rɪˈpʌblɪkən]	〈名〉 共和主義主，共和黨 〈形〉 共和國的，共和主義的
request	[rɪˈkwɛst]	〈名〉 請求，請願，要求 〈動〉 請求，要求
researcher	[riˈsɝtʃɚ]	〈名〉 研究員，調查者
resemble	[rɪˈzɛmbl̩]	〈動〉 相似，類似
reserve	[rɪˈzɝv]	〈名〉 儲備，保留 〈動〉 保留，預訂
residence	[ˈrɛzədəns]	〈名〉 居住，住所
resident	[ˈrɛzədənt]	〈名〉 居民，定居者 〈形〉 居住的，定居的
resignation	[ˌrɛzɪgˈneʃən]	〈名〉 辭職，辭呈，放棄
resist	[rɪˈzɪst]	〈動〉 抵抗，反抗，抗拒
resistance	[rɪˈzɪstəns]	〈名〉 抵抗，反抗
resistant	[rɪˈzɪstənt]	〈形〉 抵抗的
resolution	[ˌrɛzəˈluʃən]	〈名〉 決心；決議；解答
resolve	[rɪˈzɑlv]	〈動〉 決定；解決
resource	[rɪˈsors]	〈名〉 資源
respect	[rɪˈspɛkt]	〈名〉 尊重 〈動〉 尊重
respond	[rɪˈspɑnd]	〈動〉 回應，回答
responsible	[rɪˈspɑnsəbl̩]	〈形〉 為…負責，負責任的
restriction	[rɪˈstrɪkʃən]	〈名〉 限制，約束
retain	[rɪˈten]	〈動〉 保持，維持
revision	[rɪˈvɪʒən]	〈名〉 校訂，修正

revolution	[ˌrɛvəˈluʃən]	〈名〉 革命，變革；行星的運行
rewrite	[riˈraɪt]	〈動〉 重寫，改寫 〈名〉 重寫的文稿
rhyme	[raɪm]	〈動〉 押韻 〈名〉 韻腳，韻文
rhythm	[ˈrɪðəm]	〈名〉 節奏；節奏感
ribbon	[ˈrɪbən]	〈名〉 緞帶
riches	[ˈrɪtʃɪz]	〈名〉 財富；肥沃
rid	[rɪd]	〈動〉 使免除，擺脫
riddle	[ˈrɪdḷ]	〈名〉 謎題，謎語
rider	[ˈraɪdɚ]	〈名〉 騎士（機車、腳踏車、馬等）
rifle	[ˈraɪfḷ]	〈名〉 步槍，來福槍
ripe	[raɪp]	〈形〉 成熟的
roast	[rost]	〈動〉 烤，烘焙〈形〉烘烤的，烤過的〈名〉烤肉，烘烤
robber	[ˈrɑbɚ]	〈名〉 強盜，盜賊
robbery	[ˈrɑbərɪ]	〈名〉 搶案，搶劫
robe	[rob]	〈名〉 長袍，禮服
rocket	[ˈrɑkɪt]	〈名〉 飛彈，火箭 〈動〉 向上急衝，迅速上升
romantic	[rəˈmæntɪk]	〈形〉 浪漫的；愛情的
rooster	[ˈrustɚ]	〈名〉 公雞，趾高氣昂的人
rough	[rʌf]	〈形〉 粗糙的，草率的 〈副〉 粗糙地，草率地 〈動〉 粗製，草擬
route	[rut]	〈名〉 路徑，途徑 〈動〉 確定路徑，按路線走
routine	[ruˈtin]	〈名〉 例行公事，常規 〈形〉 例行的，一般的
rubbish	[ˈrʌbɪʃ]	〈名〉 垃圾；廢話

R

rug	[rʌg]	〈名〉 毛毯，小毯子
runner	[ˈrʌnɚ]	〈名〉 跑者，逃亡者
running	[ˈrʌnɪŋ]	〈名〉 賽跑，運轉 〈形〉 奔跑的，運轉的
rural	[ˈrʊrəl]	〈形〉 鄉下的，田園的
rust	[rʌst]	〈名〉 鏽，生鏽 〈動〉 生鏽
rusty	[ˈrʌstɪ]	〈形〉 生鏽的；荒廢的

★ S

1-87

sack	[sæk]	〈動〉 裝入裝 〈名〉 麻袋，粗布袋
sadden	[ˈsædn̩]	〈動〉 使悲傷
safely	[ˈseflɪ]	〈副〉 安全地，平安地
sake	[ˈsek] [ˈsɑkɪ]	〈名〉 緣故，理由；（日）清酒
salesperson	[ˈselzˌpɝsn̩]	〈名〉 店員，銷售員
salty	[ˈsɔltɪ]	〈形〉 鹹的，有鹽分的
sanction	[ˈsæŋkʃən]	〈名〉 核准，約束力 〈動〉 認可，贊許
sanitary	[ˈsænəˌtɛrɪ]	〈形〉 衛生的；保健的
satellite	[ˈsætl̩ˌaɪt]	〈名〉 人造衛星 〈形〉 人造衛星的
sausage	[ˈsɔsɪdʒ]	〈名〉 香腸，臘腸
saving	[ˈsevɪŋ]	〈名〉 存款，積蓄
saw	[sɔ]	〈名〉 鋸子 〈動〉 鋸
saying	[ˈseɪŋ]	〈名〉 諺語，格言
scarcely	[ˈskɛrslɪ]	〈副〉 幾乎不，幾乎沒有
scheme	[skim]	〈名〉 方案；體制 〈動〉 計劃，策劃；圖謀

S

scissors	[ˈsɪzɚz]	〈名〉 剪刀
scold	[skold]	〈動〉 責罵，叱責
scout	[skaʊt]	〈名〉 童子軍；偵察員 〈動〉 偵查
scratch	[skrætʃ]	〈動〉 搔，抓 〈名〉 抓痕，擦傷
scream	[skrim]	〈動〉 尖叫，喊叫 〈名〉 尖叫聲
screw	[skru]	〈動〉 旋，擰，固定 〈名〉 螺絲釘，螺栓
scrub	[skrʌb]	〈動〉 擦洗，擦掉 〈名〉 擦洗，擦乾淨
seafood	[ˈsiˌfud]	〈名〉 海鮮，海產
seagull	[ˈsiˌgɝl]	〈名〉 海鷗
seal	[sil]	〈動〉 封印；蓋章 〈名〉 印章，圖章；海豹
seaside	[ˈsiˌsaɪd]	〈名〉 海邊
season	[ˈsizn̩]	〈名〉 季節，時節 〈動〉 調味
secondary	[ˈsɛkənˌdɛrɪ]	〈形〉 次要的，次級的
second-hand	[ˈsɛkənd□hænd]	〈形〉 第二手的，二手的，用過的〈副〉 其次，居第二位的
sector	[ˈsɛktɚ]	〈名〉 區域，部門；扇形
secure	[sɪˈkjʊr]	〈動〉 保護；關緊 〈形〉 安全的；確信的
security	[sɪˈkjʊrətɪ]	〈名〉 安全，防護
selection	[səˈlɛkʃən]	〈名〉 選擇
senior	[ˈsinjɚ]	〈形〉 年長的，地位較高的 〈名〉 較年長者，學長，前輩
sensible	[ˈsɛnsəbl̩]	〈形〉 有感覺的；有判斷力的
sentence	[ˈsɛntəns]	〈名〉 句子
separation	[ˌsɛpəˈreʃən]	〈名〉 分離；分居

S

其他單字

settler	[ˈsɛtlɚ]	〈名〉 移民者，殖民者
sew	[so]	〈動〉 縫製，縫上
sex	[sɛks]	〈名〉 性別，性，性行為
sexual	[ˈsɛkʃuəl]	〈形〉 性別的，性的
shade	[ʃed]	〈名〉 陰影，陰暗 〈動〉 遮蔽，使陰暗
shadow	[ˈʃædo]	〈名〉 影子，陰影 〈動〉 遮蔽，變陰暗 〈形〉 陰暗的，遮蔽的
shady	[ˈʃedɪ]	〈形〉 成蔭的，陰暗的
shameful	[ˈʃemfəl]	〈形〉 可恥的，丟臉的
shampoo	[ʃæmˈpu]	〈名〉 洗髮精，洗髮 〈動〉 洗頭，洗髮
share	[ʃɛr]	〈動〉 分享，共有；分攤 〈名〉 股份；貢獻；分紅
sharpen	[ˈʃɑrpn̩]	〈動〉 使尖銳；使強烈
shave	[ʃev]	〈動〉 剃，刮
shaver	[ˈʃevɚ]	〈名〉 理髮師，騙子
shell	[ʃɛl]	〈名〉 貝殼，殼；骨架
shelter	[ˈʃɛltɚ]	〈名〉 遮蓋物，避難所 〈動〉 掩護，遮蔽
shepherd	[ˈʃɛpɚd]	〈名〉 牧羊人，指導者，牧師 〈動〉 看守，指導
shift	[ʃɪft]	〈動〉 使移動；換檔 〈名〉 轉變；輪班
shiny	[ˈʃaɪnɪ]	〈形〉 發光的，有光澤的
shopkeeper	[ˈʃɑpˌkipɚ]	〈名〉 店主，老闆
shopping	[ˈʃɑpɪŋ]	〈名〉 購物，買東西
shortage	[ˈʃɔrtɪdʒ]	〈名〉 不足，匱乏
shortcoming	[ˈʃɔrtˌkʌmɪŋ]	〈名〉 缺點，短處

shortcut	[ˈʃɔrtˌkʌt]	〈名〉 捷徑，近路
shortly	[ˈʃɔrtlɪ]	〈副〉 不久，即刻
short-sighted	[ʃɔrtˈsaɪtɪd]	〈形〉 近視的，目光短淺的
shovel	[ˈʃʌvl̩]	〈名〉 鏟子，鐵鏟 〈動〉 鏟東西
shrink	[ʃrɪŋk]	〈動〉 收縮，退縮 〈名〉 收縮，畏縮
shuttle	[ˈʃʌtl̩]	〈名〉 梭子，擺梭；往返巴士、飛機 〈動〉 來回穿梭
sigh	[saɪ]	〈動〉 歎氣，歎息 〈名〉 歎息，歎息聲
sightseeing	[ˈsaɪtˌsiɪŋ]	〈名〉 觀光，遊覽
signal	[ˈsɪgnl̩]	〈名〉 信號，暗號；交通號誌 〈動〉 打信號，標示
significance	[sɪgˈnɪfəkəns]	〈名〉 意義，含義
silk	[sɪlk]	〈名〉 絲，綢
similarity	[ˌsɪməˈlærətɪ]	〈名〉 類似，相似點
simultaneous	[ˌsaɪml̩ˈtenɪəs]	〈形〉 同時的，同步的
sincerely	[sɪnˈsɪrlɪ]	〈副〉 真誠地，由衷地
Singaporean	[ˌsɪŋgəˈpɔrɪən]	〈形〉 新加坡人，新加坡的 〈名〉 新加坡人
singular	[ˈsɪŋgjələ˞]	〈形〉 單數的，獨個的，單一的
sip	[sɪp]	〈動〉 啜，啜飲 〈名〉 啜飲
skating	[ˈsketɪŋ]	〈名〉 溜冰，滑水
sketch	[skɛtʃ]	〈名〉 素描，草圖 〈動〉 寫生，畫素描
skiing	[ˈskiɪŋ]	〈名〉 滑雪，滑雪運動
skim	[skɪm]	〈動〉 撇去，去除
skip	[skɪp]	〈動〉 跳躍；跳過 〈名〉 跳，省略

其他單字

單字	音標	詞性及解釋
skyscraper	[ˈskaɪˌskrepɚ]	〈名〉 摩天樓
slang	[slæŋ]	〈名〉 俚語
slavery	[ˈslevərɪ]	〈名〉 奴隸，奴隸制度
sleeve	[sliv]	〈名〉 袖子，袖套
slice	[slaɪs]	〈名〉 薄片，切片 〈動〉 切下，切薄片
slight	[slaɪt]	〈形〉 輕微的，脆弱的 〈動〉 輕視，忽略 〈名〉 輕蔑，怠慢
slightly	[ˈslaɪtlɪ]	〈副〉 微微地，微小地
slippery	[ˈslɪpərɪ]	〈形〉 光滑的，靠不住的
slogan	[ˈslogən]	〈名〉 口號，標語
slope	[slop]	〈名〉 斜坡，傾斜 〈動〉 傾斜
smog	[smɑg]	〈名〉 煙霧
smoking	[ˈsmokɪŋ]	〈名〉 抽煙 〈形〉 冒煙的，冒氣的
smoky	[ˈsmokɪ]	〈形〉 冒煙的，燻黑的
snap	[snæp]	〈動〉 斷裂發出聲音 〈形〉 倉促的 〈名〉 斷裂聲
sneak	[snik]	〈動〉 鬼鬼祟祟，偷偷摸摸
snowman	[ˈsnoˌmæn]	〈名〉 雪人
sociable	[ˈsoʃəbl̩]	〈形〉 社交的，增進友誼的
socket	[ˈsɑkɪt]	〈名〉 插座，托座
softball	[ˈsɔftˌbɔl]	〈名〉 壘球，壘球運動
software	[ˈsɔftˌwɛr]	〈名〉 軟體
soil	[sɔɪl]	〈名〉 土壤，國土，土地 〈動〉 弄髒，污辱
solar	[ˈsolɚ]	〈形〉 太陽的，日光的

S

solid	[ˈsɑlɪd]	〈形〉 固體的，堅固的 〈名〉 固體，固態物，立方體
somehow	[ˈsʌmˌhaʊ]	〈副〉 不知怎的，以某種方式
sometime	[ˈsʌmˌtaɪm]	〈副〉 有時，從前，改天 〈形〉 以前的，某一時間
somewhat	[ˈsʌmˌhwɑt]	〈副〉 稍微，有點
sorrow	[ˈsɑro]	〈名〉 悲傷，不幸
southeast	[saʊθˈist]	〈名〉 東南部，東南〈副〉 在東南方，自東南方，向東南方 〈形〉 東南的，東南部的
southwest	[saʊθˈwɛst]	〈名〉 西南部，西南 〈副〉 在西南部，自西南部的 〈形〉 西南的，西南部的，西南方的
sow	[so]	〈動〉 散佈，散播 〈名〉 大母豬
soy	[sɔɪ]	〈名〉 大豆，醬油
soybean	[sɔɪbin]	〈名〉 大豆
spacecraft	[ˈspesˌkræft]	〈名〉 太空船
spade	[sped]	〈名〉 鏟子，鐵鍬
spare	[spɛr]	〈形〉 剩餘的；簡陋的 〈動〉 節約；寬恕；提供 〈名〉 備用品
spark	[spɑrk]	〈名〉 火花，閃光 〈動〉 閃耀，發出閃光
sparkle	[ˈspɑrkl̩]	〈動〉 閃耀，冒火花 〈名〉 火花，閃耀
sparrow	[ˈspæro]	〈名〉 麻雀
spear	[spɪr]	〈名〉 矛，魚叉 〈動〉 刺，戮，用矛刺
specific	[spɪˈsɪfɪk]	〈形〉 特殊的，明確的，特別的
spectator	[spɛkˈtetɚ]	〈名〉 觀衆，旁觀者，目擊者
spell	[spɛl]	〈名〉 咒語，符咒
spicy	[spaɪsɪ]	〈形〉 加香料的，辛辣的
spin	[spɪn]	〈動〉 紡織，紡紗 〈名〉 旋轉，疾馳

其他單字

spinach	[ˈspɪnɪtʃ]	〈名〉 菠菜
spiritual	[ˈspɪrɪtʃuəl]	〈形〉 精神上的；宗教的
spit	[spɪt]	〈動〉 吐，噴　〈名〉 唾液，口水
spite	[spaɪt]	〈名〉 惡意，怨恨
splash	[splæʃ]	〈動〉 濺，潑　〈名〉 污點，飛濺的水
splendid	[ˈsplɛndɪd]	〈形〉 光亮的，了不起的
spokesman	[ˈspoksmən]	〈名〉 發言人，代表者
spontaneous	[spɑnˈtenɪəs]	〈形〉 自發性的
sportsman	[ˈsportsmən]	〈名〉 運動員，運動家
spray	[spre]	〈名〉 浪花，水花　〈動〉 噴灑，噴塗
sprinkle	[ˈsprɪŋkl̩]	〈動〉 灑，撒　〈名〉 灑，小雨
spy	[spaɪ]	〈名〉 間諜，偵探　〈動〉 偵察
squeeze	[skwiz]	〈動〉 緊握，榨取　〈名〉 榨，緊握
squirrel	[ˈskwɝəl]	〈名〉 松鼠
stable	[ˈstebl̩]	〈形〉 穩定的，牢固的
stable	[ˈstebl̩]	〈名〉 馬房，馬棚
stadium	[ˈstedɪəm]	〈名〉 露天大型運動場
staff	[stæf]	〈名〉 職員，工作人員　〈動〉 給…配備職員
staircase	[ˈstɛrˌkes]	〈名〉 樓梯，梯子
stare	[stɛr]	〈動〉 盯，凝視，注視　〈名〉 凝視，瞪眼，凝視
starvation	[stɑrˈveʃən]	〈名〉 飢餓，挨餓，餓死
starve	[stɑrv]	〈動〉 使餓死，快餓死

state	[stet]	〈名〉 狀況，清況；州 〈動〉 說明，陳述 〈形〉 正式的，國家的，官方的
statue	[ˈstætʃʊ]	〈名〉 雕像，塑像
status	[ˈstetəs]	〈名〉 狀態，地位
steady	[ˈstɛdɪ]	〈形〉 穩定的，沈著的 〈動〉 固定，穩固
steel	[stil]	〈名〉 鋼，鋼鐵 〈動〉 鋼化，使像鋼
steep	[stip]	〈形〉 陡峭的，險峻的
steer	[stɪr]	〈動〉 掌舵，帶領，指導 〈名〉 指點，建議
stem	[stɛm]	〈動〉 起源於 〈名〉 莖，柄
stepfather	[ˈstɛpˌfɑðɚ]	〈名〉 繼父
stereo	[ˈstɛrɪo]	〈形〉 立體聲的 〈名〉 立體聲，立體聲效果
sticky	[ˈstɪkɪ]	〈形〉 粘的，泥濘的
stimulate	[ˈstɪmjəˌlet]	〈動〉 刺激，激勵，鼓舞
sting	[stɪŋ]	〈動〉 刺，刺激 〈名〉 刺，針刺，刺痛
stir	[stɝ]	〈動〉 攪拌，攪動〈名〉 微動，激動
stitch	[stɪtʃ]	〈名〉 針線，線跡 〈動〉 縫，編結
stock	[stɑk]	〈名〉 樹幹，血統，股份 〈動〉 備有，進貨，採購 〈形〉 股票的，普通的，常備的
stocking	[ˈstɑkɪŋ]	〈名〉 長襪
stool	[stul]	〈名〉 凳子，廁所，馬桶
storey	[ˈstorɪ]	〈名〉 樓層
storyteller	[ˈstorɪˌtɛlɚ]	〈名〉 作家，說書者
strategy	[ˈstrætədʒɪ]	〈名〉 策略
strength	[strɛŋθ]	〈名〉 力量，力氣

S

其他單字

strict	[strɪkt]	〈形〉 嚴格的，嚴謹的，精確的
string	[strɪŋ]	〈名〉 線，一串，細繩 〈動〉 串起，收緊
strive	[straɪv]	〈動〉 努力，奮鬥
stroke	[strok]	〈名〉 打，擊；中風 〈動〉 打，擊，觸碰
structure	[ˈstrʌktʃɚ]	〈名〉 結構，構造，建築物 〈動〉 建造，構成，建構
studio	[ˈstjudɪˌo]	〈名〉 工作室，畫室，攝影室
struggle	[strʌgl̩]	〈名〉 奮鬥，掙扎；打鬥 〈動〉 奮鬥，掙扎；打鬥
stuff	[stʌf]	〈名〉 材料，原料，東西 〈動〉 塞滿，填充
subject	[ˈsʌbdʒɪkt] [sʌbˈdʒɪkt]	〈名〉 主題，科目 〈形〉 受制於…的，未獨立的 〈動〉 統治，使服從
substance	[ˈsʌbstəns]	〈名〉 物質，實質，主旨
subtract	[səbˈtrækt]	〈動〉 減去，減少，扣掉
suck	[sʌk]	〈動〉 吸，吸吮
suffering	[ˈsʌfərɪŋ]	〈名〉 受苦，苦惱，勞苦
suitable	[ˈsutəbl̩]	〈形〉 適合的，適當的
sum	[sʌm]	〈名〉 總數，金額 〈動〉 加總，總計，總括
summit	[ˈsʌmɪt]	〈名〉 頂點，最高點
sunlight	[ˈsʌnˌlaɪt]	〈名〉 日光，日照
sunrise	[ˈsʌnˌraɪz]	〈名〉 日出，黎明
sunset	[ˈsʌnˌsɛt]	〈名〉 日落，晚年
superb	[sʊˈpɝb]	〈形〉 堂皇的，極好的，華麗的
supervision	[ˌsupɚˈvɪʒən]	〈名〉 監督，管理
supply	[səˈplaɪ]	〈名〉 供給，補給品 〈動〉 供給

suppose	[sə'poz]	〈動〉 猜想，推測，假設
support	[sə'port]	〈名〉 支持 〈動〉 支持，撫養
supreme	[sə'prim]	〈形〉 至高的，極端的
surely	['ʃʊrlɪ]	〈副〉 的確地，安全地
surgery	['sɝdʒərɪ]	〈名〉 外科，手術，手術室
surroundings	[sə'raʊndɪŋz]	〈名〉 環境，周圍的事物
survey	[sɚ've] ['sɚve]	〈動〉 調查，測量 〈名〉 調查，民調
survivor	[sɚ'vaɪvɚ]	〈名〉 生還者，殘存者
suspension	[sə'spɛnʃən]	〈名〉 懸掛，暫停，停職
swear	[swɛr]	〈動〉 發誓，宣誓
swell	[swɛl]	〈動〉 增大，膨脹，腫脹 〈名〉 鼓起，膨脹
swift	[swɪft]	〈形〉 迅速的，敏捷的 〈名〉 大滾筒
swimming	['swɪmɪŋ]	〈名〉 游泳，暈眩
switch	[swɪtʃ]	〈動〉 轉換，轉變 〈名〉 開關，轉換
sword	[sord]	〈名〉 劍，武力
syllable	['sɪləbl̩]	〈名〉 音節
symphony	['sɪmfənɪ]	〈名〉 交響曲，交響樂
syrup	['sɪrəp]	〈名〉 糖漿，果汁

★ T

1-88

tablecloth	['tebl̩,klɔθ]	〈名〉 桌巾
tack	[tæk]	〈名〉 大頭釘，圖釘 〈動〉 釘圖釘
tag	[tæg]	〈名〉 牌子，標籤 〈動〉 加標籤，附加

其他單字

tailor	[ˈtelɚ]	〈名〉 裁縫師，服裝店　〈動〉 裁製，修改
tale	[tel]	〈名〉 故事，謠言
tame	[tem]	〈形〉 經馴養的，馴服的　〈動〉 馴化，馴養
tap	[tæp]	〈動〉 輕拍，輕叩　〈名〉 輕拍，輕叩
tasty	[ˈtestɪ]	〈形〉 美味的，可口的
technical	[ˈtɛknɪkḷ]	〈形〉 技術上的，工業的，專門的
technological	[tɛknəˈlɑdʒɪkḷ]	〈形〉 技術的，工藝的
teens	[tin]	〈名〉 青少年
teenage	[ˈtinˌedʒ]	〈形〉 十幾歲的，青少年時期的
telegram	[ˈtɛləˌgræm]	〈名〉 電報，電信
telegraph	[ˈtɛləˈgræf]	〈名〉 電報，電報機　〈動〉 打電報，電匯
telescope	[ˈtɛləˌskop]	〈名〉 望遠鏡
televise	[ˈtɛləˌvaɪz]	〈動〉 電視播送，電視拍攝
temper	[ˈtɛmpɚ]	〈名〉 脾氣　〈動〉 調劑，使緩和
temporary	[ˈtɛmpəˌrɛrɪ]	〈形〉 暫時的，臨時的
tenant	[ˈtɛnənt]	〈名〉 承租人，房客
tend	[tɛnd]	〈動〉 走向，傾向
tender	[ˈtɛndɚ]	〈形〉 嫩的，敏感的
tense	[tɛns]	〈形〉 拉緊的，繃緊的　〈動〉 使拉緊，使緊繃
tension	[ˈtɛnʃən]	〈名〉 緊張，拉緊，不安
terminal	[ˈtɝmənḷ]	〈名〉 終點，末端，總站　〈形〉 末端的，終點的
terrify	[ˈtɛrəˌfaɪ]	〈動〉 使恐怖，恐嚇

T

territory	['tɛrəˌtorɪ]	〈名〉 領土，版圖
text	[tɛkst]	〈名〉 文本，課文，正文
thankful	['θæŋkfəl]	〈形〉 感激的，感謝的
theft	[θɛft]	〈名〉 偷竊，盜竊
theirs	[ðɛrz]	〈代〉 他們的某物
thinking	['θɪŋkɪŋ]	〈名〉 思想，思考 〈形〉 思考的，有理性的
thirst	[θɝst]	〈名〉 口渴，渴望 〈動〉 渴望
thorough	['θɝo]	〈形〉 十分的，徹底的
thoughtful	['θɔtfəl]	〈形〉 深思的，有思想性的，體貼的
thread	[θrɛd]	〈名〉 線，線索 〈動〉 穿線於，穿過
threat	[θrɛt]	〈名〉 恐嚇，威脅
thunderstorm	['θʌndɚˌstɔrm]	〈名〉 大雷雨
tickle	['tɪkl̩]	〈動〉 發癢，呵癢
tide	[taɪd]	〈名〉 潮汐，潮，浪潮
tight	[taɪt]	〈形〉 緊的，嚴厲的 〈副〉 緊緊的
timetable	['taɪmˌtebl̩]	〈名〉 時刻表，課程表，行程表 〈動〉 排時間
tin	[tɪn]	〈名〉 錫，罐頭
tiptoe	['tɪpˌto]	〈動〉 踮腳走路，躡手躡腳地走 〈名〉 腳尖，趾尖
tire	[taɪr]	〈名〉 輪胎
tire	[taɪr]	〈動〉 使疲倦，疲勞
tissue	['tɪʃʊ]	〈名〉 面紙，棉紙
tobacco	[tə'bæko]	〈名〉 煙香，香煙

tolerable	[ˈtɑlərəbl̩]	〈形〉 可忍受的，可容忍的
tolerance	[ˈtɑlərəns]	〈名〉 寬容，寬大
ton	[tʌn]	〈名〉 噸
tone	[ton]	〈名〉 音調，語調 〈動〉 定音調，定調
toothpaste	[ˈtuθˌpest]	〈名〉 牙膏
torch	[tɔrtʃ]	〈名〉 火炬，火把 〈動〉 點火把，點亮
tornado	[tɔrˈnedo]	〈名〉 龍捲風，旋風
tortoise	[ˈtɔrtəs]	〈名〉 烏龜，遲緩的人或物
toss	[tɔs]	〈動〉 拋，投 〈名〉 投擲，搖擺
tow	[to]	〈動〉 拖曳，牽引 〈名〉 拖，拉，牽引
trace	[tres]	〈動〉 追蹤，探索；描繪輪廓 〈名〉 蹤跡，痕跡
trademark	[ˈtredˌmɑrk]	〈名〉 商標，標記
trader	[ˈtredɚ]	〈名〉 商人，商船
trail	[trel]	〈名〉 痕跡，足跡 〈動〉 跟蹤，追蹤
training	[ˈtrenɪŋ]	〈名〉 訓練
transport	[ˈtrænspɔrt] [trænsˈpɔrt]	〈名〉 運輸，交通工具 〈動〉 傳送，運輸
traveler	[ˈtrævlɚ]	〈名〉 旅行者，旅客
tray	[tre]	〈名〉 盤子，托盤
tremendous	[trɪˈmɛndəs]	〈形〉 巨大的，可怕的
tribe	[traɪb]	〈名〉 部落，部族
tricky	[ˈtrɪkɪ]	〈形〉 狡猾的，棘手
troop	[trup]	〈名〉 群，組，軍隊 〈動〉 群集，結隊

troublesome	['trʌbḷsəm]	〈形〉 麻煩的，棘手的
trunk	[trʌŋk]	〈名〉 軀幹，樹幹
truthful	['truθfəl]	〈形〉 誠實的，說實話的
tug	[tʌg]	〈動〉 用力拉，奮鬥 〈名〉 猛拉，拖曳
tumble	['tʌmbḷ]	〈動〉 翻倒，倒塌 〈名〉 跌跤，倒塌
tune	[tjun]	〈名〉 曲調，調子 〈動〉 調音，調整
twig	[twɪg]	〈名〉 細枝，嫩枝
twin	[twɪn]	〈名〉 雙胞胎之一 〈形〉 雙胞胎的，相似的，一對的
twinkle	['twɪŋkḷ]	〈動〉 閃爍，閃亮，閃耀 〈名〉 閃爍，閃耀，瞬息
twist	[twɪst]	〈動〉 扭轉，絞 〈名〉 扭，絞
typewriter	['taɪp,raɪtɚ]	〈名〉 打字機
typing	[taɪpɪŋ]	〈名〉 打字，鍵入
typist	['taɪpɪst]	〈名〉 打字員

★ U

1-89

unable	[ʌn'ebḷ]	〈形〉 不能的
underground	['ʌndɚ,graʊnd]	〈形〉 地下的，秘密的 〈副〉 在地下，秘密地
understanding	[,ʌndɚ'stændɪŋ]	〈名〉 諒解，理解
undertake	[,ʌndɚ'tek]	〈動〉 承擔，許諾
underwater	['ʌndɚ,wɔtɚ]	〈副〉 水中的，水面下的 〈形〉 水中的，水面下的
underweight	['ʌndɚ,wet]	〈形〉 重量不足的
unfortunately	[ʌn'fɔrtʃənɪtlɪ]	〈副〉 不幸地，不巧地
unfriendly	[ʌn'frɛndlɪ]	〈形〉 不友善的

union	[ˈjunjən]	〈名〉 聯盟，工會
unite	[juˈnaɪt]	〈動〉 聯合，合併，統一
united	[juˈnaɪtɪd]	〈形〉 聯合的，一致的，統一的
unity	[ˈjunətɪ]	〈名〉 個體，結合，一致
unless	[ʌnˈlɛs]	〈連〉 如果不，除非
unlike	[ʌnˈlaɪk]	〈形〉 不同的，不相似的
untouched	[ʌnˈtʌtʃt]	〈形〉 未觸及的，未改變的
upward	[ˈʌpwɚd]	〈形〉 向上的
urge	[ɝdʒ]	〈動〉 催促，強力要求 〈名〉 衝動，推動力
usage	[ˈjusɪdʒ]	〈名〉 用法，習慣，使用

V

★ V

1-90

vacant	[ˈvekənt]	〈形〉 空的，空靈的，空白的
vague	[veg]	〈形〉 含糊的，茫然的
vain	[ven]	〈形〉 自負的，徒勞無功的
valuable	[ˈvæljuəbl̩]	〈形〉 有價值的，貴重的
vanish	[ˈvænɪʃ]	〈動〉 消失，突然不見
vapor	[ˈvepɚ]	〈名〉 水汽，蒸汽
variety	[vəˈraɪətɪ]	〈名〉 多樣性，變化
various	[ˈvɛrɪəs]	〈形〉 多元的，不同的
vary	[ˈvɛrɪ]	〈動〉 改變，變更
vast	[væst]	〈形〉 巨大的，非常的，廣大的
vegetarian	[ˌvɛdʒəˈtɛrɪən]	〈形〉 素食的 〈名〉 素食主義者，草食性動物

vehicle	[ˈviɪkl̩]	〈名〉 交通工具，傳達媒介，車輛
venture	[ˈvɛntʃɚ]	〈名〉 冒險，風險，投機 〈動〉 冒…之險，敢於，冒險
verse	[vɝs]	〈名〉 韻文，詩
vessel	[ˈvɛsl̩]	〈名〉 船，容器
videotape	[ˈvɪdɪoˈtep]	〈名〉 錄影帶 〈動〉 錄到帶子上
vigor	[ˈvɪgɚ]	〈名〉 活力，體力，強健
violence	[ˈvaɪələns]	〈名〉 暴力
violent	[ˈvaɪələnt]	〈形〉 猛烈的，暴力的，激烈的
violet	[ˈvaɪəlɪt]	〈名〉 紫羅蘭 〈形〉 紫羅蘭色的
violinist	[ˌvaɪəˈlɪnɪst]	〈名〉 小提琴家，小提琴演奏家
virgin	[ˈvɝdʒɪn]	〈名〉 處女，處男 〈形〉 童貞的，純潔的
visible	[ˈvɪzəbl̩]	〈形〉 看得見的，顯然的，明顯的
visual	[ˈvɪʒuəl]	〈形〉 視覺的，形象的
vital	[ˈvaɪtl̩]	〈形〉 活力的，充滿生命的；非常重要的
voyage	[ˈvɔɪɪdʒ]	〈名〉 航行，航海 〈動〉 航行，航海

★ W

1-91

wage	[wedʒ]	〈名〉 薪水，代價，工資 〈動〉 開展，進行
wagon	[ˈwægən]	〈名〉 貨車，四輪馬車
waken	[ˈwekn̩]	〈動〉 喚醒，醒來，覺醒
waltz	[wɔlts]	〈名〉 華爾茲舞，圓舞曲 〈動〉 跳華爾茲舞
ward	[wɔrd]	〈名〉 守衛，保護，保衛 〈動〉 守護，防止，保衛
warfare	[ˈwɔrˌfɛr]	〈名〉 戰爭，衝突

warmth	[wɔrmθ]	〈名〉 溫暖，溫情，親切
warning	['wɔrnɪŋ]	〈名〉 警告，通知
warship	['wɔr,ʃɪp]	〈名〉 軍艦，戰船
watchman	['wɑtʃmən]	〈名〉 守門人，看守人
waterproof	['wɔtɚ,pruf]	〈形〉 防水的，不透水的 〈名〉防水材料 〈動〉使防水
wax	[wæks]	〈名〉 蠟 〈動〉 上蠟，塗蠟
way	[we]	〈副〉 非常，大大地
weaken	['wikən]	〈動〉 削弱，減
wealth	[wɛlθ]	〈名〉 財富，富裕
wealthy	['wɛlθɪ]	〈形〉 富有的，充分的
weave	[wiv]	〈動〉 編織，紡織 〈名〉 編法，編織
web	[wɛb]	〈名〉 網，蛛絲
weed	[wid]	〈名〉 野草，雜草 〈動〉 除草，剷除
weigh	[we]	〈動〉 秤重量，重壓
welfare	['wɛl,fɛr]	〈名〉 福利，幸福，安寧 〈形〉 幸福的，安寧的
well	[wɛl]	〈名〉 井，泉源
well-known	['wɛl'non]	〈形〉 知名的
westerner	['wɛstɚnɚ]	〈名〉 西方人，西部人，歐美人
whenever	[hwɛn'ɛvɚ]	〈副〉 不論何時，每逢 〈連〉 無論何時，隨時
wherever	[hwɛr'ɛvɚ]	〈副〉 無論那裡 〈連〉任何地方
whichever	[hwɪtʃ'ɛvɚ]	〈代〉 無論哪個 〈形〉 任何一個
whip	[hwɪp]	〈名〉 鞭子，車夫 〈動〉 鞭打，攪拌

whisper	[ˈhwɪspɚ]	〈動〉 耳語，低聲說 〈名〉 耳語，謠傳
whistle	[ˈhwɪsl̩]	〈動〉 吹口哨，鳴汽笛 〈名〉 口哨聲，汽笛
wicked	[ˈwɪkɪd]	〈形〉 壞的，缺德的，形惡的
widespread	[ˈwaɪd͵sprɛd]	〈形〉 分佈廣泛的，普遍的
wildlife	[ˈwaɪld͵laɪf]	〈名〉 野生動植物
wildly	[ˈwaɪldlɪ]	〈副〉 野生地，野蠻地
wink	[wɪŋk]	〈動〉 眨眼，閃爍，眨 〈名〉 眨眼，瞬間
wipe	[waɪp]	〈動〉 擦，揩，消除 〈名〉 擦拭
wire	[waɪr]	〈名〉 電線，電報，鐵絲網 〈動〉打電報，用金屬絲捲起
withdraw	[wɪðˈdrɔ]	〈動〉 撤回，撤消
wizard	[ˈwɪzɚd]	〈名〉 男巫，巫師
wool	[wʊl]	〈名〉 羊毛，毛線
workbook	[ˈwɝk͵bʊk]	〈名〉 練習簿，業務手冊
workshop	[ˈwɝk͵ʃɑp]	〈名〉 工作室，研討會
worldwide	[ˈwɝld͵waɪd]	〈副〉 遍及世界的 〈形〉 全世界的
worm	[wɝm]	〈名〉 蟲，蠕蟲 〈動〉 蠕行，除蟲，慢慢前進
worn	[worn]	〈形〉 磨損的，疲倦的
worried	[ˈwɝɪd]	〈形〉 擔心的，煩惱的，悶悶不樂的
wow	[waʊ]	〈嘆〉 哇！ 〈動〉 發出哇的聲音，興奮時發出的聲音
wrap	[ræp]	〈動〉 包裝，纏繞 〈名〉 外套，包裹
wrapping	[ˈræpɪŋ]	〈名〉 包裝紙，包裝材料
wreck	[rɛk]	〈動〉 失事，拆毀 〈名〉 失事，殘骸

其他單字

wrinkle	[ˈrɪŋkḷ]	〈名〉 皺紋，缺點 〈動〉 起皺紋
writing	[ˈraɪtɪŋ]	〈名〉 筆跡，著作，作品

★ X

1-92

X-ray	[ɛksˈre]	〈名〉 X光線 〈動〉 照X光片

★ Y

1-93

yogurt	[ˈjogɚt]	〈名〉 優酪乳，酸奶酪
yolk	[jok]	〈名〉 蛋黃
youngster	[ˈjʌŋstɚ]	〈名〉 年青人，少年
youthful	[ˈjuθfəl]	〈形〉 年輕的，青年的

★ Z

1-94

zone	[zon]	〈名〉 地區，地帶，地域 〈動〉 環繞，分成地帶

索引

【A】

abandon 28
abnormal 158
aboard 162
absence 132
absolute 107
absolutely 162
absorb 72
abstract 162
abuse 35
academic 152
academy 47
accent 24
acceptable 85
acceptance 162
accepted 162
access 24
accidental 162
accommodate 11
accommodation 162
accompany 33
accomplish 125
accord 162
account 45
accountant 117
accuracy 149
accurate 40
accuse 68
accustomed 162
ache 16
achievement 130
acid 162
acquaint 162
acquaintance 105
acquire 162
acre 162
actual 33
adapt 104
additional 28
adequate 58
adjective 162
adjust 124
administration 162
admirable 29
admiration 26
admission 162
adopt 162
advanced 62
advertise 162
adviser 67
affection 103
afford 105
afterwards 162
aged 48
agency 162
agent 91
aggressive 91
agreeable 162
agreement 17
agriculture 163
air-conditioned 163
airmail 163
alcohol 134
alcoholic 152
alert 50
allergic 163
alley 163
allowance 126
alongside 163
alternative 156
altitude 163
aluminum 163
amateur 126
amaze 25
amazed 121
amazing 27
ambassador 41
ambition 163
ambitious 151
amid 131
amuse 59
amused 163
amusement 148
amusing 163
analysis 134
analyst 163

analyze 56
ancestor 163
angle 163
anniversary 163
announcement 19
announcer 163
annoy 111
annoyed 163
annoying 163
annual 163
anxiety 163
anxious 150
anyhow 163
anytime 94
apart 88
ape 163
apology 64
apparent 164
apparently 73
appeal 164
appetite 102
applaud 105
applause 90
appliance 164
applicant 123
application 41
appoint 164
appointment 164
appreciation 164
approach 33
appropriate 164
approval 85
approve 68
apron 164
aquarium 164
arch 164
architect 97
architecture 164
argument 124
arise 164
arithmetic 164
armed 164
arouse 103
arrangement 148
arrival 164
arrow 164
artificial 94
artistic 164
ascend 164
ascending 164
ash 164
ashamed 164
aside 164
aspect 133
aspect 165
aspirin 40
assassinate 165
assemble 38
assembly 165
asset 165
assign 165
assist 165
assistance 165
associate 133
association 165
assurance 165
assure 108
astonish 26
astonished 165
astonishing 26
astronaut 165
athlete 139
athletic 165
atmosphere 165
atom 165
atomic 165
attach 165
attain 165
attempt 57
attitude 105
attract 57
attraction 165
attractive 46
audio 165
author 14
authority 165
autobiography 165
automatic 165
automobile 166
auxiliary 166
avenue 166
average 124
await 166
awake 166
awaken 166
award 73
awful 50
awkward 27
ax 166

【B】

babysit 81
babysitter 166
background 166
bacon 166
bacteria 166
badly 166
baggage 72
baggy 166
bait 166
balance 60
bald 166
ballet 166
bamboo 23
ban 166
bandage 166
bang 166
bankrupt 166
bare 167

barely 167
bargain 167
barn 167
barrel 167
barrier 167
based 167
basin 167
bathe 167
battery 167
battle 36
bay 167
B.C. 166
bead 167
beak 167
beam 167
beast 167
beauty 139
bedtime 167
beetle 81
beg 167
beggar 167
behavior 14
being 167
believable 167
belly 167
bend 167
beneath 139
beneficial 168
benefit 168
berry 168
bet 168
Bible 73
bid 168
bike 168
billion 168
bin 168
bind 168
bingo 168
biography 168
birth 168
biscuit 168
bleed 168
blend 60
bless 168
blessing 57
blink 168
bloody 168
bloom 168
blossom 168
blush 168
boast 168
bold 80
bond 168
bony 169
booklet 94
bookshelf 169
bookstore 169
boot 169
border 69
bore 169
bounce 169
bow 81
boycott 13
boyfriend 169
bra 169
bracelet 169
brake 169
brand 101
brass 169
bravery 141
breast 169
breath 169
breathe 169
breed 169
breeze 141
bribe 17
bride 120
bridegroom 169
briefcase 169
brilliant 169
broke 169
brook 169
broom 169
brownie 169
browse 170
brutal 170
bubble 170
bud 170
budget 59
buffalo 170
bulb 170
bull 170
bullet 170
bulletin 26
bump 170
bunch 170
burden 55
bureau 170
burger 170
burglar 65
bury 109
bush 170
butcher 170
buzz 170

【C】

cabin 112
cafe 170
calculate 71
calculator 170
camel 170
campaign 104
canal 170
candidate 47
cane 170
canoe 170
canvas 140
canyon 171
capable 133

capacity	171	cheerful	172	climax	93
cape	171	chemist	172	climber	173
capital	171	chemistry	149	climbing	173
capital	171	cherish	172	clinic	13
capitalism	142	cherry	172	clip	173
capitalist	143	chest	172	cloth	173
caption	171	chew	172	clothe	173
capture	109	chick	172	clothed	173
carbon	171	childbirth	172	clothing	113
cargo	171	chill	172	cloud	173
carpenter	86	chilly	70	clown	173
carriage	171	chimney	172	clue	173
cart	171	china	172	clumsy	13
carve	171	chip	172	coal	173
cashier	171	choke	172	coarse	174
cast	87	chop	172	cock	174
casual	171	chore	172	cocktail	174
casualty	171	chorus	173	coconut	174
catalog	171	Christian	144	code	174
caterpillar	171	cigar	173	coincidence	174
cattle	171	cigarette	69	collapse	44
cave	171	cinema	173	collar	174
cease	171	circular	70	colleague	59
celebration	61	circulate	173	colony	124
ceremony	171	circulation	173	colored	174
certificate	60	circumstance	139	column	62
chain	171	circus	173	combination	146
challenge	171	civil	173	combine	58
chamber	172	civilian	20	combined	174
champion	47	civilization	16	comedian	144
championship	69	civilize	154	comedy	20
changeable	172	clarify	154	comfort	99
characteristic	172	classification	147	comfortably	174
charity	44	classify	173	coming	174
charm	47	classroom	173	commander	121
charming	15	claw	173	commerce	174
chat	172	clay	173	commercial	87
check	172	click	173	commission	174
checkout	172	client	40	commit	88
cheek	172	cliff	91	commitment	85

committee	36	confidence	175	continent	176
communicate	174	confine	175	continental	176
communication	147	confront	116	continual	21
communist	20	confrontation	175	continuous	176
community	174	confusion	147	contrary	150
commute	174	congratulate	175	contrast	176
companion	103	congress	175	contribute	176
comparative	174	conjunction	175	contribution	51
compare	174	connect	175	controversial	176
comparison	174	connection	175	convenience	177
compete	14	conquer	62	convention	177
competition	146	conscience	176	conventional	177
competitive	74	conscious	176	converse	177
competitor	174	consequence	158	convey	177
complaint	174	consequent	176	convince	68
complex	174	consequently	176	cooker	177
complicate	175	conservative	18	cooking	90
complicated	175	considerable	176	cooperate	116
compliment	73	considerate	105	cooperative	102
compose	175	consideration	176	cope	177
composer	96	consist	105	copper	50
composition	175	consistent	176	cord	177
compound	175	consonant	176	corporation	161
comprehension	91	constant	79	correspond	86
compute	175	constant	176	correspondent	177
conceal	122	constitute	176	corridor	177
concentrate	51	constitution	69	costly	177
concentration	147	construct	176	costume	177
concept	175	construction	107	cottage	177
concerning	175	constructive	28	council	104
concert	8	consult	176	counter	177
conclude	175	consultant	77	courageous	177
conclusion	72	consume	176	courteous	177
concrete	175	consumer	82	courtesy	177
condition	175	container	51	coward	177
conduct	175	contemporary	55	cowboy	177
conductor	93	content	110	crack	177
cone	175	content	176	cradle	177
conference	175	contest	176	craft	177
confess	39	context	176	cram	178

crane 178
crash 9
crawl 178
creation 178
creative 93
creature 178
credit 47
creep 178
crew 178
cricket 178
criminal 178
cripple 178
crisp 178
crispy 178
critic 79
critical 151
criticism 143
criticize 66
crop 178
crossroad 178
crow 178
crow 67
crown 178
cruelty 178
crush 178
crutch 178
crystal 178
cub 178
cucumber 31
cue 178
cultivate 84
cultural 179
cunning 94
cupboard 179
curiosity 94
curl 179
curse 65
cushion 179
custom 179
cycle 179
cyclist 143

【D】

dairy 179
dam 179
damn 179
damp 93
dancer 179
dancing 179
dare 140
darling 179
dash 11
daylight 179
deadline 32
debate 179
decade 122
decay 179
deceive 75
deck 179
declaration 179
declare 179
decline 179
decoration 179
decrease 179
deed 180
defeat 109
defend 13
defense 180
defensive 99
deficit 180
define 180
definite 27
definition 13
delegate 180
delete 180
deliberately 180
delicate 180
delicious 101
delight 180
delighted 180
delightful 180
delivery 180
demand 180
demanding 180
democrat 180
demonstrate 17
demonstration 180
dense 180
depart 180
departure 180
dependable 153
dependent 54
deposit 180
depress 180
depressed 89
depressing 180
depression 90
depth 52
deputy 181
description 123
deserve 181
designer 64
despair 181
desperate 120
despite 132
destination 181
destroy 126
destruction 181
destructive 181
detail 85
detailed 181
detect 138
detective 70
detergent 181
determination 181
determined 181
development 181
device 111

devil 181
devise 181
devote 69
devoted 181
devotion 181
dialect 181
dialog 181
dictate 181
dictation 181
diet 181
differ 181
digest 181
digestion 102
digit 182
digital 22
dignity 125
dim 126
dime 92
dine 10
dip 182
diploma 182
dirt 182
disabled 157
disadvantage 157
disadvantaged 182
disagree 44
disappoint 25
disappointed 62
disappointing 34
disappointment 88
disapproval 88
disapprove 157
disaster 34
discard 182
discipline 14
disco 182
disconnect 157
discount 182
discourage 71
discovery 182
disease 124
disguise 182
disgust 182
disk 182
dislike 31
dismiss 182
disorder 182
display 93
dispute 182
dissatisfaction 157
dissolve 101
distant 91
distinct 182
distinction 182
distinguish 182
distinguished 182
distribute 31
distribution 182
district 182
distrust 36
disturb 23
disturbance 182
ditch 183
dive 127
divine 183
divorce 78
domestic 183
dominant 183
dominate 183
donate 105
dormitory 30
dose 183
doubtful 92
dove 183
downwards 183
doze 183
draft 183
drag 183
dragonfly 183
drain 183
dramatic 84
drawing 39
dread 108
dreadful 183
drift 183
drill 183
drip 12
drought 183
drown 78
drowsy 183
drunk 76
duckling 183
due 108
dull 183
dump 57
durable 153
duration 183
dusk 130
dust 183
dusty 117
dye 184
dynamic 74
dynasty 184

【E】

eager 184
earnest 184
earnings 184
earring 184
earthquake 133
ease 121
easily 184
echo 184
economic 184
economical 137
economics 149
economist 184
economy 140
edible 184

edit 184
edition 184
editor 184
editorial 184
educate 115
educational 184
efficient 52
elaborate 115
elastic 184
elbow 184
elderly 115
election 184
electrical 151
electrician 145
electricity 184
electronic 184
electronics 149
elegant 102
elementary 35
elevator 185
eliminate 114
elsewhere 65
embassy 11
emerge 114
emergency 148
emotional 185
emperor 71
emphasis 185
emphasize 185
empire 185
employee 17
employer 55
employment 185
enable 185
enclose 185
enclosed 93
encounter 185
encouragement 185
endanger 185
ending 50
endurance 92
endure 67
energetic 185
enforce 185
engage 74
engineering 119
enhance 134
enjoyable 50
enjoyment 185
enlarge 77
enlargement 185
enormous 185
enroll 185
ensure 185
enterprise 185
entertain 185
entertainer 185
entertainment 185
enthusiasm 116
enthusiastic 77
entitle 186
entry 186
envious 133
environmental 186
equality 87
equip 186
equipment 186
equivalent 186
era 186
erase 186
erect 31
errand 186
escalator 83
escape 110
essay 10
essential 186
essentially 186
establish 68
estate 131
esteem 186
estimate 186
etc. 186
evaluate 186
even 186
eventual 186
eventually 186
everyday 99
evidence 44
evident 186
evolution 186
evolve 120
exactly 57
exaggerate 55
examination 186
examiner 186
excellence 187
exception 187
exceptional 34
exchange 187
excitedly 187
excitement 61
exclaim 133
excursion 187
executive 130
exhaust 187
exhaust 187
exhibit 187
exhibition 17
existence 15
expand 62
expansion 147
expectation 54
expense 23
experiment 53
experimental 187
explanation 36
explicit 187
explode 187
exploit 187
explore 187

explorer 140
explosion 147
explosive 187
expose 187
exposure 187
expression 147
extend 187
extension 59
extensive 41
extent 187
extinct 187
extraordinary 53
extreme 187
extremely 41
eyebrow 187
eyesight 187

【F】

fable 188
facial 188
facility 188
factor 112
fade 69
faint 188
fairly 52
fairy 188
faith 41
faithful 188
fake 127
fame 41
familiar 40
fantasy 188
fare 188
farewell 188
fascinate 25
fascinated 26
fascinating 26
fashion 29
fasten 79
fatal 19
fate 188
faulty 188
favorable 188
fax 101
feast 188
feather 188
feature 188
federal 188
feedback 188
ferry 188
fertile 188
fertilizer 93
festival 188
fiction 66
fierce 67
fighter 188
file 109
finance 189
financial 100
finished 189
fireplace 129
fireworks 86
fishing 9
fist 61
fit 189
flame 189
flash 189
flatter 189
flavor 189
flea 189
flee 189
flesh 189
flexible 99
float 77
flock 189
flood 189
flooding 189
fluent 25
flush 189
foam 189
foggy 89
fold 189
folk 16
follower 144
fond 189
forbid 64
forecast 70
forehead 189
foresee 107
forever 103
forgetful 189
formation 189
formula 189
fort 189
forth 127
fortunate 62
fortunately 190
fortune 190
found 190
foundation 190
founder 190
fountain 136
fragrance 112
frame 190
freeway 190
freeze 109
freezing 190
frequency 149
frequent 26
freshman 190
fridge 190
fright 190
frightened 104
frightening 139
frost 190
frosty 190
frown 190
frozen 190
frustrate 138

fuel 123
fulfill 190
fully 190
functional 190
fund 46
fundamental 190
funeral 139
fur 190
furious 80
furnish 23
furnished 190
furthermore 190

【G】

gallery 11
gallon 32
gamble 63
gambler 44
gambling 191
gang 36
gangster 191
gap 191
gardener 191
garlic 191
gay 191
gaze 191
gear 191
gene 191
generally 191
generosity 123
generous 191
genuine 191
germ 191
gifted 85
gigantic 191
giggle 191
ginger 74
giraffe 191
girlfriend 191
glance 191
glasses 191
glide 191
glimpse 191
global 117
globe 192
glorious 87
glory 192
glow 192
goddess 192
goodness 117
goods 45
gossip 45
govern 38
governor 70
gown 37
grab 127
grace 192
graceful 93
gracious 53
gradual 192
gradually 192
graduate 78
graduation 192
grain 192
grammar 32
grandchild 192
grandparent 192
grant 192
grapefruit 192
grasp 92
grateful 102
gratitude 61
grave 100
grave 28
gravity 192
greasy 192
greatly 192
greenhouse 95
greeting 192
grief 60
grieve 98
grin 192
grind 82
grocery 140
grown-up 81
guarantee 103
guardian 145
guidance 192
guilt 31
guilty 67
gulf 192
gum 192

【H】

habitual 139
hairdresser 193
halfway 193
hallway 107
halt 193
handbag 193
handful 193
handicap 193
handicapped 67
handwriting 39
handy 193
happily 193
harbor 193
harden 155
hardship 146
hardware 193
hard-working 88
harm 106
harmful 193
harmony 117
harsh 125
harvest 193
hassle 193
hasty 193

hatch 193
hatred 37
hawk 193
hay 193
headline 193
headphones 193
headquarters 193
headset 193
heal 115
heap 194
heartbreak 194
heaven 194
heavenly 194
heel 194
hell 194
helmet 64
hence 194
herd 194
heroine 194
hesitate 48
hesitation 194
hidden 92
highly 194
high-rise 194
hijack 102
hijacker 194
hijacking 194
hiker 144
hiking 137
hint 194
hire 194
historian 145
historic 194
historical 99
hive 194
hollow 194
holy 194
homeland 194
honestly 53
honeymoon 14
honor 33
honorable 153
hook 194
hopeful 195
hopefully 137
horizon 116
horn 195
horrify 155
horror 143
hose 195
hostage 64
hostel 10
hourly 195
household 195
housekeeper 195
housewife 195
housework 195
housing 195
hug 195
hum 195
humanity 195
humidity 195
hurricane 84
hush 195
hut 195
hydrogen 195

【I】

iceberg 45
icy 195
ideal 195
identical 120
identification 28
identify 154
identity 58
idiom 195
idle 31
idol 195
ignorance 117
ignorant 196
ignore 196
illegal 123
illness 145
illustrate 59
illustration 46
imaginable 153
imaginary 15
imagination 84
imaginative 196
imitate 196
imitation 141
immediate 140
immediately 137
immigrant 196
immigration 196
impact 117
impatient 138
imperial 196
impersonal 159
implement 196
implication 196
imply 196
impose 66
impress 97
impression 147
impressive 196
improvement 135
inadequate 140
incident 42
included 102
incomplete 44
inconvenient 159
increase 196
increasingly 196
indeed 196
independence 136
India 20
Indian 196
indication 196

indoor 196
indoors 196
industrial 196
industrialize 46
inevitable 153
infant 128
infect 82
infection 111
infer 196
inference 81
inferior 51
inflation 196
influential 196
inform 46
informal 159
informative 197
informed 197
ingredient 46
inhabitant 103
inherit 103
initial 197
inject 197
injection 126
injure 115
injured 129
inn 197
inner 197
innocence 197
innocent 53
innovative 197
input 197
inquire 41
inquiry 197
insert 89
inspect 197
inspector 197
inspiration 197
install 197
instead 197
instinct 197
institute 197
institution 197
instruct 197
instruction 77
instructor 144
insult 197
insurance 33
intellectual 197
intelligence 197
intend 198
intense 198
intensify 155
intensive 198
intention 128
interact 14
interesting 51
interfere 122
interference 198
intermediate 198
internal 198
interpret 161
interpretation 198
interpreter 12
interval 198
intimate 122
introduction 198
intrude 198
intruder 198
invade 198
invasion 198
invention 137
inventor 38
invest 198
investment 86
investor 50
invisible 77
involve 198
involved 198
irregular 158
isolate 198
isolation 83
issue 198
itch 198
ivory 198

【J】

jail 38
jam 198
jar 199
jaw 199
jealousy 84
jelly 199
jet 199
jewel 46
jewelry 199
journal 112
journey 199
joyful 199
judgment 39
judgment 199
juicy 199
jungle 199
junior 199
junk 199
jury 21
justice 81

【K】

keen 199
keeper 199
kettle 199
keyboard 199
kidnap 199
kidney 199
kindly 199
kindness 145
kit 199
kneel 199

knight 120
knit 61
knob 200
knot 200
knowledgeable 200

【L】

label 200
labor 125
lace 200
ladder 200
ladybug 200
lag 200
landlady 200
landlord 9
landmark 11
landscape 131
landslide 200
lane 200
lantern 37
lap 200
largely 200
laser 200
last 130
lately 200
latitude 200
latter 200
laughter 200
launch 200
laundry 97
lavatory 200
lawful 200
lawn 89
layer 201
lead 201
leading 201
leaflet 201
league 201
leak 201
lean 126
leap 92
learned 201
learner 201
learning 201
leather 201
lecture 57
lecturer 201
legend 132
legendary 122
leisure 94
leisurely 201
lemonade 201
lengthen 155
lens 201
leopard 97
liar 201
liberal 20
liberate 28
liberty 201
librarian 201
license 201
lifetime 130
lighten 201
lighthouse 201
lily 201
limb 201
limit 202
limitation 202
linen 30
lipstick 202
liquor 202
listener 202
literary 150
literature 120
litter 202
live 202
lively 202
liver 202
load 202
loan 202
lobby 202
lobster 23
locate 100
location 24
locker 202
log 202
logic 202
logical 52
loneliness 145
long 202
long-term 202
loop 202
loose 202
loosen 202
lord 202
lorry 202
lotion 87
loudspeaker 203
lousy 100
lower 203
loyal 83
loyalty 124
luck 112
luckily 88
luggage 203
lullaby 116
lunar 203
lung 17
luxurious 77
luxury 63

【M】

machinery 203
madam 203
magical 151
magnet 115
magnetic 203
magnificent 203

maid 203
mainland 203
mainly 203
maintain 203
majority 111
maker 203
make-up 203
manage 203
manageable 203
management 148
mankind 203
man-made 203
manner 203
mansion 203
manual 204
manufacture 204
marathon 204
marble 204
march 204
margin 72
master 204
masterpiece 44
mate 204
mathematical 151
mature 54
maturity 204
mayor 77
meadow 24
mean 204
meaningful 204
meantime 204
meanwhile 204
measurable 204
mechanical 204
medal 23
medical 19
melt 45
membership 146
memorable 204
memorandum 122
memorial 83
memorize 154
mend 36
mental 112
mention 204
merchant 204
mercy 41
mere 204
merit 204
merry 53
mess 204
messenger 204
messy 204
meter 205
metro 205
microphone 205
microscope 205
midday 32
might 205
mighty 205
mild 49
milkshake 205
mill 205
mine 205
miner 45
mineral 205
minimum 161
minister 205
ministry 205
minority 205
minute 205
miracle 10
mischief 158
miserable 129
misery 205
misfortune 158
mislead 158
misleading 48
missile 205
mission 78
mist 205
mister 205
mistress 40
misunderstand 158
mixture 205
mob 90
mobile 205
moderate 205
modest 205
modesty 131
moist 206
moisture 206
monitor 206
monk 206
monument 206
mood 206
moonlight 206
moral 206
moreover 206
mortgage 206
mostly 206
motel 206
moth 206
motivate 206
motivation 50
motor 206
mountainous 206
mourn 206
moustache 206
movable 206
mow 206
muddy 206
mug 206
multiple 20
multiply 127
murder 16
murderer 207
murmur 207
muscle 207
mushroom 207

musical 207
mutual 207
mysterious 141
mystery 118

【N】

naked 207
namely 207
nap 79
nasty 123
nationality 207
native 122
naturalist 143
naturally 50
naval 207
navy 70
nearby 207
neat 129
necessarily 207
necessity 207
needy 115
neglect 130
negotiate 16
negotiation 42
neighborhood 207
nerve 207
net 207
network 207
nevertheless 207
newcomer 207
newscaster 207
nickname 207
nightmare 33
noble 208
nonetheless 208
nonsense 118
non-stop 161
normal 208
normally 208
northeast 208
northwest 208
notify 208
nourish 208
novelist 143
nowadays 208
nowhere 208
nuclear 108
numerous 151
nun 42
nursery 208
nursing 82
nut 208
nutrient 52
nutrition 208
nylon 208

【O】

oak 208
obedient 208
obesity 208
objection 71
objective 156
observation 135
observe 66
obstacle 208
obtain 208
obvious 118
obviously 137
occasion 104
occasional 208
occupation 48
occupy 9
odd 208
offend 68
offense 209
offensive 128
oh 209
Olympic 14
oneself 209
one-sided 83
onto 209
opener 209
opening 209
opera 132
operator 24
opponent 132
oppose 209
opposite 209
opposition 54
option 109
oral 132
orbit 209
orchestra 67
orderly 209
organ 209
organic 125
origin 209
original 31
orphan 209
orphanage 209
otherwise 209
ought 209
ounce 209
ourselves 209
outcome 54
outdoor 33
outdoors 86
outer 209
outline 209
output 209
outstanding 209
outward 210
oval 210
overall 210
overcoat 210
overcome 210

overflow 160
overhead 160
overlook 210
overnight 160
overtake 210
overthrow 160
overweight 160
overwhelming 210
owe 210
owl 210
ownership 146
oxygen 210

【P】

pace 51
Pacific 210
packet 210
pad 210
pal 210
palace 15
palm 210
pancake 210
panel 210
panic 78
parachute 87
parade 210
paradise 210
paragraph 210
parallel 211
parcel 211
parking 115
parliament 211
part 211
partial 211
participant 46
participate 72
participle 211
particularly 211
partnership 146
passage 211
passion 101
passive 8
passport 35
pasta 211
pat 211
patience 106
patriotic 104
pave 211
paw 211
payment 88
pea 211
peak 211
peanut 211
pearl 211
peasant 211
pebble 211
peculiar 211
pedal 211
peel 76
peep 211
peer 211
penalty 126
penguin 9
penny 212
per 212
percent 212
percentage 212
perfection 59
perfectly 49
perform 212
performance 212
performer 92
perfume 212
permanent 82
permission 128
permit 64
persist 212
personality 117
persuade 24
persuasion 212
persuasive 118
pessimistic 141
pest 212
petal 127
petrol 17
phenomenon 212
philosopher 212
philosophical 212
philosophy 85
photographic 212
photography 138
phrase 15
physical 85
physician 212
physicist 212
pianist 23
pilgrim 212
pill 9
pilot 108
pine 212
pine 212
ping-pong 212
pint 212
pioneer 212
pirate 25
pit 213
pitch 213
pity 103
plastic 116
plentiful 213
plenty 213
plot 52
plug 213
plum 213
plumber 213
plural 213
poet 213
poetry 213
poisonous 38

pole 213
polish 213
political 98
politician 110
politics 149
poll 213
ponder 213
pony 213
pop 213
port 213
portable 213
porter 213
portion 213
portrait 54
portray 86
pose 213
possess 213
possession 214
possibility 91
possibly 214
post 214
postage 214
postal 214
poster 214
postman 214
postpone 118
potential 32
pottery 214
pound 214
pour 214
poverty 82
powerless 153
practical 11
practice 16
precise 214
predict 159
prediction 214
preferable 214
pregnancy 149
pregnant 44
preparation 214
prepared 214
presence 63
presentation 20
presently 214
preserve 214
presidential 214
pressure 100
prestige 214
pretend 61
prevent 69
prevention 63
preview 159
previous 83
pride 214
primary 150
prime 214
primitive 156
privacy 113
privilege 214
probable 52
procedure 12
proceed 10
process 215
producer 111
productive 97
profession 71
professional 128
profit 79
profitable 28
profound 215
progress 215
progressive 156
prohibit 22
prominent 107
promising 29
promote 47
promotion 81
prompt 215
pronounce 215
pronunciation 79
proof 136
proper 78
properly 136
property 63
proportion 215
proposal 58
prospect 32
prosper 34
prosper 9
prosperity 215
prosperous 71
protective 52
protein 35
protest 89
proverb 215
province 215
psychological 215
psychologist 215
psychology 149
pub 215
publication 215
publicity 215
publish 215
publisher 215
pudding 215
punch 215
punctual 91
pupil 215
puppet 71
pure 215
pursue 35
pursuit 215

【Q】

qualification 216
qualified 48
qualify 155
quantity 216

quarrel 64
quilt 216
quote 55

【R】

racial 19
radar 216
radiation 216
radical 216
rage 107
railway 140
raincoat 216
rainfall 62
raisin 216
rank 51
rarely 138
rate 121
rational 216
raw 35
ray 216
razor 216
react 216
reaction 60
reader 9
reality 138
rear 216
reasonable 35
rebel 68
rebuild manufacturer 18
rebuild 18
recall 70
receipt 17
receiver 216
reception 216
recession 216
recipe 18
recite 98
recognition 216
recognize 89
recommend 99
recorder 216
recovery 99
recreation 123
reduce 216
reduction 216
refer 217
reference 18
reflect 37
reflection 217
reform 109
refresh 56
refugee 24
refusal 54
refuse 61
regarding 132
regardless 132
regional 217
register 110
registration 217
regret 217
regulate 217
regulation 72
rehearsal 31
rehearse 217
reject 217
relate 217
related 217
relation 217
relationship 65
relatively 217
relax 217
relaxation 217
release 75
reliable 10
relief 217
relieve 59
religion 217
religious 68
reluctant 59
rely 120
remain 38
remark 217
remarkable 94
remedy 217
reminder 217
remote 136
remove 159
renew 217
repeatedly 217
repetition 58
replace 39
represent 217
representation 218
representative 43
republic 218
republican 218
reputation 53
request 218
requirement 148
rescue 19
research 73
researcher 218
resemble 218
reservation 60
reserve 218
residence 218
resident 218
resign 38
resignation 218
resist 218
resistance 218
resistant 218
resolution 218
resolve 218
resource 218
respect 218
respond 218
response 113

responsibility 122
responsible 218
restless 153
restore 159
restrict 69
restriction 218
retain 218
retire 131
retreat 37
reunite 159
reveal 37
revenge 39
revision 218
revolution 219
revolutionary 150
reward 125
rewrite 219
rhyme 219
rhythm 219
ribbon 219
riches 219
rid 219
riddle 219
rider 219
ridiculous 34
rifle 219
ripe 219
risk 58
rival 129
roar 65
roast 219
robber 219
robbery 219
robe 219
rocket 219
romance 74
romantic 219
rooster 219
rot 27
rotten 43
rough 219
route 219
routine 219
rubbish 219
rug 220
rumor 37
runner 220
running 220
rural 220
rust 220
rusty 220

【S】

sack 220
sacrifice 136
sadden 220
safely 220
sailing 124
sake 220
salary 129
salesperson 220
salty 220
sanction 220
sanitary 220
satellite 220
satisfaction 61
satisfactory 40
sauce 98
sausage 220
saving 220
saw 220
saying 220
scan 111
scarce 81
scarcely 220
scare 25
scary 27
scatter 109
scenery 111
schedule 85
scheme 220
scholar 101
scholarship 25
scientific 23
scissors 221
scold 221
scoop 107
scout 221
scratch 221
scream 221
screw 221
scrub 221
sculpture 133
seafood 221
seagull 221
seal 221
seaside 221
season 221
secondary 221
second-hand 221
sector 221
secure 221
security 221
seize 82
selection 221
self 21
senior 221
sensible 221
sensitive 156
sentence 110
sentence 221
separation 221
series 110
session 57
settle 89
settlement 148
settler 222
severe 97
sew 222
sex 222

sexual 222
sexy 11
shade 222
shadow 222
shady 222
shallow 138
shame 12
shameful 222
shampoo 222
share 222
sharpen 222
shave 222
shaver 222
shell 222
shelter 222
shepherd 222
shift 222
shiny 222
shopkeeper 222
shopping 222
shortage 222
shortcoming 222
shortcut 223
shorten 155
shortly 223
shorts 95
short-sighted 223
shovel 223
shrink 223
shrug 57
shuttle 223
sickness 145
sigh 223
sightseeing 223
signal 223
significance 223
significant 48
silk 223
similarity 223
simplify 35
simultaneous 223
sin 66
sincerely 223
Singaporean 223
singing 100
singular 223
sip 223
site 98
situation 119
skating 223
sketch 223
skiing 223
skim 223
skip 223
skyscraper 224
slang 224
slave 129
slavery 224
sleeve 224
slice 224
slight 224
slightly 224
slippery 224
slogan 224
slope 224
smog 224
smoking 224
smoky 224
smooth 27
snap 224
sneak 224
sneeze 79
snowman 224
sob 97
sociable 224
socket 224
softball 224
software 224
soil 224
solar 224
solid 225
somehow 225
sometime 225
somewhat 225
sorrow 225
sound 101
southeast 225
southwest 225
souvenir 66
sow 225
soy 225
soybean 225
spacecraft 225
spade 225
spare 225
spark 225
sparkle 225
sparrow 225
spear 225
specialized 154
species 12
specific 225
spectator 225
spell 225
spice 116
spicy 225
spill 36
spin 225
spinach 226
spiritual 226
spit 226
spite 226
splash 226
splendid 226
split 15
spoil 86
spokesman 226
sponsor 15
spontaneous 226
sportsman 226

sportsmanship 146
spray 226
sprinkle 226
spy 226
squeeze 226
squirrel 226
stab 108
stable 226
stable 226
stadium 226
staff 226
staircase 226
stare 226
starvation 226
starve 226
state 227
statement 67
statue 227
status 227
steady 227
steel 227
steep 227
steer 227
stem 227
stepfather 227
stepmother 99
stereo 227
sticky 227
stimulate 227
sting 227
stir 227
stitch 227
stock 227
stocking 227
stool 227
storey 227
storyteller 227
strategy 227
strength 227
strengthen 155
stretch 131
strict 228
string 228
strip 65
strive 228
stroke 228
structure 228
struggle 228
stubborn 152
studio 228
stuff 228
subject 228
submarine 161
substance 228
substitute 83
subtract 228
suburb 15
suck 228
suffer 121
suffering 228
sufficient 18
suggestion 110
suicide 98
suitable 228
suitcase 40
sum 228
summarize 154
summary 11
summit 228
sunbathe 95
sunlight 228
sunrise 228
sunset 228
superb 228
superior 73
supervision 228
supervisor 144
supply 228
support 229
supporter 144
suppose 229
supposed 108
supreme 229
surely 229
surfing 18
surgeon 12
surgery 229
surrender 45
surround 25
surroundings 229
survey 229
survival 12
survivor 229
suspect 27
suspend 74
suspension 229
suspicion 131
suspicious 34
swear 229
sweat 74
swell 229
swift 229
swimming 229
switch 229
sword 229
syllable 229
symbolize 142
sympathetic 152
sympathize 154
sympathy 84
symphony 229
symptom 107
syrup 229
systematic 152

【T】

tablecloth 229
tablet 32
tack 229

tag	229	thirst	231	trademark	232
tailor	230	thorough	231	trader	232
tale	230	thoughtful	231	tragedy	19
talented	83	thread	231	tragic	152
tame	230	threat	231	trail	232
tap	230	threaten	127	training	232
tasty	230	thunderstorm	231	transfer	160
tax	120	tickle	231	transform	161
tease	65	tide	231	translate	161
technical	230	tight	231	translation	87
technician	136	tighten	155	translator	58
technique	89	timber	39	transplant	160
technological	230	timetable	231	transport	232
technology	112	timid	39	transportation	161
teenage	230	tin	231	traveler	232
teens	230	tiptoe	231	tray	232
telegram	230	tire	231	treaty	72
telegraph	230	tire	231	tremble	66
telescope	230	tiresome	138	tremendous	232
televise	230	tiring	27	trend	121
temper	230	tissue	231	tribe	232
temporary	230	tobacco	231	tricky	232
tenant	230	tolerable	232	triumph	124
tend	230	tolerance	232	troop	232
tendency	148	tolerant	63	tropical	125
tender	230	tolerate	105	troublesome	233
tense	230	tomb	48	trunk	233
tension	230	ton	232	truthful	233
terminal	230	tone	232	tube	79
terrify	230	toothpaste	232	tug	233
territory	231	torch	232	tulip	37
terror	65	tornado	232	tumble	233
text	231	tortoise	232	tune	233
thankful	231	toss	232	tutor	101
theft	231	tough	100	twig	233
theirs	231	tough	137	twin	233
theme	130	tourism	143	twinkle	233
theory	97	tourist	143	twist	233
therapy	34	tow	232	typewriter	233
thinking	231	trace	232	typical	151

typing 233
typist 233

【U】

unable 233
unaware 78
unbelievable 156
unconscious 151
underground 233
understanding 233
undertake 233
underwater 233
unexpected 156
unfortunate 157
unfortunately 233
unfriendly 233
union 234
unite 234
united 234
unity 234
universal 13
unknown 157
unless 234
unlike 234
unlikely 54
untouched 234
unusual 157
upset 75
upward 234
urban 87
urge 234
urgent 121
usage 234
useless 152

【V】

vacant 234
vague 234
vain 234
valuable 234
van 128
vanish 234
vapor 234
variety 234
various 234
vary 234
vase 128
vast 234
vegetarian 234
vehicle 235
venture 235
verse 235
version 84
vessel 235
victim 47
videotape 235
vigor 235
vigorous 150
violate 63
violation 63
violence 235
violent 235
violet 235
violinist 235
virgin 235
virtue 90
virus 10
visible 235
vision 19
visual 235
vital 235
vitamin 60
vivid 91
volcano 33
voluntary 150
volunteer 13
vowel 98
voyage 235

【W】

wage 235
wagon 235
waken 235
waltz 235
wander 90
ward 235
warfare 235
warmth 236
warn 111
warning 236
warship 236
watchman 236
waterproof 236
wax 236
way 236
weaken 236
wealth 236
wealthy 236
weave 236
web 236
weed 236
weep 71
weigh 236
welfare 236
well 236
well-known 236
westerner 236
wheat 48
whenever 236
wherever 236
whichever 236
whip 236
whisper 237
whistle 237
whomever 19
wicked 237
widespread 237
wilderness 145

wildlife 237
wildly 237
will 126
wink 237
wipe 237
wire 237
wisdom 130
wit 96
witch 128
withdraw 237
witness 42
wizard 237
wool 237
workbook 237
workshop 237
worldwide 237
worm 237
worn 237
worried 237
worse 136
worthless 153
worthwhile 73
worthy 73
wow 237
wrap 237
wrapping 237
wreck 237
wrinkle 238
writing 238

【X】

X-ray 238

【Y】

yawn 13
yell 90
yogurt 238
yolk 238
youngster 238
youthful 238

【Z】

zone 238

memo

再版一刷　2016年02月

發 行 人　林德勝

著　　者　里昂

出版發行　山田社文化事業有限公司
10688
臺北市大安區安和路一段112巷17號7樓
電話　02-2755-7622
傳真　02-2700-1887
郵政劃撥　19867160號　大原文化事業有限公司
網路購書　日語英語學習網：http://www. daybooks. com. tw

總 經 銷　聯合發行股份有限公司
新北市新店區寶橋路235巷6弄6號2樓
電話　02-2917-8022
傳真　02-2915-6275

印　　刷　上鎰數位科技印刷有限公司
法律顧問　林長振法律事務所 林長振律師

一書＋1MP3　定價　新台幣299元

ISBN　978-986-246-041-2